·青鸟文库·

等待，只为与你相遇

そのときは彼によろしく

（日）市川拓司 著
张兴 译

そのときは彼によろしく

等待,只为与你相遇

(日)市川拓司 著

张兴 译

青岛出版社

铃音欣喜地微微一笑,摊开双手仰望天空说:

"就是《但愿有这样一个梦》吧。"

"哎,你不觉得那是一个绝对美妙的梦吗?在那里,所有的人都联系在一起了呀……"

1

他是一个非常古怪的少年。

就像走上灭绝之路的最后一只渡渡鸟一样,他只身承继着业已消亡的某种人类美德。他极为纯洁,因此也特别容易受到伤害,就像一只坐火箭升天围绕地球旋转的莱卡狗,他用明亮的双眼扫视着世界。

我同他相遇,是在十三岁那年的春天。(当然,当时我也同时与她相遇了,这一点打算以后慢慢道来。因为我也有自己的所谓辨别能力,而且在年已二十九岁的今天,我对女人心理的认识也已今非昔比。)

※

由于父亲工作的关系,我多次转学。我们一家就像垄断企业的标志一样,今天在那里现身,明天又在这里落脚，总是一边过日子一边考虑下一个去处。我们要按照父亲上司掷骰子的点数，走过一村又一庄，有时甚至会转了一个大圈又回到原来的出发地。

正因为如此，我既找不到亲密的朋友，也不理解友情的真正含义，眼看着就将这样匆匆结束自己的少年时代。

新的村落中间是一望无际的田园，周围镶嵌着泡栎和红松树林。而且，民房间隔极为稀疏，修建得规矩而齐整，犹如青春期少年的胡须。

村子沿坡地（台地边缘）有好几条小河在流淌。在这些以泉水为水源的溪流当中，菹草、竹叶眼子菜、水马齿等水草生长繁茂，以此为家的小鱼和水生昆虫都过着幸福的生活。

不知从什么时候开始，我迷恋起了水中世界，无论是在哪个村落，放学后去水边成了我的必修课。有的村落只有一片没有一丝水气的干涸的土地，严重的地方甚至不长水草，污泥覆盖河底，水中飘动的不是鱼虾，而是空罐子和塑料袋。但是，这里却有丰富的饱含生命的水,我爱上了这个镇子。

更为重要的是,我在这里有生以来第一次交上了朋友。虽然在这个镇子仅仅生活了一年时间,但是对我来说这里却是终生难忘的。

当时我很赶巧,不是中途插班,而是作为二年级的新生迎来了新学期。

二年级的新生大都还有些胆小怕事,见到熟悉的面孔就会相互握着手,在教室的角落里庆幸分在同一个班级。然而,仅仅一周之后便会一切各就各位。那些起初抓住老关系不放的人,不久便会找到情投意合的朋友,在教室这个社会中形成等级制度。

有一些男生,他们首先学习很好,又不得意忘形,这使那些不良之徒也感到自叹不如,承认:"那家伙是好样的!"

除了学习之外,他们肯定还具有其他的人格魅力,诸如排球打得棒,或者能用吉他连续弹奏技巧小段之类。另外,这类人在跟女生交往时落落大方,显得堂堂正正。而这些女生脸蛋柔软白嫩,既可爱,成绩又很优秀。

这类人对任何人都以一视同仁的态度相待，尽管那绝不是一种对等的交往。

其下还可再分。

对有些人来说，学习是他们唯一的强项，哪怕知道明天是世界的末日，他们也不会停止对英语单词和方程式的记忆。他们是把目的和手段搞颠倒了，但在意识到这个问题之前，他们已失去了相当多的东西，诸如什么十四岁的笨拙接吻啦，什么终生注定唯独一次的门前变线劲射，等等。

此外，还有体育活动小组那帮人，他们讨厌学习，却擅长锻炼身体（擅长学习的体育部成员属于"上层阶级"）。无论是门前劲射，还是篮下猛扣，他们都能干得既漂亮又准确，而且不知不觉当中竟也能同俱乐部里笑容可掬的管理人员接吻。他们同样也会失去某些东西。不过，在大多数情况下，他们对此将终生无所觉悟（虽然脑海里有一种东西时隐时现，但是又抓不住它）。

这两类人所处的阶层总还是比"其他"两类人要高。

顾名思义，"其他"就是次要的，相当于舞台的背景。学习也马马虎虎,体育也平平淡淡,没有一样可以称道的才能。

他们处于频数分布的众数组。在体育节的鼓笛队中,他们相当于负责竖笛演奏的人。

他们之下,或者说此外,还有一小撮怪人。

这是一个按照独自的价值观行动的少数派。他们除了对自己之外,对其他人几乎不感兴趣。他们有时也两两三三组成一个小组,但大多数时间是独来独往。而且,对孤单独处毫不介意。

我所遇到的那两位,正是属于这个部分。

莫非我……我也属于这个"怪人集团"吧?

实际上,由于被迫为父亲陪练,我的四百米跑得相当快。可由于没有参加体育活动小组,很少有机会发挥。

我的学习成绩差得惊人。第一学期期末考试,结果在全年级三百六十五人当中名列第三百六十位。至于英语,则创下了两分这样一个即使想得也难以得到的成绩。当时,父亲曾对母亲说:这孩子把所有的答题栏都涂了,却仍错到这种程度,或许这也是一种才能。

"这孩子说不定会成大器呀。"

常言道,越是晚生的孩子越受溺爱。父亲这时已经六十出头了。他观察自己儿子时,眼光总是扭曲的,真是戴上老花镜也矫正不过来。

我喜欢独处,更喜欢水边的生物。这样一一列举起来,我好像也是一个不折不扣的"怪人集团"成员了。归纳推理有时真的会推导出意想不到的结论(哪怕它在周围的人看来是不言而喻的)。

在教室里,我屈身弯腰,极力躲避着头顶吹过的风。如果可能,我希望周围的同学能将我视为教室里的一件备品,诸如一个不怎么受人关注的旧花瓶之类。没有人会同一只满是灰尘的花瓶搭讪。不过……如果有个心地善良的矜持寡言的女孩,能够在别人没发现的情况下,放学后偷偷在我身上插一朵鲜花,那倒也是求之不得的。

放学以后就等于进了天堂。

学校后面有一条水渠和与之平行流淌的一条小河。进而还有纤细的支流和渠水向前延伸,再往前便是等待我的湿地、沼泽和满含清水的奇迹般的蓄水池。渠水中浮动着菹草、眼子菜和小黑三棱,沼泽和水池里菊藻和黑藻生长繁茂,水面上漂浮着巨大的舶来品种——凤眼兰。

放学以后,我总是先不回家,而是横穿操场,越过前面的树林,奔向水边。

我老早以前就注意到了那个少年。

我几次见他放学后在校舍后面被体育活动小组成员们追来赶去。我们本来是同一个班的,但是他具体坐在哪个位置我却并不清楚。

因此,那一天才是我们真正意义上的相遇。

体育活动小组那伙人占据着水渠。

进入五月,水温也开始变暖,这里便成了体育活动小组那伙人绝佳的聊天场所。在水量稀少的这个季节,既可以下水渠捕捉丁斑鱼和河鲮,又能从堆积在水底的砂石中采集到许多蚬。从操场溜出来的体育活动小组一伙基本上都在这里休息,他们把这称之为长跑训练。

棒球部的人粗野而霸道,对他们要特别加以提防。我像一只草食动物一样，总是神经紧张地对他们保持着警惕——同他们保持一定距离，尽量不进入他们的领地；为防他们发现，常弯着腰偷偷地从水渠对岸跑过。

水渠通往上游的右岸，有宽达数百米的树林，绵延好几公里。这片绿地里生活着形形色色的居民。用今天的话来说，就是被称做无家可归者的那些人。

其中有一个人就在堤坝斜坡掘个横穴住在里边，纵深近三米的洞穴里摆放着床垫和瓦棱纸，还有耐酸铝脸盆和烧焦的饭锅等。这一天，未见主人的身影，好像出门了。

前边便是一片很大的竹林，它的最深处有一栋破房子。就是人们常说的蓬门荜户，它的形象简直让我联想起了传说中的"麻雀之家"。这里的主人被人们称为"皮包骨"。真不是言过其实，他瘦骨嶙峋，一年到头花纹薄布的和服打扮，总是赤脚穿着草鞋。他虽非八百僧尼之一，但看上去似乎远在几百年以前就生活在这片竹林里了。据传他是当地一个大地主的儿子，他家曾经拥有这一带好几成的土地。

对他也必须提高警惕。他特别讨厌小孩，一旦有人接近竹林，他就以石相击。通过这里时，我也是蹑手蹑脚的。

再往前有一条由泡栎、麻栎、杉木等树木包围着的小路通向远方。我的目标则是小路途中人称"葫芦池"的沼泽地。四周满是芦苇和茭白的沼泽里，漂浮着金鱼藻和凤眼兰，下面则生活着鲇鱼、泥鳅、沼虾、草龟等小动物。这里也是水生昆虫的宝库。

最近这些日子，我频繁地来到这处沼泽地。

还差一点就到葫芦池的时候，他出现了。他目不转睛地注视着非法倾倒的垃圾堆。我已经意识到他是同班同学，但是终究没有想起他的名字。

我停下脚步，开始观察这个凝视垃圾堆的少年。

他个子很矮。说他上小学三年级，恐怕也未尝不可。但他那站立的姿态，却给人一种凛然冷峻之感。下身穿一条牛仔裤，上身是件皱皱巴巴的毛线套衫（我们中学不要求穿制服，我们都穿便服），头发零乱蓬松。不过，印象最深的还是那副眼镜。设计极其陈旧，黑色的塑料框架非常粗俗。跟他的脸型相比，眼镜怎么看也是过大，超出了他脸的轮廓。为了防止滑落，他在耳挂部分安上了自制的橡皮筋。简直就像缩小版的艾维斯·卡斯提洛①（《THIS YEAR'S MODEL》唱片专辑封面上那个手持照相机的人）。按照我的价值观来说，他很是"潇洒"。

但是，他为什么如此热衷于观察垃圾堆呢？他的视线前方全都是各种各样的大型垃圾，有显像管破损的电视机（那是我上个星期用石头砸坏的），也有大开着门的冰箱，还有已没了轮胎的自行车。难道他是在物色什么可以翻新利用的东西吗？说不定他那副眼镜也是从这里拣来的。

他突然朝我这边看了看。目光冒失无理的我，顿时惊慌失措，无言以对，只是在胸前毫无意义地摆摆双手。

"棒球部的人要过来。"

他说。

我神经反射地回头张望，尚未看到他们的身影。

"长跑练习总经过这里。"

这一次他显然是朝我说的。

---

① 艾维斯·卡斯提洛（Elvis Costello），英国摇滚歌手兼歌曲作者。

"如果不想惹麻烦,最好隐蔽起来!"

他说着点点头,接着便消失到垃圾堆的背后去了。我也赶忙跟了过去。背后是个斜坡,蹲下去的话,身体就可以藏在垃圾堆下。我们屏息凝气,等待着棒球部那伙人的到来。

其后不久,便传来了他们的说话声。他们用训练中搞坏的嘶哑嗓音大吵大嚷着。听起来就像多台有待维修的车辆并排疾驶而来一般。具体的谈话内容听不清楚。其实他们本来也不是在听对方说话。不一会,他们在一片鞋踏落叶声中,从垃圾堆的对面通过。

"过去了。"

他说着用食指推推耷拉下来的眼镜。

"嗯。"

我们依然不想从那里站立起来。重量级的队员们稍晚一些才能过来。

大型垃圾山的背后同样也是垃圾。那里堆满了各种各样的文明排泄物,简直要把从堤坝到河面的斜坡完全覆盖。我的右边,光偶人的脑袋就有十几个。洁白的石膏脑袋上没有头发,看上去就像暴尸荒野的小孩子头盖骨。

我们两人中间,不知何故丢弃了几个足有十五磅重的黑色保龄球。看来看去终不见嵌入手指的三个孔洞。原来都是在没有成型之前就已经被丢弃了的,真可怜!

"这些东西两个月以前就在这里了。"

也许是觉察到了我的目光,他说。

"它们很快就会变成漂亮垃圾。"

"漂亮垃圾?"

嗯——他点点头,用手指扶了扶下滑的眼镜。动作就像折叠变小的超人克拉克·肯特[①]一样。

"垃圾也分各种各样。被丢的时候,它们还只是个对象。循序渐进而成垃圾,有的会变成极为丑陋而完全无用的垃圾,有的则会变成相当漂亮的堂堂正正的垃圾。"

一副天文学家谈论星辰的语气。

"这个东西……"他手指无孔保龄球说。

---

① 克拉克·肯特(Clark Kent),超人(Superman),虚构的超级英雄,美国漫画中的经典人物。

"相当不错呀。会变成稀有的好垃圾。"

标准从何而来，到最后我也没弄清楚。我觉得，如果有人说深红色漂亮，珍珠红色不好，我也会有同感。

过了一会，重量级队员比整个集团稍晚一步过来了。其迹象与其说是来自脚步声，不如说是来自他们脚踏地面的震动。

有一个体重八十公斤的肉糜。

在这个被称为"肉糜"的二年级学生的身后，跟着两个顿时显得微不足道的新生。清一色满脸通红，汗流浃背。

我们躲在垃圾堆后观察着。三人没有跟先行集团走同一路线，而是在与河流相反的右手小道上消失了。

"走了近路。"

他说。

"肉糜总走这条路线。这样就能悄悄地出现在集团的后边。这还是正式选手呢，真不可思议。"

确实不可思议。

"位置呢？"

"八号右翼投球手。"

"不是接球手啊。"

"接球手比肉糜还重五公斤。最近膝部受伤,不参加长跑训练。"

这么说……——我问他。

"我们棒球部很弱吗?"

"总是第一局就败下阵来。本地的少年棒球队都瞧不起他们。"

听到这里,我稍微放心了一些。人世间的组织系统正在充分发挥作用。

"啊,我得走了。"

他说着站了起来。

"走,去哪儿?"

我历来对他人不感兴趣,这对我来说实在是个异乎寻常的提问。

直到今天我仍然感到不可思议。我当时为什么介意他的去向呢?何况当时根本也不知道前面还有另外一次相逢在等待自己。总而言之,这样一来我便神不知鬼不觉地牵上了一条肉眼看不见的线。

"还有更大的垃圾场。我去那里。"

他的眼睛在眼镜后面急促地眨了眨,好像在思考着什么。不一会儿,他轻轻地点点头,推推下滑的眼镜对我说:

"嗯,对了,一起去吧。给你看看我的宝物。"

那一定是些比十五磅重的无孔保龄球更漂亮的东西。例如能转播火星节目的电视机啦,不装电池也能随便游动的自动偶人啦,肯定是这样一些东西。

"真的吗?"

我这么一问,他莞尔一笑。原来他满口牙齿七扭八歪的,嘴巴两端还支出两只大虎牙。

"真的。快,走。"

他说着迈开了脚步。他回头看看跟在后边的我,然后说:

"我的名字叫佑司,五十岚佑司。"

"我叫智史,远山智史。"

哈哈——他笑了。

嘿嘿——我也笑了。

我认为,我们这是互相不好意思。这种相逢,我们还不习惯。

那是我迄今为止不曾踏入的地方，位于葫芦池往前走十五分钟的一片树林旁边。对面是个较新的居民区。虽然土地如此这般的空旷，他们的房屋却建设得整齐而又密集，如同极度规矩的生物集群。总有一天这个集群会显出旺盛的繁殖能力，将绿色的树林驱逐出去。不过，眼下却只有几个无依无靠的孤苦凄凉的群落点缀其中。

居民区和绿地相接的地方，是一个巨大的垃圾场。

这是一个由非法倾倒的垃圾形成的山堆。面积有两个壁球球场大。其中堆积着平均高度达一米五的垃圾，四周长满了高高的芒草。

"厉害呀！"我说。

"不太厉害。"佑司回答，"还有更厉害的呢！"

他接着又说："有的还很危险呢。"

这里安全——他笑了。

一走进垃圾堆，我就隐约感到里面秩序井然。虽然纷繁混杂，但所有的对象都各得其所。

"这里的确是个不错的地方。"

我这么一说，佑司便现出了喜悦的神情。

"这是我的特殊场所。为呆得舒服一些，我做了多方的加工。"

既有修得像道路一样平整的地方，也有分隔好的空间，就像一个个小房间。当然，地板和墙壁都是用垃圾做的。这座垃圾堆的中心部位有一间小小的起居室，在外界绝对看不见的地方摆放着沙发、桌子和橱柜。

"欢迎你来到我的房间！"

无论从何种形式来讲，今天我都是第一次应邀进入同龄人的房间。我特别高兴，尽管这是一个垃圾房间。

"坐吧，不脏。"

那是一个绷着苔绿色皮革的高级沙发。坐下以后，沙发立刻接纳了我，陷得很深。佑司从橱柜里拿出两个碟子放在桌上。

莫非正餐就要开始了？我顿时拘谨起来。不禁觉得，不管怎么说在这里就餐，卫生是个严重问题。然而，是我想过头了。

佑司又从橱柜拿出了矿泉水空瓶和画有小狗头

像的箱子。

"这是狗粮。"

佑司说着向我晃了晃箱子,传出一阵沙沙的干燥声响。

"供老狗食用的,属于低卡路里。"

佑司在一个碟子里倒上水,又在另一个碟子里放上狗粮,然后用一只手精巧地打了一个响指。声音大得令人吃惊,威风凛凛,很难想象出自那只小手。

佑司在我对面的沙发坐了下来。

"马上就会来。"

"狗吗?"

"是的,狗。我的宝物。"

我一心以为会欣赏到奇异的垃圾藏品,现在我对自己想当然的想象感到有些扫兴。

"的确,狗是宝物。"

我佯装蛮有兴趣,但那只是顾忌佑司的一种演技而已。

"狗到处都有。基本上都长着褐色的皮毛,黑色的鼻子湿漉漉的。"

"来了。"

佑司说。

狗突然出现了。我定睛一看，小家伙正在我的近旁高兴地摇着尾巴。

它看上去宛如垃圾。虽然全身长毛覆盖，但是到处粘着锯末之类的垃圾。右耳后部缠有一根红尼龙绳，正在随风飘动。肚子底下粘着一张湿后干成块的餐巾纸。眼睛则埋没在粘连打卷的毛发之中。

"这……"

"即使再给它清洗，过两三天也会这样。我想这可能是因为它在这里生活的缘故。"

"是的。"

我战战兢兢地把手伸向那个看上去只是垃圾的块状物体。

"咻咻？"

我吃惊地缩回了手，看看佑司的脸。他面带悲伤地微微一笑。

"咻咻？"

这声音确实是那只狗发出的。

"它的名字叫特拉休①。"

佑司说。

"特拉休?不是帕特拉休吧?"

"是的,因为这里不是佛兰德,只是一个垃圾场。"

所以把它叫做特拉休。对于一只生活在垃圾场的狗来说,这实在是个恰如其分的名字。

"你给它起的吗?"

我这么一问,佑司便轻轻摇了摇头。特拉休则从食碟上抬起头来看看我,似乎在说:怎么啦?

"不是我。首先叫它特拉休的是花梨。"

"花梨?"

※

"花梨……?"

"是的,花梨。是我十三岁时相遇的另一个朋友。"

"是个女孩?"

"是女孩。不过,怎么看也没有什么地方像女孩。

---

① Trash, 垃圾之意。

非常与众不同,也许比佑司还古怪。"

这样谈论花梨,我的内心深处也许还是有些内疚。但是,在以结婚为前提进行交往的女性面前,提起自己初恋对象的名字,难道不是任何人都会有这种感觉吗?

"听起来不无聊吗?"

我问。

哪里——美咲摇摇头。又长又亮的秀发,随着摇头优雅地摆动起来。

"是我求你讲的嘛。我乐意听。"

同时,她把一缕春光般温柔的目光投向了我。

"给我讲讲后来的事情,好吗?"

※

花梨是个不可思议的女孩。

第一次见她,是在佑司把我引荐给特拉休三天之后。

那一天,我正在葫芦池捕捉沼虾,佑司来接我。

是我先看见他。他的视力相当糟糕,尽管戴着那副克拉克·克斯特罗眼镜,但他能否看见自己的脚尖都令人怀疑。

后来,我曾问过他眼镜的来历:你那副眼镜到底是怎么回事?……

"这个?"佑司指着自己的眼镜说。

是的。

"这是爸爸给我的。我眼睛不好的时候,跟爸爸一说,他就说:'那么把我的给你吧。'"

我一直以为眼镜是一种同个人密不可分的用具,以为它只是为某个特定的个人而存在。因此,他的话令我有些摸不着头脑。

"能这么讲吗?眼镜就像爷爷的怀表,一代又一代地使用下去吗?"

是啊——佑司回答。眼镜就是这个样子嘛。

"它昂贵得很呢!不是那么简单可以一买好几个的东西呀。"

他回答得简单又明确,但是我却越发糊涂不解。

"不过呀,眼镜总有个度数合适不合适的问题吧?"

"我觉得那不是什么特别重要的问题。我认为,只要戴上比没戴之前看得清楚就行了。"

是那么回事吗?

我认为,佑司即使戴上父亲给他的眼镜,视力也赶不上已经步入老年的特拉休。这跟佑司极其古怪的兴趣有关。(这一点找机会道来。)

正是由于这个原因,他未能发现池边的我。只见他把嘴张成 O 形在喊,我却听不见他的话(我最近患有严重的中耳炎,听觉存在问题)。

"我在这里!"

我这么一说,佑司终于发现了,大声喊了起来。

"刚才我一直在叫你,你跑哪里去了!?"

总之,情况就是如此。

特拉休身上又粘了新的垃圾。是朵人造玫瑰花。它耳朵附近(到底耳朵在哪里呢?)粘着浅桃红色的花瓣。特拉休戴着花饰一心进食,我们俯视着它,百思不得其解:

"不可思议啊。到底是怎么粘成这个样子的呢?"

"嗯,不可思议。"

在我们面面相觑寻找答案的时候,背后传来了说话声。

"我来了。"

回头一看,一个身材纤细的少女已经坐在橱柜盖上边。蜂蜜色的头发剪得很短,身着尺寸肥大的军用风衣,简直把整个身子都裹进去了。从季节来看,那是一种相当奇特的装束。

"原来是花梨啊,我们已经到了。"

佑司说。于是,我便意识到这个少女就是特拉休的命名人,邻班的女生。

"我戴了发卡。漂亮吧?"

然后,便不无意义地一笑,嘴里露出一副铅灰色的牙齿矫正器。

她不是为了露出矫正器而特意微笑的吧?——我这样想。也就是说,她的动作就像有些女孩上身前躬向人显示胸前的项链一样,又如有些女孩撩起头发让人观赏耳朵上闪光发亮的耳环一般。

花梨猛地跳下橱柜,来到我们跟前。到近处一看,她的脸型极其漂亮,尤其突出的是皮肤又白又嫩,双颊如同上等绘图纸一样光润明亮。

我们的视线相遇了。我顿时感到她在我胸中抚摸了一下。就是在胸口最上方那个最敏感的地方，我情不自禁地打了一个寒战。

她移开视线，弯腰把手伸到特拉休的颔下。特拉休舒服地委身于花梨，然后慢慢地抬起头，向花梨小声叫道：

"咻咻？"

还是这个声音。

特拉休对所有见到的人似乎都在询问着什么。

"咻咻？"

"这个叫声……"

花梨站起身来，用风衣下摆擦了擦手。

"我想，过去人家饲养它的时候，一定给它嗓子做过什么手术。"

她说。

"邻居也许是抱怨它的叫声扰民吧，主人于是就剥夺了特拉休的叫声。"

这样便只剩下这唯一的一句问话了。那声音细小得很，跟一个纤细的玻璃管里吹出的风声相似。

"听起来像是在询问什么。"

"也许。嗯。"

特拉休在询问什么呢？

它日复一日地见人就不厌其烦地询问：

"咻咻？"

可是……她到底为什么要打扮成那个样子像男人一样说话呢？如果正常一些的话，她原本应该是个很有魅力的女孩子呀。

这是我第一次亲眼见到花梨。以前听佑司说，花梨不怎么到学校去，只是在一个只有她自己知道的地方消磨着"有意义的"时光。

"她是个怪人。"佑司说。

我的脑海里浮现出了新西兰军人手指企鹅发表评论的场景："那是一种不会飞翔的鸟。实属怪物。"所谓隔靴搔痒就是这种情况。

花梨在风衣胸部擦擦右手，向我伸了过来。

"请多关照。佑司的朋友就是我的朋友。"

我胆怯地伸出手臂,握住了花梨的手。她的手既小又凉。花梨打扮得像个男孩一样,但她毕竟已经是个十三岁的女孩子了。当时那种模棱两可的手感,让我意识到了这一点。

"请多关照。"我说。

请多关照……

就这样,我们成了朋友。

2

我们从店铺出来,并排走在通往车站的夜路上。
"谢谢你的款待。真好吃。"
"得到你这样的评价,我很高兴。"
美咲身穿奶油色连衣裙,外套卡迪根式开襟毛线衣。这种柔和而又规矩的装束与她很相称。
"下一次一定……"美咲说。
"可以接着给我讲吗?"
当然——我回答。
"如果这种事可以的话……"
尽管是第三次约会,我们之间以往存在的不自然气氛,今天终于开始缓解。这无疑是托了两位怪人朋友的福。也就是说,我们俩单独相处的尴尬,似乎得到了偶然路过的老朋友的帮助。也许我们的约会还依然需要有人陪伴。
其实,如果我是一个掌握了同女性聚餐诀窍的人，就不会费这么一番苦功夫了。

我今年二十九岁了。然而，至今还没有遇到可以称为"恋人"的朋友，一直在百无聊赖地打发日子。若说成熟得晚倒也不假，但我自认为自己是个天真的梦想家，我把自己同女性的邂逅过于理想化了。也就是说，认为自己是个根据自己的信念终生追求唯一一位女性的孤独探求者。因为我希望看到：就连不敢跟女性正眼相视的胆小者这一事实，也只不过是自己孤独生活中微不足道的理由之一。

毫无疑问，我也有过一两个同女性接触的甜蜜回忆。不，有三四个……对，是这么多。

我第一次接吻是十四岁。在起点上，我并不怎么落后于周围的人。连性行为也在大学毕业之前经历过了。我认为，自己的经历虽然不足以向人炫耀，但也并非可怜得需要自卑。

那是大学三年级的秋季，下学期课程开始不久的一天。在一位比自己大一岁的女性的引导之下，我默然平静地越过了人生的分水岭。

我认为其中有一种好意。我不希望那是一种

同情。

她是讨论课的一位学长,已经定下在一家专搞儿童文学的出版社就职。一天,我偶然在学生食堂独自吃着 C 套便餐(尽管独自享用 C 套便餐并不是偶然的事情)之时,她跟我搭上了话。

我在饲养天使鱼,不过它们都半死不活的——她说。

于是,我决定去她家里。那是大学校园附近的一所高级公寓。

问题很快就处理完了。是因为水温过高(那一年进入秋季之后,夏季的残暑依然迟迟不肯离去),水槽放在了夕阳直射的地方。应该把卷帘门放下来遮阳。另外,如果可能的话,不在家时也应当用定时器让房间的空调在下午两点启动。这样问题就会解决。

其后,我便坐在起居室的沙发上,开始享用肉桂茶。

她若无其事地在我身边坐下,落落大方。

我浑身僵硬起来,像用手表计算好了似的,每隔五秒钟就把杯子往嘴边送一次。紧张得简直无地自容。

你总是一个人吃饭,对吧——她说。

是,对,是的……

"为什么?"她问。

"讨论课上你也总是一个人坐在窗边的位置上。"

"喜欢一个人待着。"我回答。

"喜欢待在一个小小的终结世界里。"

"小小星球上的唯一一位居民?"

"是那样的。"

她呼……地吐了一口气,用手撩了撩垂在脸上的长发。

"那个星球没有女人居住吗?"

这莫非就是一种感情表白吧?

我毫无必要地把嘴贴在杯上很长时间。不知不觉之间肉桂茶已经喝光。

"那……"

我有点吞吞吐吐,然后向她道了真情。

"我正在寻找。寻找终生唯一的一个女人。"

"你失去的那一半吗?"

"也许。"

"是个什么样的人呢?"

"……我至今忘不了第一次接吻的女孩。"

十四岁的接吻早已铭刻在心。

她那眼角细长的眼睛,向我投来一道澄澈的目光。我再一次把空杯子送到了嘴边。

"我认为这是一件非常好的事情。"

她说。

"那个吻一定是充满激情吧。至今不能忘怀嘛!"

怎么说呢?

我有生以来的第一次接吻,笨拙得滑稽可笑,而且觉得那种味道跟实际行为简直相距十万八千里。

"你至今还喜欢那个女孩?"

"不知道。"

我说。

"后来跟她再也没有见过面。不过,并不觉得那是过去的事情。往事有时会比现实更加唤起我的真实情感。而且,我还抱有一种梦想,梦想着自己在未来的岁月里依然能同她一起快乐生活。"

"这就是你那个封闭世界的本质吧。"

我点了点头。

"我追求的就是这种感觉。也许不是她本人，不过，我正在寻找在那种风景中微笑的女孩。"

"于是，你就孤单一人走到了今天，对吧。"

她的话没有责备的味道，只是语气里带有某些失望。

"你不想从那个世界往外迈出一小步吗？"

我根本没有理会她话语深处的真正含义，只是出于不让她失望的理由，多次摇头予以否定。

我想起了佑司以前说过的话：

"人是只能倒退着走路啊。那样，所看到的无论何时都是自己走过的道路。走进左边的道路，才会知道右边也有道路啊。"

总之，我认为就是这么一回事。

在秋季午后的燥热阳光当中，她一边脱那件桃红色罩衫，一边对我说：

"我想，今天恐怕是跟远山的最后一次会面了。"

她背朝着我，把做工简单的粗布裙子脱落在地板上。我一心以为女性在这种情况下会把房间弄暗的，所以面对她内衣的鲜亮和洁白，我不知所措，无言以对。

"我已经开始工作,学分也有保证了,所以几乎不会再来大学了。"

所以,在此之前无论如何也要话别一下。

她把脱下来的内衣卷作一团,满不在乎地放到了我看不见的地方。就像变戏法一样,得心应手。

她钻到床上,用手指敲击着自己身旁,叫我过去。

"我认为你是个好人。"

我滑近她的身体,她抚摸着我的胸口说:

"所以,我感觉,你年复一年地不跟任何人交心,这太可惜了。无论是对你来说,还是对周围的人来说,都是如此。"

人生比本人所认为的要短暂得多呀。

她说着把自己的腿盘在了我的腿上。她的阴毛触到了我的大腿,痒痒的,我终于躬起了身子。

"我要打开你的房门。"

她说:

"迈步出来。用你自己的脚。"

性行为是一种可以跟各种感情联系在一起的行为。当然,和爱情联系最紧。不过,事情并非仅仅如此。

性行为同好意及相投或者慈悲及同情之类的感情也能联系在一起。而且,有时甚至还能同恶意及憎恨的感情联系在一起呢。

我知道那不是爱。不过,我觉得其中包含着好意。我不希望那是同情。

※

我们决定在剪票口的外边等待电车的到来。在一个小小的向心力的作用之下,我们力图把距离拉得前所未有的接近,以便感受到相互的体温。

这时,温情伴随着话语传递了过来:

"十三岁的远山,到底是个什么样的男孩呢?"

美咲手抱躯体,抬头仰望着我。

"跟现在几乎一样。如果把身高缩短十五厘米左右,再把'当时嘛……'这个口头语改成'将来我……',那就成了。"

美咲扑哧扑哧地笑了起来,然后用满含深情的目光看看我。

"真想见上一面。如果可能的话,还想在同一个班里,并排坐在一起听听课。"

这番话给我一种委婉求爱的感觉,但也许是我想得太多。总之,我们俩今天晚上都非常放松。我可以看着她的脸说话了,视线相遇时也能在五秒钟之内不再移开了。我发现美咲眼睛的颜色非常漂亮。其瞳孔既可以说是榛木色,也可以说是黑褐色,反正色彩非常亮丽。

这个颜色跟花梨眼睛的颜色很相像。我原本也想把这个情况告诉美咲,却感到有些不好意思,就没有说出口。

你的眼睛长得好漂亮啊!——我还是没有说出口。

我们喜欢进行漫无边际的会话。每当我开玩笑逗美咲发笑的时候,她都高兴地对着我笑;我说话认真的时候,她也认真地倾听。我们已经能像双胞胎一样引起共鸣。春宵实在魔力无穷。

最让我高兴的是,她提出不上开来的电车,继续跟我说话。

"她不上开过来的电车,继续跟他说话。"——

我想，这简直就是恋爱小说开头的一节。

难道恋爱真的会开始吗？

我有一种预感。今天夜里，前三趟电车她都没坐，而是乘坐第四趟回了家。不是第一趟，不是第二趟，也不是第三趟……

3

目送她远去之后,我离开了那个小小的车站大厅,行走在月光下现着柔和轮廓的夜路上。我穿越铁路交叉路口,走过商业区相反方向的新兴住宅区大街。

这个平缓漫长的坡道尽头,就是我的店铺兼我的家。这是一个小得惊人的店铺,如果第五位客人进来,第一位客人就有可能被人挤出后门。(哎,开业以来还没有过五位客人同时进店的事呢!)

我在这里贩卖水草。这是一种消费对象极为有限的商品,所以,不出所料,买卖一直处于低空飞行状态。之所以没有坠落,靠的是一部分热心主顾自身发散热气,形成若干股上升气流的支持。商品种类如此齐全的店铺,半径五十公里以内仅此一家。如果这家店铺消失,他们也会为难,所以应当说我们之间是一种共生关系。在满是六十年代法式音乐唱片的旧唱片店里啦,在以企鹅丛书平装本为主的书店里啦,到处都可以看到这种共生关系的存在。

发现有人背靠店门坐在过道上时,我离店铺已经很近了。我随即转身,想从原路返回。

时间已经过了夜里十一点钟,周围不见人影,我已经精疲力竭。应当说我这一行为无可厚非。

但是,刚刚迈出第三步,就听有人向我说话。

"你是店长吧?"

是一位年轻女性的声音。我停下脚步,回头张望。仔细一看,自己满以为是醉汉的那个人,竟然是位身穿黑色厚布上衣的长发女士。

"是的,怎么啦?"

我回答之后,她哗啦摆动了一下拿在手里的一张 A4 复印纸:

招聘打工人员,年龄性别不限,只要喜欢水边生物皆可。具体请同店长联络。

(何等拙劣的文字!)

毫无疑问,这是我写的招聘广告。是贴在店门上的。

"你是来应聘打工的?"

"是啊。"

"为什么这么晚的时间来呀?"

她站起身来,噼里啪啦地拍拍牛仔裤屁股。

"我来的时候是傍晚。让我等到现在的是你。"

"我们事先也没有约定啊。"

"是啊。我并不是责备你,我只是说明实际情况。"

我走到她跟前,从她手中接过那张复印纸。

到跟前一看,她的脸型长得非常端庄。这也许是月亮投下的皎洁光辉所致。容貌看上去如古代雕塑。用有人情味的女性来比喻的话,她与电影《凯旋门》里的英格丽·褒曼很相像。(实属无奈,我之所以用过去的女性来比喻,是受了年迈父亲的影响。)

我从棉布长裤口袋中掏出钥匙,打开店门的锁头走了进去。她也跟在后边。我打开照明开关,当店内弥漫出淡橙色的光芒时,我的背后传来了她屏住呼吸的声音。

她感到吃惊并不奇怪，因为她已经置身于水草的森林之中了。

"如果打开所有水槽的照明，会更加绚烂。"

我把店内陈列的所有水槽的照明一一打开。在暗淡的空间中，养鱼槽里露出了银白色的亮光。

"多么漂亮呀！这就是你的店铺？"

"是的。"

她左手扶在胸前，连大气都不敢出一声，专心地眺望着包围自己的水草森林。

"就像在湖底一样。"

"水的味道，还有水的声音……"

"嫩绿色的水草，浅绿色的水草。有红色的水草吗？"

"有啊。现在在你眼前的就是红蝴蝶。"

"这名字简直就像魔法的咒语一样啊。"

"水草的名字全都是这样。大红叶、红羽毛草、红丝青叶等等。"

我所指的水草全都已经入睡，叶子紧闭。

她抬头看看我，好像是有什么问题要问，她的眼睛引起了我的注意。

——我认识她。

"你叫什么名字?"

我情不自禁地问道。

"我?"

"你的名字?"

铃音,森川铃音——她说。听到这个名字,我什么也没有联想起来。但是,对一个初次见面的女性,我怎么会有这种似曾相识的感觉呢?

我再一次看了看她的脸。她用疑惑的眼光看了看我。我没有回答她的疑惑,只是死死地注视着她的双眸。

首先移开视线的是她。她佯装恢复了对水草森林的兴趣,躲开我的目光。于是,我理所当然地产生了这样的感觉:

这是为什么呢?为什么我会对正眼相视不感到难堪呢?

她看上去是不可思议的随和。陈旧得就像祖父传承下来的外套,随随便便束在一起的长发,毫无戒备的表情——她拥有漂亮的面颊，但并不让男人感到发怵，肯定是她那温柔的形象唤起了我似曾相识的感觉。

我思索着，请她在收款柜台旁边的凳子上坐下。

"如果我说面试改天再议，你会生气吧？"

她眯缝起眼睛，同时现出了威胁似的笑容：

"我明白了。那么，赶快开始吧。"

我走到柜台里边，打开放在收款机旁的活页夹。

"那你履历表带来了吗？"

她左右摇摇头。

"我没想到会需要这个。我觉得，哪个大学毕业啦，会不会希腊语啦，对天体观测有无兴趣啦，这些都跟这里的工作毫无关系。"

"嗯，的确是这样。"

我点点头，然后问她：

"你会希腊语吗？"

她笑了笑（这一次很温柔），对我说：我这是在打比方嘛。

是啊。

接下来，我问她年龄。

"二十九岁。这跟工作内容有什么关系吗？"

"没有。啊，这是个常规询问。"

"是吗。"

"这个不说了，其实，我也一样，二十九岁。"

"这有什么意义吗？"

"也许有啊。如果能一起工作的话，可望进行有趣的会话呀。小学时代着迷的 TV 节目啦，初恋时所听的音乐啦，共同话题会很多的。"

"是的，那也许很有趣。"

"嗯。"

随后，我从活页夹里抽出一张复印件，上面写着打工者的工资和福利待遇问题。

"具体是这么个情况，你看……"

她只是迅速地扫了一眼，便不感兴趣地朝我点了点头。

"我知道了。"

"再就是工作时间的问题，每周三天以上，而且如果可能，本店特别希望安排在周末。"

"我打算七天连续工作，从开门到打烊。"

我"啊"了一声，然后接了一句"是这样啊"。

"那就是说,是一直上班?"

"是的,一直上班。"

"计时工资不变?"

"没关系。"

她死死地盯着我,然后露出了稍显高傲的笑容(她笑的模样似乎多种多样)。

"那你雇用我了?"

我一时犹豫不决。

不用多加重复,我的店铺顾客少得惊人。几乎同夏季的滑雪场和冬季的度假海滨没有什么两样。工作量多得不能再多,但得不到与之相应的收入。需要劳动力,但雇用经费有限。尽管可悲,但这毕竟是现实。

"你对水草了解多少?"

她摇摇头。

"不过,我很喜欢。从孩提时代起就一直……"她补充说道,"这是条件之一吗?"

的确如此。

我用拙劣的文字,而且画着着重线,阐明了这个唯一的条件。

"另外还有一点,工作上也许用得着,所以我要说一下,那就是我对电脑特别擅长。这回如何?"

"OK,你被录用了。"

这正是我求之不得的技能。将来水草商店也不会跟晶片毫无关系。

"此外,我还有唯一一个请求。"

"什么请求?"

"我没有住的地方。可以在这里住宿吗?"

谈话停顿片刻——与吃惊程度相应的片刻。

"你所说的这里,就是指这个地方吧?"

我指指店铺的地板。

"是的。如果能借用一下地板,我带有垫子和睡袋,这里会成为一间舒适的卧室的。"

啊……

"你放心,我不会把店内的商品偷跑的。可以把我贵重的东西,放在你那里保管。"

我并不打算替她保管东西,但是出于好奇心,我还是问道:

"什么贵重东西?"

她从穿在外套内侧的白衬衫胸口拉出一个垂饰。

银色链条的顶端垂着一个透明的多面体。拇指指尖大小的多面体，看上去并不像装饰品，反倒有些像工业产品的某种材料。就像装在航行表、度量衡器之类器具中的材料一样。

"那是贵重东西？"

"是啊。"

"是个价格极其昂贵的东西吧？"

"是啊。惊人的昂贵，是个再也搞不到手的宝物。"

我点点头，摆手示意她可以收起来了。

"用不着我来保管。我相信你了。"

她先是"啊"了一声，随后又来了一句"是吗"。

她用奇妙的中性的目光盯着我，然后用大姐姐一样的口吻（虽然我没有姐姐）说道：

"能这么轻易地相信别人吗？"

我根本没有想到她会说这个，所以有些吃惊，也有些与吃惊相应的慌张。

"不，嗯——是吗？"

"什么？"

"我不能相信你吗？"

她眼睛滴溜溜一转，抬头望了望空中。做了一个跟"嘿,太好了"的说法有异曲同工之妙的动作。

"不是那样吧?我是说你那轻易相信别人的性格。"

确实如此。

"我也不是对任何人都立刻相信。"

我说。

"我也有看人的眼光呢。"

她把眼睛睁得更大,好像在说:啊,我好吃惊。

"那我面试通过啦?"

"是的,嗯,我认为是这样。"

"对于一个突然自告奋勇、要求边工作边在雇主家住宿的人,你也不闻不问?就这么通过啦?"

"已经问得不少了。"

她说了一声"明白",像抱住自己身体一样把双臂挽了起来。

"你是个有心灵感应的人。所以,什么事你都能知道。对吧?我穿着跟昨天一样的内衣,这你也知道吧?"

我举起双手,叹了口气,就像表示投降一样。

"明白了。那么,我问你,你以前干什么工作,在哪里生活来着?"

"问得好。"

"谢谢。"

模特儿呀,我当过模特儿——她说。

"啊,是啊。确实如此。"

"什么叫'确实如此'呀?"

"因为你长得非常漂亮呀,所以,我觉得你干的还是与自己相称的工作嘛。"

她眼睛盯着自己鼻尖面前的空间,嘴角微微吊起。

"你这番话……"她说,"真让我感到高兴。"

"是吗?"

"嗯。你这么说,我还是没有觉得不好。"

"那就好。"

她看看我的眼睛,露出有些腼腆的笑容。那是十四岁少女的笑容。我认识带有这种笑容的女孩,尽管那已经是很久以前的事情了。

"可你为什么辞职不干了呢?我以为那是个很有趣的工作。"

"对减肥食品招架不住了。"

她说着"呼……"地吐了一口气。

"哪怕是一次也好,我一直想吃一吃糕点套餐。"

从口气上来看,她的话似乎是有备而来,但我还是决定相信它。

"梦想实现啦?"

——没有。她摇摇头。

"那么,过些日子我们一起去吃。这前边的林荫大道两旁,有很多好吃的糕点铺。"

"真的吗?"

"真的。"

"简直跟做梦一样。"

"梦想基本上都是这个样子的。"

另外……——我接着说,

"在这里住宿的话,应当买一张能够折叠的简易床。这东西也可以在林荫大道那里的室内用具商店买到。"

那就这么办吧——她说。

"以前居住的地方,是模特事务所租赁的公寓。家具之类也都属于事务所所有,所以我什么也没有带过来。"

你为什么到这个镇里来呢？——我问她。

"情不自禁的。换乘几次公交车，就到了这个镇子。于是，信步走来便发现了那张招聘广告，就决定留在这里了。"

原来如此。

"你来得正好。"

我说。

"欢迎你到水草商店'特拉休'来。"

"那是这个店铺的名字吗？"

"是的。"

"你销售'垃圾'吗？"

"不是的。'特拉休'——这是给漂亮东西起的名字呀。"

"是吗？"

"是的。"

她真带来了睡袋。

她走出店外，然后抱回一个大背囊。

"简直像在攀登西藏的大山呀。"

"那可受不了。肯定五分钟之内遇难。"

她说。

"里面全是西式服装。剩下的就是便鞋、内衣和化妆品。"

"还有睡袋和垫子吗?"

"嗯,有啊。"

"为什么又……?"

我问。

"打算在公园露宿吗?"

"那也有可能。我本来就喜欢看着星星睡觉。"

她在柜台里边那狭小的空间里铺上垫子。

"这里挺好。在这里,是能睡安稳的。"

"你不介意湿度吗?水槽会蒸发出很多水气的。"

店铺里边跟热带植物园一样,空气中带有水气。

"我不在乎。说不定反倒对肌肤有好处呢。"

她说着微微一笑。

"以前,到东南亚旅行的时候,湿度比这还大。"

"那好吧。"

她首先脱下那件做得宽宽大大的上衣,接着脱下黑色的沙滩鞋,然后盘腿坐在了垫子上。

"那么,晚安。"

"嗯。"

我不知为什么依然不想离去,站在旁边看她铺设自己的床铺。

你怎么……？——她用疑惑的表情,抬头看看我。

"嗯。我想你可能已经发现了,我的住处在这里的二楼。是一个只有寝室和厨房的狭小空间。"

是吗——她点点头。

"那……那里有组合浴池。你如果想用,可以跟我说一声。"

"谢谢。"

她说。

"不过,不要紧的。"

"是吗？"

"哎。"

另外……——我接着说,

"虽然小了一些,但店铺里间还是有个厕所。请使用。"

"谢谢。"

"另外……"

"另外？"

"哎，明天早饭……"

"别操心了。附近有个面包房，我到那里去买。"

"嗯。"

那里的巧克力丹麦酥很好吃哟——我说。

"是吗？"

"嗯。再好不过了。"

"我记着。"

我突然想起来，走到店门入口，锁上了门锁，再次回到她的身旁。她坐在玫瑰红色的睡袋上，正要解开棉布衬衫的扣子。

她停下手，看了看我。

"另外？"她问。

该说的事情已经全都说过了。不过，我还是说道：

"另外……"

"嗯。"

"我认为，内衣还是每天更换一次为好。"

她眯起眼睛，朝我点点头，指指通往二楼的楼梯。我也明白。她那动作就等于在说：别多管闲事了，赶快上去吧。

"晚安。"

于是，我决定按她说的行事。

4

夏目君同往常一样骑着自行车沿坡道上来。

最后这一段,坡度相当大,但是他面不改色,心不跳,也没出汗。看上去就像装了机械装置的时装模特。他把自行车停在店铺旁边,同往常一样解开扎在便裤裤脚上的粘连式皮带,同往常一样噼噼啪啪地掸着腿上的灰尘。

"早上好!"

"早上好!"

他不系领带,一身得体的绛紫色西装,简直像装饰《GQ》封面上的男性模特儿。他个子很高,优雅地操纵着看上去显得过长的手和脚,带着贵族似的微笑,打开店门消失在其中。

事情奇妙得很,他这样一个人竟然是水草商店"特拉休"唯一的职工。(从今天起,变成两个了!)

根据他拿来的履历记载,夏目君在偏差值比我的大学还大十五点的大学毕业之后,曾在某轮胎厂驻法国的分公司就职。他精通日、英、法三国语言(在Athenee Francais①任过教),作为亚洲地区的总管,整天在近乎地球面积四分之一的区域里飞来飞去。他这样一个人,如今却是水草商店的打工职员,小时工资不满一千日元。

我时常有一种感觉,似乎自己正在让达·芬奇和伦勃朗等巨匠,干着为廉价火柴盒绘制图案的工作。浪费人力资源,这不是罪孽吗?对于这一点,我总有些心神不安。

我依然在店前打扫着卫生,这时夏目君从店内返身走了出来。

"森川铃音怎么在这里?"

"啊,你见到她啦?"

"是的。她笑话我围裙上的这个图案。"

原来,那是我绘制的本店的商标。

它印刷在作为店铺制服的围裙胸部。

---

① 位于日本东京。1913年创立,是具有九十多年传统的一家英语学校。

大体是这个样子：

"哎？夏目君，你怎么知道她的名字呢？"

他在人面前显现的表情基本上都是不动声色的，但此时他那空虚得非同一般的眼神，反倒映衬出了他的心境——他很是吃惊。

"店长，你不了解她吗？"

"了解呀。昨天面试的，今天开始工作。"

"不是这个。"他说。

"我是说，她是一个人们评价很高的新近走红的女演员呀。"

我先是"啊"了一声，然后又接了一句："是这样啊！"

不言而喻，我是一无所知。

她说她是模特儿，我以为她做的是邮购商品目录之类的工作。

"那么，她还挺有名的吧？"

夏目君以权威般的神情点了点头。

"去年，在东欧举行的国际短片电影节上，她曾因参展作品《塔朗泰拉舞曲①》获得过最佳女配角奖。"

我的后背顿时冒出了冷汗。脑海里不断重复：人力资源啊，人力资源啊。

"我以为她干的是时装杂志的专职模特儿。那么，《塔朗泰拉舞曲》是她的处女作吧？"

"可她怎么到我们店里来了呢？"

"昨天晚上，我回答过了。"

她站在店铺入口，挽着双臂看着我们。

"为了来吃糕点套餐。"

我说。

就是如此——她点点头。

"喂，别说这个了，你那围裙上的图案是什么？"

我看看那只矗立在夏目君胸前的可怜的小狗。

---

① 塔朗泰拉舞曲（Tarantella），是意大利南方特别是西西里岛独特的民谣。

"水草商店怎么画一只狗的图案?"

好像是宠物商店一样——她说。

"哪里,只是店铺名称的一个来历。仅此而已。"

"那么,这只狗就是你所说的'漂亮的东西'?"

"好像是。"

不过啊——我接着说,

"诸如唱片公司的小猎犬啦,调味汁制作公司的公牛啦,尽管跟商品没有什么关系,但也有用狗做注册商标的,所以我觉得我们的特拉休并不是怎么不好。"

是啊——她说。

"如果说有问题,问题并不是画的是什么东西,而是你的画法。是用左手画的吧?"

我明白了她想表达的意思。

"我是左撇子。不过是用右手画的。"

"是吗。那么,问题就出在你的眼睛上了。"

她瞧瞧我的眼睛,然后笑得露出了洁白的牙齿。那牙齿排列得异常整齐。

我意识到一个问题:

——她那阳光映照下的双眸,呈现着甘露糖一般明亮的色彩。这跟我认识的那个女孩毫无二致。

※

整个上午,没来一个顾客。

这是家常便饭。

我和夏目君按照顾客的邮购订货目录,给水草打包装箱。森川铃音则操纵着安放在柜台上的A4尺寸笔记本电脑,为开设网络商店做准备工作。现在也接受电子邮件订货业务,但眼下的目标是要借助程序实现自动化。基础部分已经夏目君之手构筑完毕。但由于他能够用于操作的时间有限,进展情况不太理想。可这个问题也会由于她的到来而得到解决。有关电脑的技术问题,夏目君可以做到万无一失。在不远的将来,网络商店"特拉休"也会正式开张的。

太棒了。

"什么?"

夏目君问。

"不,没什么。"

不过……——我说。

"到底是为什么呢?我看见她的时候,不觉得是初次见面。"

"我认为,那再正常不过了。"

夏目君一边往装满水草的尼龙袋里填充钢瓶里的气体一边说。

"她拍过矿泉水和个人电脑两个商业广告。我记得好像一直播放到今年年初。店长肯定是见过她出演的广告,于是留下了记忆。"

"会是这样吗?"

"肯定。"

夏目君说的话,听起来总是真实的。我认为,这可能是因为夏目君嘴上只说真情实事,再不然就是因为不管夏目君说什么,都只能让人听起来犹如真情实事。二者必居其一。如果夏目君说"这个宇宙坐落在大象背上",我恐怕也会相信。

中午,我们三个人一起吃了她买来的巧克力丹麦饼。

尽管那是她早饭吃剩下的,但是每个人还是各分得两个整饼,再加三分之一个。

"总而言之一句话……"我说,

"我认为,凡事都应当有个限度。"

她露出冷冷的笑容,好像在说:这没什么大不了的嘛。

"是你劝我买巧克力丹麦饼的呀。再说,这种饼特别好吃。而一下子买十个,人家还会额外多给按两个纪念图章呢。"

我错了吗?——她用眼睛问我。我回答她说:你没有错。

就这样,我们各自吃过两个整饼之后,又把最后一个一分为三吃掉。

此乃价值观的多样性——我认为,归根结底就是这么回事。

※

这一天,同往常一样,第一位客人还是奥田君。

他就住在附近,是补习学校的学生(也许是。他只是把自己所去的地方称作"学校")。他每三天来访一次,先朝店内的水槽观看半个钟头,然后什么也不买扭头就走。他从本店拿走的东西只有一件，那就是我们作为开业纪念所送的 T 恤衫。这种印有特拉休图案的 T 恤衫，总共准备了三十件，现在所剩的七件成了我的室内便服（每天一件，可供一周使用）。

奥田君首先在位于店铺入口的宽度一百八十厘米的展示水槽跟前停步。总水量超过六百升的巨大鱼缸本身就是一个封闭的宇宙。

造物主就是我。

我先造出大地和天空，接着注入生命，然后大喊"放光"，打开了卤化金属灯。虽然先后顺序稍有不同，但我毕竟也和造就我们这个世界的某某做了相同的事情。其后，由水构成的立方体宇宙便自律成长，现在槽内已经成为浩瀚森林的缩影。

"产卵吧，繁衍吧。"——我这么一说，鱼儿们便起劲地繁殖，数量急剧增加。

（我把如此这般的快慰享受称作养鱼槽爱好。）

奥田君面对这个水槽凝视五分钟，然后转移到下一个水槽。就这样，由店铺入口慢慢往里边移动，不久他觉察到了森川铃音躲在柜台里面。

从认知到核对记忆，他花了近三秒钟。我之所以这么推测，是因为奥田君把视线转向她三秒钟之后，突然改变表情，开始忐忑不安起来。

他佯装观看水槽，眼睛不时偷看她。他刚刚红着脸向柜台走去，但马上又返回原地，这个动作反复多次，最后也许是实在忍受不了这种左右为难的处境，他快步从店铺走了出去。

我在进行打包作业的同时，把这一切看得一清二楚，我问身边的夏目君：

"这就是说，他也认识森川铃音吧？"

他毫无表情地点了点头。

"十几岁到三十几岁的男人，百分之八十左右可能都会认识她。"

嗯。

"而且，她还能使这些男人激动得满脸绯红吧？"

"是的。她长得又非常漂亮，看到她的男人，哪个都会感到自己胸中最敏感的部分会为之一动吧。"

我不禁按了一下自己胸口。

"夏目君也有这种感觉吗？"

他平静地摇摇头。

"我说的是一般情况。"

嗯。

"那么,夏目君自己是怎么认为的呢?"

"我……"他把视线转向了柜台里面的森川铃音。

她扎好的头发披散下来,一脸认真地看着电脑屏幕,还用中指摩挲着太阳穴。

"我认为,她是个特别优秀的女性。是个聪明的人。虽然她说程序设计知识是自学的,但是水平却相当高。"

我认为这是一种搪塞,可夏目君也许没有这种意识。

"不过,她为什么要学程序设计呢?"

"她说是出于兴趣爱好。听说她本来就是理科大学毕业。"

的确如此。

以程序设计为兴趣爱好的理科模特美人。这是一个极其与众不同的搭配,但并非不可能存在。这同精通三国语言的水草商店打工职员是一样的道理。

※

店铺里多少充满活力（之类气氛）的时候，往往是日落西山，人们结束一天的工作，获得自由时间之后。有时，店内甚至同时会有两位客人（太棒了）。

然而，今天的客人却断断续续，一个一个地按一定间隔前来，就像有人在幕后按顺序拍肩指挥一般。

他们基本上都做出了与补习生奥田君相同的反应。认知，核对记忆，忐忑不安。

其中，有个男性公司职员竟然勇敢地向坐在柜台里的森川铃音搭讪，但是受自我意识过剩驱使的他，好不容易才开口向她询问一块固定橡胶的价格。可在得到一句"不清楚"的回答之后，就无精打采地离开了。

当然，也有不认识她的顾客（跟我一样）。

一位收藏东南亚水草——迷你椒草的半老大学教授，敏锐地发现了新来的店员，他不失时机地缠住她，开始了有关自己藏品的讲解。前些日子，我和夏目君都以郑重的拒绝态度敷衍过他。在莱卡犬乘坐的卫星环绕地球旋转一周的时间（也就是近一百分钟）里，教授就东南亚的芋科植物进行了讲解。其间，她笑声不止，有时还深深点头，好像在说：这正是自己所想知道的真知灼见。

教授离开之后，我向她道了声"辛苦"，她双颊涨得绯红，说了一句："太好玩了！"

"迷你椒草的叶子有毒，你知道吗？听说大量食用，有时还会死人呢。"

"嗯，好像是那么回事。我没吃过，不太清楚。"

"啊，我还想请他给我讲讲各种知识。他还会来吗？"

"当然。教授每周必定会来本店一次。"

"我真是望眼欲穿呀。"

竟然还有这样的事情！

顾客稀疏之后，我们就轮流出去吃饭。坡道下边有个越南饭馆，饭菜很好吃。如果迈步前往林荫大道一带，还有意大利面条专卖店，以及供应炉烤比萨的意大利饭馆。我和夏目君把这些店铺巧妙组合起来，制定了一个轮换顺序。例如，比萨、意大利面条、肉炒米粉、比萨（夏目君），意大利面条、意大利面条、意大利面条、意大利面条（我）。

森川铃音在距离店铺五分钟距离的一家公营康体俱乐部畅游五百米之后，认认真真地用喷头冲洗了一番，然后又从早晨那家面包房，买回了苹果丹麦饼（这次是两个）。

"啊，真爽。"

"本来你可以使用二楼的淋浴嘛。"

"没事的。不用操心。游泳历来是我每天的必修课。"

"是吗？"

"若不然，你是无论如何都要叫我使用淋浴吗？"

"不是。"

她哈哈一笑，说道：等过些日子吧。

"过些日子，我们一起使用淋浴吧？"

令人遗憾的是，我这个二十九岁的男人，在女性这种露骨的玩笑面前，至今还是面红耳赤。

不久，到了九点关门的时间，夏目君脱下那件围裙，道了一声"辛苦"就回去了。

柜台那里，森川铃音正在统计当天的销售额。

"喂。"她说。

"怎么？"

"这个销售额能行吗？付完我和夏目君的打工工钱，你剩下的就跟小学生的零花钱差不多了。"

没问题——我说。

"我们店以邮购销售额为主，店内销售额并不重要。邮购销售通过转账进款。"

原来是这样啊——她点点头。

"不过呀……"

我说。

"从中扣除采购费用、水电费和煤气费，再返还建店的贷款，结果确实跟小学生的零花钱没什么两样了。"

这可真够可怜的——她说。

"这样下去，你也结不了婚呀。"

"不一定。"

我说。

"我也没有这个计划。"

啊？——她高兴地笑了。

"夏目君告诉我了。说你有一个通过婚介系统认识的女友。你昨天迟到也是因为约会吧?"

我本想用辛辣的语言狠狠地回敬她一下,但我天生就不具备那种才能。

"讨厌……"

最后,我只能赌气地这样放了一炮。这一炮根本没有轰到远在天边的她,弹片却噼里啪啦地落在了我的头上。

"我这么说并不是嘲笑你。"

她托着腮,声音平静地说。

"我是想让我的老板幸福起来。"

啊?!——我说。

这是一种表达暧昧感情的暧昧语言。

啊?!——她学着说。

"这么说……"

我一开口,她同样回了一句:"这么说……"我焦躁地瞪她一眼,她歪歪脑袋,嫣然一笑。

我胸口那块最敏感的部分,差一点就要被彻底击穿。

"喂。"她说。

"真的。我是真心替你着想。"

这确实是一种真心替我着想的语气。于是我说:

"谢谢!"

不过,我并不感觉值得庆幸。

婚介系统的事,我不想让她知道。我本想以"工作繁忙"和"身边没有女性"为借口进行辩解,但我最终还是没有那样做,因为无论如何她显然都会对我采取已经揭穿老底的态度。

"她是个怎样的人呀?"

她问。

"一个非常漂亮的女孩,配我甚至都有些可惜。"

我忠实地回答。横竖没有其他选择余地。

"不,我觉得,还是不要这么说。"

"什么?"

"贬低自己的说法呀。你要更有信心一些。"

她说话的口气,就像开导久别重逢的爱弟一样。如果她跟我说话,我总会有这种感觉。不,以前跟任何一位女性相对而坐的时候,我总是像他们的弟弟一样。哪怕对方是个比自己年少的女性也是如此。也许我天生具有堪称弟弟性情的特点。

"你是很有魅力的。"

我不由得回头看了看身后。我觉得，她的话像是说给除我之外的其他人听的。

然而我身后并没有任何其他人。

"没有别人呀。"

她也这么说。

"我吗？"

我手指自己，问她。

"是的，我就是说你很有魅力。"

"谢谢！"

真是值得庆幸。

但是……

"你这样说，我很高兴，但是……"

"但是什么？"

"你对我还不太了解。"

"已经一起呆过二十四小时了。我很了解你，甚至会超过你的想象。"

"是吗？"

"是的。"

那……？——我问。

"那，你了解我哪一些呢？"

不告诉你——她这样说着，随后露出了一种恶魔般的笑容。一个长着粉红色尾巴的小恶魔。这是她们同族的惯用伎俩，把人家的欲望煽动起来，然后就把你吊在那里不管。

"行了。实际上，你是什么也想不起来吧？"

我极力控制住恋恋不舍的情绪，尽量显得若无其事。

"哪里。我心里是一清二楚的。"

她说。

"不过，你先自己考虑一段时间。假如有所醒悟，你对自己会更加自信。"

这简直是一种神官宣读神谕的语调。

"过些日子再找时间告诉你。"

"难得。以后我每天睡觉前都会考虑。"

我的声音带有些许冷笑色彩，但是不带任何感情。

"你说我是个好男人吧？"

不过，话语当中还是带上了撒娇孩子的语气。

"那怎么啦？"

她把我的讽刺当作了耳旁风,继续往下说。

"她是个怎样的人来着?"

一个非常漂亮的女性呀——她这样说着,等待我的回话。我照样是没有其他选择余地,只好点点头。

"温柔,体贴,而且很有包容力。"

很适合你吧——她发表了感想,但是我没有深入考虑它的含义。

"而且,还是个美人。你也是个美人,但美咲是另一种类型的美人。她小巧,温柔,可爱。"

"我既不小巧,也不温柔,更不可爱吧。"

确实。

至少她不够小巧。近一百七十厘米的大个子,手和腿连同手指都很长。所有肉体部分,都很结实而又鲜明,犹如栎木雕琢出来的雕塑一般。

"你不可爱,跟你嘴里说出的话有关吧。"

我胆战心惊地这么一说,她痛痛快快地点点头。

"是啊。我这已经是够不错的了。"

"那么……!?"

她挤了挤左眉。

"对不起,我嘴不好。"

这是一种丝毫不觉得不好的语气。

"没什么。我们这个国家保障言论自由。"

那太叫我高兴了——她说。

"我实在不愿意被枪毙。"

嗯。

之后,我在店里转了一圈,关掉了水槽的灯光。

"喂。"她说。

"所谓美咲,那是她的名字吧。"

"是的。"

我回答。

"柴田美咲,二十六岁。"

"年轻。"

"是,比你年轻。"

"哈,哈——"

"怎么?"

"没什么。只是说说而已。"

"啊,是吗?"

所有水槽的照明全都熄灭,店里只剩下柜台那束微弱的灯光。我坐在通往二楼的钢制楼梯上。她撩起头发，下颌稍往前伸，看了看我。

"那到底是为什么呢？"

"什么？"

"她。"

"嗯？"

"二十六岁，不是还很年轻的嘛，就在婚介系统上登了记。"

"是啊。"

我把肘部放在膝盖上，两手支撑着下颌。

"可能是工作忙，周围又没有年轻的男士。加之以后也没有遇到的可能。"

"她是做什么工作的？"

"芳香商店的职员。"

"啊，好棒啊。"

"是吗？"

"哎，我喜欢香草的香气。"

"她给过我，第一次见面的时候。叫什么来着，说是叫玫——玫瑰草。"

"气味甜香。像玫瑰一样。"

"我喜欢玫瑰的香味。也喜欢茉莉。"

"明白。我记在心里了。"

"谢谢。"

谈话瞬间陷入沉默,然后,我壮着胆子说道:

"我嘛,去婚介系统登记的原因是……"

她微笑着摇摇头。那是一种充满深切慈爱的微笑。

"行了,不要说了。"

她说。

"我基本上是个温情的人。不想了解那么详细。"

"那是……"

她"嘘"了一声,紧接着把食指贴在了嘴唇上边。

"不好开口的事,可以不说。是吧?"

我终于意识到,她那逢场作戏的动作正是对我的一种嘲笑。

"可以的。"我说。

"是的,正像你所推测的那样,我是找不到。不,我这个人跟女性开口说话都很困难。"

啊,真叫人可怜——她说。然而,那是一种根本不觉得可怜的语气。

"不过,你跟我不是谈得很轻松吗?"

"是啊。"

我说。

"不知为什么,我跟你能像平常人一样。"

哎呀,哎呀——她一边大笑,一边拍着手。

"我真是高兴,就像有人向自己求爱了一样。那么,我是你的一个特殊对象?"

我实在是面红耳赤了。不过,还是佯装镇静,继续开口说道:

"不是的。"

"哇,脸红了。"

看上去她根本就没听到我说的话,她离开柜台跑了过来。蹲在我身旁,窥视着我的脸庞。我背过脸去,想避开她的视线。

"这不挺好嘛。"

"不好!讨厌死了!"

"不要这样说。"

"你耻笑别人,就那么高兴吗!?"

我抬高嗓音这样一说,她马上就沉默了。她往后退去,在距我三步远的地方,坐在了地板上。

"对不起。"

她说。

"真是对不起。"

这是一种真正发自内心的语气。这个声音让我原谅了她百分之八十,但是我决定再沉默一段时间。

"对不起。"

已经只剩下百分之五了。

"我真的很高兴,所以,不禁得意忘形了。"

OK。我原谅她了,却不知道说什么为好。

她恐怕以为我还在生气,用异常奇妙的声音说道:

"哎,让你抱抱我吧?"

我吃惊地抬起头,令人吃惊的是,她的表情非常严肃。

"你是认真的吗?"

她犹豫了一下,然后说了一句"是认真的"。

"如果你的情绪会因此得到改变的话……"

我不禁苦笑,使劲地摇了摇头。

"不用了,我也没有生那么大的气。"

"是真的吗?"

"真的。"

太好了——她说。接着她又说，不过……

"想把头埋在我怀里的男人，多得很呀。我毕竟也小有名气啊！"

"如果是那样，请你好好保护它。为着未来的丈夫和孩子……"

刹那间，她现出了完全不曾设防的神色。透过她的眼睛，简直可以看到她的心。奇怪的是，我并不想保护她。这是为什么呢？

"是啊，真是这样。你是对的。"

"没有什么对与错。这是理所当然的。"

"是的。"

她把头缩在抱在一起的双膝之间。我只能看见她那粗布长裤包裹着的两条小腿。显得极其修长的两条腿。

"喂。"她说。

"啊？"

"你的家人——你爸爸，好吗？"

"还好。已经八十岁了。"

"住在哪里？"

"就这附近。在车站对面的公寓里独自生活。"

妈妈很早以前就去世了——我若无其事地补充了一句。

"你们为什么不一起生活呢?"

"我成人的时候,被赶了出来。说是两个男人一起生活会感到寒酸的。"

她笑了。膝盖也在晃动。

"这不是一个很棒的父亲吗?"

"还行。反正心理上还很年轻。他认为自己永远是十七岁。"

"那不很好嘛。自己的年龄,应当由自己来决定。"

"这么说,世界上所有的人,不都要认为自己是少男和少女了吗?"

"这个世界的精神层次,本来不就是这样吗?"

是啊——我点点头。

"也许是这样。"

你的家人呢?——我问她。

"你的父母怎样?"

"挺好的。两个人毕竟才五十多岁。"

我立刻板起了面孔,她却笑得前仰后合。

"这是没办法的事嘛。"

"那倒也是,但是,我打小就不满意。为什么唯独我的父母要特别老呢。观摩教学的时候,我再尴尬不过了。"

她起身回到柜台,从壶里倒了一杯茶递给我。

谢谢。

不客气。

她靠混凝土墙壁站着,喝着自己杯中的茶。

"有一种香气呀。"

"桂花乌龙茶。这是丹桂的香气。"

"桂花乌……龙茶?"

"是的。和面包一块儿买回来的。"

"很香。"

"是吧?"

后来呢——她催促我往下讲。

"是的,总之家长都并排坐在教室后面,唯独我的爸爸和妈妈像老爷爷和老奶奶一样,同学们都议论纷纷。但我又不能说不让他们来。讨厌极了。"

"当时你母亲多大岁数?"

"生我的时候是四十三岁。据她说第一个孩子流产了。我是第二个。以后就停止生育了。"

"那你上小学的时候,你妈妈已经超过五十岁了。"

"是啊。其他人的母亲,有的只有二十几岁。相差太大了。"

"去世的时候呢?"

她把茶杯送回柜台,眼睛盯着笔记本电脑的屏幕。

"是多大岁数的时候?"

"妈妈吗?"

她的注意力依然集中在自己眼前,暧昧地点了点头。

"去世的时候,她正好六十岁。我当时十七岁。"

"伤心了吧?"

"还行。"

其实,有近一个月的时间,我是在哭泣中度过的。就是现在,一想起母亲,眼泪就要往外流。不过,我不说这些。

"也相当伤心。不过,我是个男孩子嘛。"

"男孩子是不是都爱撒娇?"

她关掉电脑的电源,盖上液晶屏。

"听说战场上的士兵,临死的时候都嘴里高喊:'妈妈……'这才是男人的真实写照吧?"

"是吗?"

"是的。你肯定也一直在怀念故去的母亲,一直在哭泣中生活的吧?"

我吃惊地看看她的脸。

"你是怎么知道的?"

看到我吃惊的面孔,她也吃了一惊。

"让我说中了吧?"

"啊,是那个样子。"

她走到我跟前,接过空杯子。

"情有可原。刚刚十七岁嘛,还是个孩子呢。"

"是啊。"

不过,即使把当时变成现在,我肯定也会同样生活在哭泣当中。其实,现在我也经常梦见母亲,醒来的时候非常想哭。我常常想起失去的温馨,对现在一切荡然无存感到悲伤。

在极个别的情况下,我还会做些令人误以为就是现实的真实的梦。在这类梦中,每每都以我出生的家为舞台。妈妈在里面。我知道妈妈已经死去。

她也知道。却丝毫不觉得奇怪。在这个家里，活着的我和身为黄泉居者的母亲，理所当然地交谈着。那是个无上幸福的时刻。两个人坐在起居室里的沙发上，一边看电视一边吃薯片。虽然仅此而已，我却满心欢喜，幸福异常。

我站起身来，来到店铺入口，把店门锁上。

"啊，一天结束了。"

我脱下围裙，挂在柜台内的衣架上。

"新工作的感觉如何？"

她就在我的身边。并排站在一起时，她的头顶正好在我眼睛附近。

"非常开心。"

她歪着头，斜眼看着我。

"已经再好不过了。"

"真的吗？"

我有意识跟她拉开一些距离。

"就这么个寂寞的店员工作？我认为，模特工作会比这百倍的刺激和开心。"

"是的。那是不是可以这样说——就是心情特别好，感到精神放松，重新找到了自我？"

"我这里是这样一个地方吗?"

"啊。一个叫人心情舒畅的地方。在我身边,既有清水和绿色,也有撒娇的店长,还有潇洒大方的男性职员。"

已经再好不过了——她说着抓住了我的手臂。

"哇!"

我慌忙甩甩胳膊,她马上松开了手。

"不好吗?这么说,你还是不行啊。"

"什么不行?"

我又往后退一步,站在那里不动。

"你想跟美咲……"

她把双臂盘在胸前看着我:

"你想跟她做好朋友吧?"

"是啊。"

"那样的话,行为举止就得更加自然一些呀。"

"是吗?"

她重重地点了点头。

"不能总是十四岁男孩那个样子啊,要变成大人才行。"

有我帮助你呢——她说着做出一个怪相来。

"我嘛，是可以信赖的呀。"

"嗯。"

其后，她和昨天晚上一样，在柜台里边铺开了垫子。

"哎呀，到休息的时间了。你是不是从我的房间里出去呀？"

"啊，对不起。"

我向通往二楼的楼梯走去。

"晚安。"

她在我的背后说。

"嗯。晚安。"

"祝你做个好梦。做一个我们俩像小猫一样嬉戏之类的好梦。"

我回头刚想说话，见她正在脱衬衫。她的胸部确实非同一般。我赶忙转脸向前，然后上了楼梯。

"你还是不行啊。"

楼下传来了她这样的自言自语。

※

听到声音,我醒了过来。

还是深更半夜。我侧耳倾听,声音好像来自楼下。是幽灵们的舞会呢,还是小人的鞋铺呢?莫非清晨起来所有的水草都会打包完毕吗?若能如此,那可真是求之不得。

我屏住气息,企图寻找声音的来源。但那是一个极为节制而有礼的响动,把它同别的杂音区别开来,本身就是一件很难的事。实际上,脉搏的跳动和枕边闹表的声音,远比它还要吵闹。

不久,传来一声更大的响动,我有意识地一听,原来是我睡眠的气息。看来,我是不知不觉睡着了。

啊,算了——我决定放弃,并把头深深地埋在枕头里。喘了不到三口气,便深深地进入了梦乡。

5

第二天与头一天大同小异。

这一天，第一位客人还是奥田君。他连续两天光临，实在是罕见。

显然，他的目的不在水草。他同往常一样，先在宽度一百八十厘米的展示水槽跟前停下脚步，但视线一直盯着柜台里面的森川铃音。

我从他的背后凑上前去，说了一声：

"啊，欢迎光临！"

他（彻头彻尾地）吓得跳了起来。

"高级的水虎尾草已经到货。怎么样？"

他热衷于国产水草。对于我的话，他根本无动于衷，视线再次转向了她。

"哎，店长。"

"什么？"

"那个，坐在柜台里的那个女人很像森川铃

音呀。"

"是吗?"

"是新来的职员?"

"是啊。昨天开始上班。"

"莫非……"

"什么?"

"但是,那个森川铃音也不可能到这种店铺里来呀。"

"到这种店铺里来不好吗?"

"啊,对不起。"

"你自己去确认一下如何?"

他使劲地摇摇头。但脸上的赘肉却跟不上下颌部的动作,总是存在一个时间差。

"那我可办不到。喂,履历表上是怎么写的呢?"

"没有履历表。名字叫什么来着?我忘记了。"

他一言不发,朝柜台里边凝视了好一会儿。然后点了点头,好像明白了什么。

"还是不对。真正的森川铃音更瘦削,胸部更隆起。这是一个跟她极为相像的其他人。"

我明白了,我会如实地把你的话转告给她。

"这很遗憾。"

我说。

"假如有位名人来当职员,我的小店多少也会兴隆一些呀。"

"那不可能吧。"

他表现出了他这种年龄的人常有的毫无顾忌的直率。

"经营水草之类商品的店铺会'兴隆'起来,那是根本不可能的。"

"哎,的确是这样。"

"不过,她这个人长得真是非常像呀。"

有好一阵子,他又是歪头琢磨,又是点头认可。过了一会,我发现,他不见了踪影。只有花生酱的余香飘荡在他原来所在的地方。

我走到柜台跟前,跟她打招呼说:

"那个人说,你是跟森川铃音极为相像的另一位女士。"

她从液晶显示屏上抬起头来,向我投来一束模特特有的冷漠的目光。

"是吗?他说我比她更美吗?"

"哎，倒也没有那样说。只是说，森川铃音更加消瘦，胸部更加丰满。"

"大家都这么说。不过，现实就是这样一种情况。稍微一放松警惕，裤子的尺寸就会上升一号；一旦懒散悠闲，胸部马上就会变得不再丰满挺拔。"

"得了，得了。"

"什么'得了得了'？"

"我认为，你已经相当苗条了，而且还有一个富于魅力的胸部。"

哈！——她吐了一口气，然后仰望空中。

"喂。"她从柜台探出身来，把脸凑近我。

我稍许往后退了一步。

"你跟女性拉拉手都心惊肉跳的，今天怎么能面不改色地说出这种让人面红耳赤的话来呢？"

"面红耳赤？"

我问。

"是我吗？"

我赶紧用手摸了摸脸颊。

"不是你。面红耳赤的是我！"

啊！——我不得要领地点点头。

"但是，你的脸不是白白的吗？"

"语言的修辞色彩嘛。"

她用手摸摸自己的胸前。

"心里已经染得通红了。"

"确实如此。"

"真是个孩子。"

"是吗？"

"你根本不知道自己的话对女性具有怎样的含义。只是想到什么就说什么。"

"确实如此。"

算了——她说道，随即用手做了一个赶我出去的动作。

"影响工作。"

"好。"

离去的时候，我又这样问她一句：

"这么说，你是很高兴啦？"

她露出一种稍带凄凉的笑容，轻轻地点了点头。

"是呀。"

她低声哼着说。

"受到你的夸奖，不禁高兴了起来。"

"原来如此。"

我很长见识。如果想到什么就说什么,女性就会高兴。

下午三点钟的时候,水草的发货准备工作告一段落。我向柜台里的森川铃音发了话:

"喂,不出去一趟吗?"

"好呀,去哪儿?"

"去圆梦啊。"

就这样,在店门挂上"正在准备"的牌子之后,我、夏目君还有她,三个人一起走上了林荫大道。

"顺便买一张简易床吧,最好是折叠式的。"

"是的。那么,垫子和毛毯也捎带买了吧。"

"可最主要的还是糕点。"

过了意大利面条专卖店之后,再往前走不了多远,就有一个一对年轻夫妇开办的小花店,它的隔壁则是一家墙壁涂成白色的意大利餐馆。门上挂着一个写有"BIANCO"的木牌。

"这里的比萨很好吃。"

我对走在我身边的她说。

"'BIANCO'特制的比萨。"

"糕点也是这里好吗？"

"不是的。再往前走一点。"

迎面而来的人都偷偷地回头向我们张望。毕竟品行良好的居民居多，他们的表现并不特别露骨，但我还是非常在意他们。这实在不可思议。尽管他们在意的不是我，却只有我对他们非常在意。

尽管如此，走在我身旁的这两个人毕竟过于引人注目。即使她不是有名的模特儿，来来往往的人恐怕也会回头张望。他们的那种特殊性，我在店里不曾发现，但在灿烂的阳光下得到了扩大和夸张，压得我几乎窒息。

并且有一种相辅相成的效果。他们俩并肩行走的姿态，非同寻常。

他们行走的道路，简直成了好莱坞的明星大道。

更令人惊奇的是，他们对此竟然毫无觉察。

"我们拉拉手吧。"

她说。

因为有昨天晚上的那一幕，所以我佯装若无其事。无意中，我看了看她另一侧的夏目君，他竟然不是佯装，而是不折不扣的若无其事。他极其自然地拉着她的手。

他们两个人的手指竟然都长得又细又长！

我强烈地意识到她拉着我的手。我有一种手摸雪米皮革一样的光滑触感。这种手感凉爽而又纤细，就像一种美丽的语言一样，似乎正在向我倾诉着什么。

"好开心啊。"

她说着晃晃我们拉在一起的手。

"我一直是想这样做的。"

"这样很好。"

我说。

"能够齐心协力，我也开心。"

我也一样——夏目君在另一侧说。

于是，她现出了真正开心的笑容，欢快地哼起了小曲。仔细一听，原来是《缆车之行》。

※

在榉木林荫的步行街走上五分钟,就到了我们要找的那家店铺。

"CAFE RESTAURANT FOREST。"

一栋原为普通民居的建筑,原封不动地变成了咖啡馆。草木繁茂的庭院深处,孤零零地坐落着一座涂成白色的砂浆平房。面朝庭院的开放式凉台上摆着三张桌子。

我们打开门扉,穿过日本光蜡树、白玉兰、四照花等庭园树木的缝隙,行走在枕木引桥之上。开放式凉台的脚下,有个小小的水池,上面漂浮着荇菜叶子。水边还可以看到睡菜、金棒花的身影。我喜欢这个小小的水边景观,经常到这个店里来。距离水池最近那张桌子,便是我的固定坐席。

我们拉响铃声进入店内,打工仔莱纳斯立刻迎了过来。他是在附近一所大学求学的留学生。是个因为读了杰·麦克伦尼①的《模特艺术》才来到这个国度的浪漫主义者。梦想着能在异国他乡同女性同胞坠入爱河（《模特艺术》中的柯南就是这样和模特菲洛梅娜相识的）。

"欢迎光临。"

他的发音和语调都很准确。

"今天，有位相当漂亮的小姐作陪呀？"

"嗯。"

我后退一步，向他介绍她：

"森川铃音小姐，我们店里昨天开始上班的职员。他是莱纳斯。"

请多关照——他说。

"您就是出演《塔朗泰拉舞曲》的森川铃音小姐吧？"

她笑了笑，点了点头。

"啊，是的。"

"哇，真叫人激动。那个电影太好了。"

---

① 杰·麦克伦尼（Jay McLnerney, 1955— ），美国著名作家，编剧。主要作品有《霓裳情挑》《灯红酒绿》等。

"谢谢。我很开心。"

莱纳斯布满雀斑的双颊顿时绯红。

"那么,请到这边来。阳台里边的那个席位,是远山先生的专座。"

我们穿过店堂,来到阳台,在水池附近的桌子边坐下。

"今天请供应糕点套餐。这是她梦寐以求的。"

"是啊。女孩们都有这种梦想。"

我点了阿萨姆牛奶红茶,夏目君点了意大利蒸汽咖啡,听说糕点套餐附带饮料,她选了薄荷茶。

莱纳斯离开桌子以后,我对她说:

"我觉得,刚才和莱纳斯说话的,好像是一个我不认识的女人。"

她脸上浮现出模特特有的优雅笑容。

"啊,那是一个什么样的女人呢?"

"是啊。一种感觉。为什么跟旁人说话,情调会发生变化呢?"

"这不足为奇吧?世界是复杂的。不能像你那样单纯呀。"

她的话给我一种中途受挫之感,但我还是毅然坚持了下来。

"那么，真正的你在哪里呢？"

"全都是我呀。我是镜子。镜子里没有真伪吧？"

确实如此。

这时，糕点送了过来。服务车上装着十几种小块糕点。

"请挑选喜欢的糕点。"

"那我全都要。"

她说的时候一点不假思索。无意之中，我的目光投向了她那苗条的腰身。

全都要？

"各位，应当这样享用……"

莱纳斯边说边动作优雅地把糕点分放到桌上的盘子里。

"此外，还有冰淇淋和乳蛋布丁。如果需要，请吩咐。"

"谢谢。"

她用一种与其说是模特不如说是女演员的微笑，向莱纳斯表示感谢之情。莱纳斯不禁用手捂住了胸口附近。但愿他受到的伤害会轻一些。也许是心情的关系,我觉得他远去的脚步已经失去了平衡。

"他的姐姐名叫露茜。"

我目送着他的背影说道。

"哎呀,那是灾难啊。"

"为什么?"

夏目君问。

"《花生》!"

我们两个同时回答。快乐牌冰淇淋!——她大喊一声,同时现出了十四岁般的笑容。

"这可是你请客呀。太棒了,我可要大吃特吃了。"

虽然我一开始就打算请客,但是作为一个规矩,我还是表现出稍带后悔的神情。

"我太没用了。这个话,一直没能说出口。"

"啊,我也是许久没有这样了。几乎有十年时间。也许更长一些。"

然后,我给夏目君作了解释:

"《花生》是报刊连载漫画的篇名。对了,就是史努比[1]和查理·布朗。"

---

[1] 史努比,snoopy,是世界上著名的漫画形象,诞生于1950年。

"啊,我知道。"

"莱纳斯就是在那里边出现的,总是拖着一条毛毯走路。"

"他姐姐名叫露茜·凡蓓尔特,为所欲为,嘴损无比。"

我作过解释之后,她接着来了这么一句。

"她倒是像某个地方的一个什么人呀。"

我这么一说,她急忙往周围看了看。

"至少半径十米之内,没有什么人嘛。"

"啊,是的。"

不久,饮料送来了。阿萨姆牛奶红茶、意大利蒸汽咖啡,还有薄荷茶。

"喂,听说你姐姐的名字叫露茜?"

面对她的问话,莱纳斯重重地点了点头。

"不过,她是个非常温柔的女性。我差一点爱上了她。"

我明白了——她说。

"所以,你才远离自己的祖国来到这里?为的是跟你姐姐拉开距离。"

"您真厉害。"

莱纳斯用只有高加索人才会的技巧闭上了一只眼睛。我小的时候也经常做挤眼儿练习，却总是两只眼睛同时闭上。

"是。需要时间和距离。米哈博说过'久别会毁掉爱情'。"

可也不容易啊——他做了个鬼脸说道。

"就是现在，偶然看到跟她相像的女性，我仍然感到心痛。"

"人长得漂亮吧？"

"哎，是个美人。不过，不是可以镶在镜框里欣赏的那种美。她的那种美与穿合脚的旅游鞋、T恤衫和粗布长裤非常般配。"

"棒极了。我真想见见她。"

"那好，一会儿请到休息室去。"

莱纳斯丢下这么一句话就走了。

"这是怎么回事？"

"你去了就会明白。"

是吧？——我这么一说，夏目君也点点头。

"是的。我想马上就会明白。"

她审视了一阵我们的神色，点点头便回到糕点上去了,好像在说:咳,算了。

　　巧克力蛋糕和摩卡蛋糕,已经从她的盘子里消失。这是梦想的序章,接着就是正篇,不久便是终篇,后面肯定也有尾声。

　　现在,餐叉正叉着紫黑浆果奶油馅饼。她眯缝着眼睛,表情愉悦地将它送入口中。怎么说呢?那是一个相当煽情的情景。我有一种窥视她个人闺房的感觉。也就是说,一种观看到她极其隐私行为的感觉。

　　"好吃。我太幸福了。"

　　她舔了一下粘在嘴唇上的黑浆果汁。粉红色的舌头,画出一条卖俏的轨迹,然后消失在双唇之间。

　　那简直是一种注册商标认定过的演技。

　　"知道了。我知道你很高兴,请恢复正常吧。"

　　不然的话,我的眼睛都不知道往哪儿看好了。

　　她用手指擦擦嘴唇,对我说:

　　"吃东西这种行为,本来就很性感。我这很正常嘛。"

　　"也就是说,这也是为了让我习惯,是对我的一个帮助吧?"

我这么一问,她摸摸自己的前额,好像在捉摸:这到底是怎么回事呢?

"我想不是。只是好玩而已。"

但……——她说。

"但你脸上马上就表现出来了,所以,我情不自禁地想逗逗你。"

啊,是这样。

夏目君泰然自若地喝着意大利蒸汽咖啡。令人感到,我们并不在同一个时间和空间上,而是在某种别的坐标轴上,彼此之间相距甚远。

她开始吃第四个糕点时,阳台坐席来了别的客人。是一对六十几岁的夫妇。他们跟我们隔开一个坐席,在对面一张桌子上坐了下来。这对夫妇我见过几次,他们长得很像。身材不高,浓密的头发里混杂着银丝,脸上恰如其分地分布着皱纹。给我的印象是,也许是长期相濡以沫的结果,他们的大部分都已发生同化。

"一对绝妙的夫妇啊。"

她一边吃乳酪沙弗来一边说。

"如果两人上了年纪都能像他们那样,过生日也就不会太痛苦了。"

"过生日痛苦?不高兴吗?"

"所以,我说你是个孩子嘛。二十岁以后的生日,是不折不扣的痛苦啊。"

"我倒是很高兴呢。"

"咳,真是的。"

"你也该想想生育自己的母亲呀。所谓生日也是母亲生产的日子嘛。"

"啊,是呀。的确。"

"所以,那一天,我一定怀着感谢的心情对妈妈说一声:谢谢你生育了我。这是为母亲祝贺。"

她唯独嘴在活动,眼睛死死地盯着我的脸。

"在这个扭曲得充满恶意的世界里,你难得成长得如此正直呀。"

她说。

"其实,你的存在本身就是一个奇迹。"

"我很普通嘛。"

"是啊。都这样说。"

"都?"

"不普通的人都……"

啊,是这样。

"不过,我认为你这种想法很好。今后,我也要这样想,就把生日当成母亲节。"

"是啊。不过,我们也没干什么了不起的事。那一天我们所干的,只是吸进空气鼓起干枯的肺部,哇地大叫一声之后,再把空气全都吐出来。"

"尽管如此,但我认为那也是一番大事业。"

"啊,有可能,可跟妈妈的坚韧相比,还远远不够。我听说家母是大龄生产,简直命都豁出去了。"

"我听说妈妈也是难产。女人真是了不起呀。"

我扑哧一笑,对她说:

"你说的好像别人的事情一样,总有一天你也会……"

转瞬之间,表情从她脸上完全消失。但她马上一笑,回了我一句:

"是的。那好,生个你的孩子吧。"

这应当是我惊慌失措的时候,可我并没有完全表现出来。

"是,啊,不过……"

我觉得，当全部表情从她脸上退去的时候，我窥视到了在它背后隐藏的真实。她吐露了以往百般隐藏的真情——通过她那不曾设防的面庞。

面对我的暧昧反应，她也乱了阵脚。

"啊，行了。小小的玩笑，没有意思。"

她又把视线落在糕点上，毫无意义地用叉子戳了戳。

夏目君像负责行星之间联络的通讯员一样，不失时机地加入我们的对话。

"是啊。"

他说。

"我倒是不讨厌过生日，真是望眼欲穿，我觉得每个月过一次生日才好呢。"

"夏目君，你多大？"

"二十六岁。"

她叹了一口气，仿佛在说：原来你还这么年轻啊！

"不是的。"

他说。

"我是另有原因的。"

"什么原因？"

我一问，他现出了高雅的笑容，像老神父一样点了点头。

"那一天会有信来。从姐姐那里。"

"嘿，真是一个心疼弟弟的姐姐呀。"

"是的。"

"写了些什么好事？"

她已经开始吃第五个糕点了。她边问边大口嚼着草莓糕点上的草莓。

"确切而中肯的忠告。"

夏目君说。

"或者说，是神谕。"

哎呀呀——她讽刺他说。

"请注意一下啊。你也该自己决定自己该做的事情了。若不然，你恐怕连先给哪只脚穿鞋都搞不清楚了。"

"是啊。"

夏目君顺从地点了点头。面对年长自己的女性的忠告，他恐怕有一种无条件服从的习性吧？或者说这兴许又是一种才能。

第六个、第七个、第八个糕点,都在转瞬之间消失。她用与吃第一个糕点时一样的热情和真诚,品尝着糕点。她那幸福的笑容,让一旁观看的我感到心怀温馨。

"很好吃吧。"

我一说,她马上像小孩一样点了点头。

"嗯。"

这也是她的一个特点,我决定将它保留在记忆当中。假如在她说话尖刻的时候想起这一点,我的情绪也许就会宽容一些。

当她把叉子伸向第九个糕点栗子薄饼时,突然心血来潮地说:

"这个水池真棒,你一定很喜欢,所以你就总坐这个座位吧?"

"你总算明白过来了。"

"哎。我不是来看水池的,是来吃糕点的嘛。"

"对,是的。"

那个开白花的是睡菜,对面那个叫金棒花——我一解释,她立刻眼珠乱转起来。

"听起来怎么就像古埃及国王的名字一样呢?"

"是图坦卡蒙①吗?"

"是,就是。"

"啊,什么?"

"就是图坦哈门(Tutanchamun)。"

我对夏木的说明表示认同:

"啊,是的。"

我不由得感到自己愚蠢到了极点。

哎,没什么。尽管不知道法老的名字,Aquashop水草店的店长还是胜任的嘛。

"那个像小睡莲一样的东西就是荇菜吧?"

她用手指了指。

"你很懂行啊。是的。"

"我说过吧?我喜欢水边植物。还知道许多其他的呢。"

"是吗?"

"水虎耳草。"

---

① 图坦卡蒙(Tutankhamen),埃及第十八王朝的法老,公元前14世纪在位。

她说着，得意洋洋地蠕动着鼻子（尽管始终是修辞性质的）。

哎呀——两位男性不约而同地发出了惊奇的声音。

"真是不假呀。"

"什么？"

"你打小就喜欢水草的说法呀。"

"是的。我经常到水池和河边去观察水草。"

"连水虎耳草都知道？"

"是的。我曾经看到水池里长得满满的。因为名字好听，所以记住了。"

"它的学名叫卵叶水丁香。"

"咳，也是个漂亮的名字。有点儿像捷克或德国的美女间谍的名字。"

"的确，在欧美，女性的名字基本都是以'a'结尾。"

"不过，也可以不是美女间谍。"

"感觉呀。只是一种感觉。"

这种感觉也传染给了我。打那以后，每当看到

Ludwigia 的名字,我的脑海总会浮现出邦德女郎①之类的美女间谍的形象。

最后一个糕点是勃朗峰。她慢条斯理、百般慈爱地把它放进嘴里,闭上眼睛贪婪地品尝着它的味道。事到如今,我满以为她会就此结束,哪里知道她又点了摩卡蛋糕。

"也太好吃了啊!"

还没等我们说话,她就先发制人地说道。把乳蛋布丁和冰淇淋全都狼吞虎咽之后,她才露出满足的样子。

"梦中的味道如何?"

我一问,她便用一种稍带倦意的眼神看看我。

"香甜得很……"

她只这么一说,便站起身来,消失在休息室里。

我和夏目君先把账结了,然后在收款柜台前面等她。不一会儿,她出现在通道的尽头。她上身穿着过时的夏威夷衬衫,下身穿着相当结实的蓝布牛

---

① 英国 007 系列电影的女主角。

仔裤。我的视线自然而然地转向了她的腹部，可竟然不见明显变化。

那些糕点跑到哪里去了呢？难道糕点这种东西是个并不具有实体的抽象的存在吗？也许它们只是由美味、香精和巧克力的风味构成的吧。

我突然想了许多。

"根本不见莱纳斯的姐姐呀。"

她说。

"既没有照片，也没有画像。"

"有什么其他东西吗？"

莱纳斯把一束充满期待的目光投向了她。

"什么……"

她手掌朝上，耸耸肩膀。

"其他什么也没有。只是一些休息室里常见的东西。"

"比如？"

"洗脸池。然后，当然是一面大镜子。另外就是防尘窗帘……啊，还有花。叫做香豌豆的那种花。"

"喂，所以呢？"

我问道，她现出一副"啊？"的神色，眼睛死盯着店内的地板瓷砖。然后,抬头看看我,开口"啊?"地叫了一声。

"我不明白。"

"但是……"

我说完后,莱纳斯点头说道:没有办法啊。

"总而言之……"他说。

"见到你,我很高兴。请下次再来。"

那当然——她说。

"我还会来的。"

又补充说道:

"请代向你在休息室里的姐姐问好。"

莱纳斯的目光往通道尽头一闪,点了点头。

"OK,明白了。一定带到。"

于是,我们三人告别了"FOREST"。

"也就是说……?"走在人行道上时,她问道。

"到底是怎么回事呢?"

"也就是说……"我说。

"你是个感觉意外迟钝的女性。"

哎呀呀——她说着,脸上露出了令人生惧的

笑容。

"这个话谁说都行，就是不想让你说。"

啊，是吗？

从"FOREST"往前走了将近三分钟，我们来到了"Grumpie"。

这是一家经营室内用具的大型店铺。空间很大，几乎能容纳三十几个我们那样的小店。

"所谓Grumpie……"

听到她说的话，夏目君点了点头。

"是的。就是那个Grumpie。"

又开始了——我突然又想起了十三岁时跟佑司进行的对话。

"你知道吗？"他问。

"什么？"

"据说，在这个世界上，我们不知道的事情，比我们知道的多一百万倍。"

"胡说！我不知道。"

"你瞧瞧。"

"那个……"

我急忙这么一说,夏目君紧跟着作了说明:

"那是'grown-up mature person'的略语。"

"是一种生活方式。指成熟大人的……"

她也同样知道。我有一种坏学生被错误邀请参加成绩优秀学生学习会的感觉。

"它是作为反驳雅皮士的价值观而出现的。可以肯定这家店主是那个年代的人。"

"肯定是经营面向稳重大人的简单商品吧。"

"我想是这样。"

随后,我们在这家店里购买了便携式折叠床、棉纱材质的床垫和毛毯。我们借一辆平板车把货物装上,我在一旁扶着,夏目君在后面推,一起往回搬运。她则在我们身后,兴高采烈地哼起了小曲。还是《缆车之行》。

回到店里,把床搬到柜台里面。决定白天折叠起来,靠立在墙壁旁边。为了送还平板车,夏目君又出去了。

"谢谢。"

她手扶着床说。

"谢谢？"

"对呀。承蒙多方照顾，非常感谢！"

"没什么。"

"糕点也很好吃。"

"你是为了它才辞去模特儿工作的吗？"

"是啊。我会成为那家店铺的常客。"

"好啊。莱纳斯会很高兴。"

"你是说我像他姐姐这件事吗？"

"是的。"

我有些沮丧地说：

"你原来知道啊！"

"也就是在刚才。我仔细想了想，弄明白了。休息室里有镜子嘛。"

"是啊。你照照镜子，就会看到露茜的脸。咳，这就像近似值一样。"

"我诱惑他一下吧？"

"恶作剧。怎么说呢，又不是开展销会。"

"开玩笑。别看我这样，我在爱情方面，还是属于保守类型的。喜欢正统的、单纯的爱情。"

我使劲地点了点头。很有些感动。

"真叫人高兴。我也持有相同见解。"

她稍许摆摆头,紧紧地吊起嘴角。

"啊,我想也是这样。我只能说,你根本就不适合崭新而又复杂的爱情。"

啊,是吗?

晚上,当常客们像海边漂浮物一样平静地光临然后又离去之后,我坐在柜台的凳子上凝视着笔记本电脑的液晶画面。我虽然不太通晓程序设计,但是系统的构筑似乎进展相当顺利。

她的确是个优秀的女性。美丽,头脑清晰,坚韧不拔。何况她还喜欢水边生物,追求正统而单纯的爱情。

我若是十五岁,可能早就陷入情网之中了。但二十九岁的我不能那样做。我已经开始准备跟比自己小三岁的、小巧的、温柔的、可爱的女性陷入情网了。如果拿游泳来比喻的话,现阶段我的脚跟已经伸直,胸部已经撩上水,游泳镜已经戴好。下一步只等往水中纵身一跳了。

我们相识后用了一个月的时间才达到这种程度。不想让相见后仅仅三天的女性所破坏。

是的——我根本就不适合崭新而又复杂的爱情。除此之外，不言而喻。

突然，我抬眼往电脑旁边看，那里放着她经常挂在脖子上的垂饰。现在，她到优雅俱乐部游泳去了。可能是因为东西贵重，害怕丢失，才放在这里的。

我重新审视了一番这个小小的多面体。大小如同聚乙烯塑料瓶盖一般。似乎可以说是个梯形，横断面呈稍显不正的五角形。不知道是什么材质，不过像玻璃一样透光。

到底是一种什么东西呢？——我不由觉得心中有了一分牵挂。然而，与其说那是一个记忆，不如说是一种近乎心惊肉跳的感觉。

过了一会儿，我失去了兴趣，把垂饰放到了桌子上。

突然，我脑海里又浮现出了荇菜的黄色花朵，但我无意深入思考其原因，便匆匆离开了柜台。

6

同往常一样，一上完课我便踏上了沿水渠修筑的道路，径直向垃圾场走去。途中还绕道葫芦池采集了一些金鱼藻。一周以前，我央求父亲买了个宽度六十厘米的水槽。日前抓了一些黑鳉在里面放养，需要用水草为它们创造一个安心生息的环境。我把金鱼藻放进事先准备好的尼龙袋里，加封以后装进包中。

我重新回到林中小路。确认棒球小组的那些人不在之后，就继续往里边走去。

很快就要进入梅雨季节，可天空依然阳光灿烂，阳光透过树木间隙形成的影像，在地上留下了清晰的轮廓。

快到垃圾场的时候，特拉休迎接了我。

"咻咻？"

它背上长出一根类似植物胚芽的东西。

"好，好。"

我弯腰把手伸到它的颌下。仔细一看，确实是植物胚芽。一根小萝卜嫩芽一样的东西，直挺挺地立在上边。看上去那个胚芽很可能是它带着种子行走过程中发出来的。也许特拉休的长毛当中积聚了丰富的营养和水分。说来倒也真有可能，这些日子阴雨连绵。莫非过些日子还要生根出茎、长叶开花吗？若是一个水杉的胚芽，那结果会怎样呢？那时，它走路恐怕都会有困难吧。

我跟在特拉休的后面，蜿蜒进入垃圾山中。佑司已在那里。他不在往常的起居室里，而是坐在一座新形成的垃圾堆脚下。脖子上挂着一块板状的东西，面颊几乎贴在上面，手则不停地在动。

"佑司。"

听到我的喊声，他慢慢地抬起了头。

"你干什么呢？"

我一边往前走一边问。

"画画呀。"

他尖声尖气地说。

"我画画呢。"

我站在他身后,看着他的手。

眼前呈现出来的是一种六百立方厘米的惊奇。也就是说,我惊奇得一口气吸了如此之多的空气。嘴里不禁"哇"的一声大叫。

打个比方来说,就好像一个要好的朋友说他"依照暑假作业搞了个小制作",并把所做的东西拿来给你看,一看竟然是一台永动机,我觉得那时候的惊讶也不过就是如此。

预测值和实际情况明显背离。他的画远远超过了一个十三岁少年所能描绘的水准。与其说他是个正为粉刺和阴毛而苦恼的中学生,不如说他已经跻身在伦勃朗、鲁本斯等画坛巨匠的身旁(——此时的我这么想)。

那是用黑墨水描绘的袖珍画。描绘的是一辆几天前刚刚遗弃的婴儿车。软木色的车篷已经损坏,不知为什么座位上竟然放着一棵很大的包菜。

佑司一丝不苟地描绘着这一切。放在画板上面的那张廉价的马尼拉纸上,呈现出一幅可以跟照片一样以假乱真的栩栩如生的图画。他力图将映入自己眼帘的所有东西,全都毫厘不差地描绘出来。既不省略任何东西,也不添加任何东西。其中不存在任何寓意,也不存在任何讽喻。有的只是不需要哲学解释的真情实景。

后来我曾经有机会从容地欣赏过那幅绘画,仔细一看,婴儿车的细部甚至清晰地画着铆钉和螺纹牙。螺纹牙上的＋和－都画得一清二楚。另外,婴儿车后部堆放的一些电子零件上,甚至画出了底板布线图式。

尽管如此,这个世界显然已经扭曲。婴儿车弯着,包菜画得比实物大得多。我想,问题肯定是出在他的眼睛,或者是那副克斯特罗眼镜。

假如你看世界总是这个样子,那可就麻烦了——虽然我曾经这样指出过,但佑司似乎完全无动于衷。

他首先近距离接近所画物体,凝视一阵子,然后返回原来位置,接着便挥笔如飞,一气呵成。笔是上个世纪的玻璃钢笔。墨水瓶放在一旁,用笔尖蘸墨而画。他的脸凑得很近,简直就要贴在马尼拉纸上。在别人眼里,有时甚至会误认为他正在头枕画板酣然大睡。

"眼睛不离那么近就看不见吗?"

近两秒钟之后,佑司抬头看看我。

"哎,你说什么?"

不,没什么——我说着离开他,向里边走去。

花梨正在"起居室"里。气温已经相当的高,可她依然穿着军用风衣。

"呀。"她举起了手。

我把视线转回刚才过来的方向,对她说:

"佑司好厉害呀。"

"绘画?"

"是的。画得太棒了。"

"将来一定会成为有名的画家。肯定没问题。"

"是的。我还不知道他有这种令人震惊的才能呢。"

我隔着桌子在她对面坐下。那是一把可能十天前被抛弃的崭新的董事坐椅。

"佑司家里,放着许多以前画的画。下次我们一块儿去看看吧。"

花梨说。

"顺便还可以拜见一下他的父亲。"

"是佑司的父亲吗?"

是啊——她说。

"是个作家。写的小说总是卖不出去。"

"卖不出去?"

"卖不出去。在这个世界上,只有五个人能够理解他写的小说。这样的东西,能卖出去吗?"

"那,问题可就大了。"

"什么问题?"

"他们的生活呀。资金来源呀。"

"也许。不过,可以维持。也就是两个人嘛。"

她傻傻地一笑。那副不锈钢牙齿矫正器在阳光下闪闪发亮。

"他的母亲呢?"

"出走了。好像是佑司上小学五年级的时候吧?"

"抛弃佑司不管啦?"

"是的。她讨厌贫穷。如果带着他,不是还要继续贫穷吗?"

"那倒也是……"

"孤身一人,可以碰上有钱的男人。即使上班工作，也是一身轻呀。"

"佑司是怎么想的呢？"

"听说出走的时候，母子有过约定。他妈妈说，攒到钱就回来接他。他相信这一点。"

"那么，总有一天会……"

怎么说呢？——花梨眼珠一转。

"他倒是有理由相信，可……"

她从风衣口袋里掏出一本书读了起来。

"你读的什么书？"

这个吗？——她把书高高举起，给我看了看。

是啊——她伸着下颌点了点头。

"《花生》。"

"《花生》？"

"是本漫画。史努比和查理·布朗。"

"啊，史努比我知道。"

"等以后借给你看看。"

"谢谢。"

其后不久，佑司来了。

"已经画完了吗？"

我问佑司。

"没有。"他说。

"头痛。休息一下。"

作画时,脸贴得那么近,恐怕谁都会头痛的。

"他总是这样。"

花梨从书上抬起头来。

"他总是用心过度,以致造成这种后果。"

过来——她对佑司说。佑司脸色发青,顺从地在她身边坐下。他摘下那副大号眼镜,两手握拳,使劲地揉着眼睛。摘下眼镜的佑司,显得比任何时候都年少。假使他拇指上依然留有舔吸手指的茧子,人们都不会感到奇怪。

花梨用熟练的手指,揉搓着佑司的肩部和颈部。

"僵硬得像石头一样。我的手指都揉痛了。"

佑司闭着眼睛,有气无力地点了点头。

"好久没有人扔这么好的垃圾了,不知不觉就着了迷。"

我突然醒悟过来,问道:

"那么,你画的全是垃圾画吗?"

是啊——花梨回答。

"佑司只画垃圾画。"

"为什么?"

他慢慢睁开眼睛,用睡意的眼神看着我。

"我喜欢垃圾。"

他说。

"不要问我原因,我自己也不知道。"

我认为,所谓"喜欢"基本都是如此。我虽然喜欢意大利面食,但有人问起原因时,却只能回答说"好吃"。这就等于把"喜欢"一词替换成了"好吃",根本不成为其理由。所以,我便点了点头。

"是啊,一种不明原因的喜欢。"

"嗯。"

"不过,你画得相当棒。我吃了一惊。"

"是吗?我自己并不太清楚。只是随心所欲地画着。"

"没有在哪里学习过吗?"

完全没有——他说。

"从小到现在,一直自己画。不折不扣地自成一统。"

"厉害。真叫我肃然起敬。"

他高兴地莞尔一笑。两颗大虎牙一下子露了

出来。

"我长大以后会成为画家吗?"

"会。"

花梨回答得肯定又有力。

"佑司一定会成为有名的画家。我保证。"

"我也这么认为。"

听了我们的话,他脸颊带上了些许的红晕。

"如果真能的话,我很高兴。这是我的一个梦想。"

"嗯。这个梦想一定能够如愿以偿。"

"智史呢?"我说完之后,花梨问我。

"你的梦想是什么?告诉我。"

我的梦想只有一个。长大以后也要和现在一样,一直跟水边的生物共同生活。本来,选择的余地是多种多样的,但是十三岁的我已经做出了唯一的决定。

"我的梦想是当个热带鱼商店的店长。"

果不其然——花梨说。

"我就想会是这样。"

她又用似带温情的眼神看看我。

"如果你们的梦想都能够实现,那可就好了。"

花梨呢?——佑司说——花梨的梦想是什么呢?

"我吗?"

嗯,嗯——我们点着头。很感兴趣。心想,她一定有个令人想象不出来的非同寻常的梦想。如果她愿意,肯定连火星都能上去。她把搭在佑司肩上的手放了下来,眯缝眼睛望着天空。有些发青的白色面颊,沐浴着六月的阳光,像织女星一样光彩照人。

"是啊。"

她说。

"将来你们一个是有名的画家,一个是体面的热带鱼商店店长,我的梦想可能就是做你们最好的朋友吧。"

※

"后来呢?"美咲问。

"三个人的梦想都实现了吗?"

我们并排坐在公园的长凳上。

木制的长凳,像伏古蕨的叶子一样,稀疏地点缀在舒缓蜿蜒的步行路边。其他长凳上都不见有人。步行路两旁被隶棠和珍珠花装扮得花枝招展。我们眼前是一个水池，有好几条水道往里流水。水池四周的周长接近一英里（约一点六公里）。野鸭和家鸭惬意地在水边休息。

"怎么说呢？"

我说。

"我是成了水草商店的店主，可是另外两个人现在何处，干什么工作，我实在是一无所知。"

"过去你们的关系那么好……？"

"是的，尽管关系那么好……"

她那形状漂亮的双眉附近，现出了沮丧的神色。这种神色表明，她对十三岁的友情竟然不能长远难以置信。

"遗憾呀。"

她说。

"我本来是很想见见他们的。"

"是啊。我想，你们相见以后一定会成为好朋友的。从本质上讲，他们的心眼儿都特别好。"

突然，我的眼前似乎浮现出身穿大号风衣的花梨正伸手向美咲致意的情景。

（请多关照。智史的朋友，也是我的朋友。）

"到当时居住的镇上找一下，他们两人会不会还住在那里？"

美咲问。

不可能——我摇摇头。

"我们曾经有过几年书信来往。但首先是佑司突然消失，后来花梨和家人也一起离开了镇子。"

我边说边轻轻地摇了摇头。

"我居住的地点变来变去，一来二去就渐渐疏远了。"

"他们两个人现在究竟在哪里呢？"

"肯定……"我说。

"在地球的某个角落。"

"是呀。那是理所当然的。"

※

到梅雨季节以后，我们就给"起居室"造了个屋顶。四周用高脚书架和餐具厨架围起来，顶部盖上蓝色薄板后再用洗衣绳固定。

雨天放学以后,我们就生活在这个蓝色的屋檐下,直到太阳落山。花梨读书,我和佑司在棋盘上下棋。棋盘和棋子都是从垃圾堆上捡来的。

十五子游戏的黑色棋子只有十三个,另外两个用澳赛罗棋子代替。还有国际象棋,但棋子丢失甚多。我们用带有唐老鸭头像的贝思糖果代替马,用迪奥香水瓶代替象。毫无疑问,这些东西都是人们扔在垃圾山里的。至于兵和卒更是数量有限,我们便用聚乙烯塑料瓶的瓶盖代替。

特拉休对雨水毫不介意,浑身湿漉漉地在垃圾堆周围跑来跑去。(当然,那根植物嫩芽已经掉了。)

天气放晴的时候,佑司便继续描绘那幅婴儿车的图画,我则开始来回奔波于滋生水草的地点。

花梨——她是个谜。

啊,对于一个十三岁的少年来说,年龄相同的异性最终也只能是个迷啊!

她在"起居室"以外的地方过着怎样的生活,我一无所知。我问过佑司,他也不太清楚。有时会三天见不到她的身影。我问她:"你去哪儿啦?"她便态度冷淡地敷衍说:"女人嘛,忙得很呢。"我还听说,有个同学说他曾看见花梨从邻镇的医院里出来,但是我不想跟她当面核实这件事。我觉得,她自己不说,我就不该打听。

我还听说花梨上课时总是发呆,这怎么也难以同她放学后精力旺盛的形象联系在一起。听说她总是迷迷糊糊的,连老师点名提问她都不知道。然而,我所知道的花梨(也就是放学后的花梨)一般总是精神旺盛充满活力的样子,所以对上述情况从来没有作过深入思考。

第一学期快要结束的七月的第三周,我们访问了佑司的家庭。那是只有两个房间的平房出租住宅,狭小的地皮里挤着八栋样式相同的建筑。

令人吃惊的是,佑司的父亲个子很高,且惊人的消瘦。他给人的印象就像一棵枯萎的灌木。他和佑司一样戴着黑色塑料镜框的眼镜,又粗又硬的头发不修边幅地耷拉在前额上。

我们走进房间时,他正一只手搭在窗框上,另一只手拿了一个咖啡杯子,眺望着外面的风景。沿着他的视线望去,前面只有邻居干裂的墙壁和簇拥在一片狭小土地上的苦苣菜。

"爸爸。"佑司开口之后,他缓缓地转过脸来。

"这是第一次来咱们家的朋友,他叫远山。"

初次见面,请多关照——我说着点点头,佑司的父亲用一种与其消瘦的身体极不相称的低沉而又洪亮的声音说了一声"欢迎"。我顿时有些吃惊,因为我以为回答我的肯定是一种没有生命力的弱不禁风的声音。

"叔叔,你好。"

花梨跟佑司的父亲似乎很熟。

"呀,花梨。"

"新小说有进展吗?"

她这么一问,佑司的父亲便眯起眼睛,露出了慈祥的笑容。眼角现出好几条深深的皱纹。

"说有进展也有进展。"

他说。

"说没有进展也没有进展。"

"到底是怎么个情况呀?"

"至少,稿纸的方格里还一个字没有写。"

"那不就等于没有进展吗?"

他眨了几下跟佑司极其相似的圆眼睛。

"不过,这么看如何?"

他说着把额上的头发——满头厚密油黑的头发撩起来,然后捋到后边。

"可以说小说就像眼泪一样。"

"眼泪?"

是的——他点点头。

"眼泪是内心的表现。是内在感情的等价概念。"

"等——价——概——念——?"

"不然,也可以把它叫做视觉的等价物。"

"所以呢?"

"也就是说,眼泪是肉眼可以看见的东西,但是它形成的过程谁也看不见。"

"嗯。"

"可以把眼泪视为填写稿纸方格的语言。"

"啊,是吗。"

花梨彻底理解了这位作家带有怪癖的表达。毫无疑问,我是满头雾水,莫名其妙。不过,我还是在花梨身边跟她一起会意地点着头。

"所以说,虽然稿纸的方格上还没有写字,但是肉眼看不见的'内在过程'已经有所进展。"

"是的。的确像你所说的那样。"

佑司的父亲点点头,我马上也点点头。

"超越某个临界点之后,词语就会自动填写稿纸空格。"

他说。

"这跟泪流不止是一个道理。"

事后,我曾经偷偷地跟佑司说:

"佑司,你爸爸这个人很有头脑啊。"

我认为这绝对是个不容争辩的事实,但是佑司却露出了对此深感意外的神色。

"很有头脑?"

"嗯,真不愧为小说家。"

佑司歪歪脑袋,然后以一种对他来说同样不言自明的语调说道:

"我觉得,如果我爸爸能和常人一样开动脑筋的话,我们也不会过得这么贫穷;如果他考虑稍微周到一些,妈妈也不会离家出走。"

佑司的话使我大吃一惊,原因是佑司的话并没有错。

"我妈妈总说爸爸'是个叫人啼笑皆非的傻瓜'。"

而且，佑司似乎也和母亲持有相同的意见。

怎么说呢，我有一种如同自己认为最可爱的女孩都在班内其他男生中臭名昭著的感觉。（这种情况真的时有发生。诸如说她们"根本提不上嘴。骨瘦如柴不说，还戴个眼镜"等等。）

总而言之，评价会因为着眼点的不同而千变万化。

然后，我们来到里头的佑司房间，在那里看了他描绘积累下来的绘画。全都是用玻璃钢笔画在太阳晒黑的马尼拉纸上的。画面上省去了所有的渐进过程，似乎一开始就是以完结的形式出现的，给人一种超越蓝色时代和桃色时代直接以立体主义开始绘画的巴伯罗·毕加索式的感觉。

所有的一切都以偏执狂一般的热情描绘得淋漓尽致。只要给佑司优良的工具和眼睛，他恐怕连构成物质的基本粒子都会描绘出来。

"这是很早以前画的。"

他说。

"那时候，我才九岁。"

毫无疑问，这同样是垃圾画。服装设计师使用的那种躯体雕像，没有头部的人体模型穿着黑色皮革大衣，九岁的佑司，把风吹日晒过的牛皮质感，都表现得尽善尽美。

他所描绘的对象，都饱经风霜，丧魂落魄，孤独寒酸。

锈迹斑斑的把手弯曲的三轮车——虽然鞍座后部标有"tricycle"的字样，但它同样已经褪色，即将消失。还有，停在要击钹状态的玩具猴——它睁着眼睛，龇牙咧嘴地恫吓着人间世界。它那温顺和蔼的表情恐怕再也无法恢复了。

而且，还有这样一幅画。这是一个人的寝室，凸窗上挂着网眼花边窗帘，屋里放着乡土风情的箱子和餐具架。屋子中央有一张带有宝盖的床，躺在上面的是一只田鼠的尸体。这只田鼠肯定是误入谁家女孩抛弃的玩具小屋，然后在里面呜呼哀哉的。虽然画面上呈现的是带有寓言性质的情景，但由于画得过于现实和逼真，所以很难让人联想起伊索寓言式的故事情节。

"你真厉害呀。"

我说道。占满四席半房间、被弃置不顾的东西,压得人透不过气来。

"怎么说呢……"

然而,他终究还是不知道怎么说才好。

"厉害呀。"

我说。

"真的。"

后来,我也不止一次地拜访过佑司的家,但是每每问起他父亲的小说,似乎都没有从"内在过程"向前迈出一步。也许临界点在一个他伸手够不到的非常遥远的地方。

※

我和美咲离开长凳,在池边的步行路上散步。脚下铺满了杉树皮和碎木屑。微微的清香扑面而来。

"香气扑鼻呀。"

"真令人心旷神怡。"

"芳香油里也有这种香气。"

她把视线落在自己脚下,悠然自得地说道。

"是一种柏树的油,叫作丝柏。"

"柏树?"

"是的。"

她点点头,扬起脸,视线同我相遇。我从容不迫地对视,微微一笑,然后若无其事地把视线转向前方。

怎么样?——我洋洋得意地向美咲蠕动了一下鼻子。

"丝柏的学名本身含有'永生'的意思。"

美咲抬头看着我说。

(她既小巧又可爱。)

"它一年到头长着绿色的叶子,所以人们才作这种联想。"

"会永生吗?……"

我仰望着天空,觉得她的视线正落在我的颈部。天空像用喷雾器喷涂过一样蓝,唯独不曾喷涂的就是大白天的一轮白月。

"美咲想永生吗?"

我垂下视线,看着她的眼睛。她神情严肃地思考着。然后,歪歪头,耸耸肩,似乎在说:我不太清楚呀。

"你提的问题很难。不仔细考虑不行。"

"嗯。"

"我要用一生的时间来考虑。"

"是吗?"

"哎,答案出来的时候,你还会问我吗?"

"可以啊。"

我没有深入思考便作了回答。看到她红着脸低下了头,我才恍然大悟。我意识到,这句话似乎包含着非常深远的意义。

总之,因此……?

"不过,是个不错的朋友呀!"

"啊?"

总之,她似乎故意不给我深入思考她说的话的时间。

因此……?

"你跟佑司和花梨。"

"啊,是啊。嗯。"

"我也想加入到你们三个伙伴当中去。我中学时代的生活实在是简单枯燥得很呀。"

"是吗?"

"是的。"

她使劲地点了点头。

"简直就像是在迪斯尼丛林中旅游一样。"

"那不相当令人高兴吗?"

"周围的环境是那样。"

她用右手在眼睛上方遮着太阳。

"我只能在一旁观看,甚至不可以接近,只能沿着规定路线行进。"

"确实如此。"

"对吧?"

"的确。"

碎木屑一直延伸到泡栎和杉树林立的森林里面。即使是白天,里面也是昏暗无光,凉气袭人。

"哎,请你再给我讲讲你们三个人的故事。"

"可以。"

道路狭窄,她走在旁边,我们的手臂碰在了一起。我装出一副没有感觉的样子,若无其事地开始往下讲。

"总之,就是这么一种情况,不久就放暑假了,但我们三人还是总在一起。"

"还有一只狗吧?"

"对,再加一只狗。"

于是……——我说。

"夏天一到,蓄水池和水渠里的水草便开始疯长。"

"漂亮吧。"

"漂亮。最多的是黑三棱草,再就是绿叶眼子菜、竹叶眼子菜,然后是水莴苣、水韭,还有水芹。"

"我认识水芹。"

"是吗?"

哎——她点点头。

"是一种香草。也可以用作中药。"

"是那种随处可见的杂草一样的东西吗?"

"就是那种随处可见的杂草一样的东西。"

接着,她扑哧一笑。

我也笑了。我感到我们又亲近了一步。

"于是……"我接着说。

"夏天,我们三人经常去采集水草。一位相识的热带鱼老板来收购。数量并不是很大,但……"

"水芹也能卖吗?"

我苦笑着摇摇头。

"那个东西不行。刚才提的那些,能卖的只有绿叶眼子菜和水韭,另外还有水虎耳草。"

"水虎耳草?"

"是的。学名叫卵叶水丁香。"

我记得前些日子曾经提到过这个名字,但是一时想不起来是在什么时候了。

"在有的水池里边,这种东西会长得满满的。沿着水池边缘呈水生状态,长得水泄不通。这也是花梨最感兴趣的地方。"

"一定是个绝妙的去处吧。"

"是的。天热的时候,到水池边上,两只脚泡在水里,那简直就像上了天堂。树荫也多,是午睡的绝佳场所。"

"真是快活。"

美咲说着,抬头用羡慕的眼光看看我。树间透射的日光,在她脸上飞来飘去。

"快活。"

我说道。

"啊,不过呀。那个水池,深得超出想象,危险得很。佑司就说他以前溺过水。"

"没什么事吧?"

"嗯。听佑司说,好像是小学三年级的时候吧?当时他身体特别瘦小。听说当时正好有个五年级的男生经过那里,他个头不高,但还是勉强把佑司从水中捞了上来。"

"身材瘦小也有好处啊。"

"当然。"

见我说话卖力,美咲高兴地一笑。

"啊,情况就是这样。不过,佑司灌了一肚子水,失去了知觉……"

于是,佑司做了一个奇怪的梦。他像个落汤鸡一样,蹲在池畔哭泣。他找不到回家的路,不知如何是好,心中忐忑不安。不知不觉之间,有一个少女站到了他的面前。年龄跟他不相上下,是个肤色白嫩的漂亮女孩。她问他:

"喂,你是在为找不到回家的路而哭泣吧?"

佑司使劲点了点头,少女抓住他的手,拉他站了起来。

"路在这边。过来。"

他在她的引导下走了过去,原来是个似曾相识的绿地入口。

"这前面就是你该去的地方。一个人走没事吧?"

佑司点点头,她松开手,在他背上猛地一推。

"再见。不要再回到这里来呀。"

佑司说了一声"谢谢",迈步走进昏暗的绿色怀抱。他回头一看,她还在那里。阳光之下,她轮廓清晰,犹如天使一般。

佑司对我说:

"我一觉醒来,原来是在医院里。听说我失去知觉很长时间。当时爸爸正抱着我流泪。"

他接着又说:

"到五年级的时候,我才跟花梨同班,当时看见她,我大吃一惊。因为她跟我当时遇见的天使长得一模一样。"

花梨怎么说?——我问他。

"她笑了。她说,我若是天使的话,那天堂里实在是人手不足了。不然,为什么会雇用这么一个嘴损且没有品位的孩子呢?"

"那么,佑司当时遇见的到底是谁呢?"

"哎,梦中记忆模糊。之所以如此,也许是后来记忆更迭的结果。"

"天使变成了花梨?"

"是的。"

"当时,花梨肯定是个天使一般美丽的女孩吧。"

怎么说呢?身穿大号军用风衣,嘴里一副闪光的牙齿矫正器,果真可以说是"天使一般"吗?在我看来,美咲倒是更像天使。

木制的桌子上有许多乱写乱画的涂鸦,大部分是用笨拙的钢笔描绘的男女共伞图形。以前究竟有多少对情侣来过这座凉亭呢?如果在此涂鸦的情侣现在还在一起那该多好啊——我在心里思考着。

我们的谈话还在继续。

"晚上也不例外,我们还去抓萤火虫。三人先到学校后面会合,然后到小河边去。还带着手电筒。"

"不害怕吗?"

"有一点。不过,怎么说呢,在夜幕中跟他们一起行走,那是一种相当刺激的体验。这种刺激抑制了恐惧。"

而且,还有花梨在嘛——我没有说出口。和她在一起,黑夜就不可怕。不过,我把这句话藏在了心中。

"到水池旁边以后,就关掉手电筒,坐在草地上。小河从水池向外流淌,周围飘着无数的亮点——温柔典雅的亮点。它们像在呼吸一样,突然熄灭又突然点亮。"

"简直跟《细雪》一样。"

"《细雪》?"

对——她说,然后又加了一句,"谷崎润一郎的……"

"啊,是小说呀?我没有读过。"

算了——她说。

"我只是说说。"

我们穿过树林,来到一个很大的蓄水池旁。池里放养着鳟鱼。我们在自动售货机上买了含有碳酸气体的柠檬汁,在写有可口可乐的红色长椅上坐下。

我喝了一口,突然想起一件事来。

"是呀,说到这里,还有这么一件事情。"

※

八月十六日是花梨的生日。

"花梨过生日的时候,送什么礼物呢?"

佑司问我。当时,我们只穿着裤衩,趴在葫芦池边像乌龟一样晒太阳。因为互相涂抹了扔在垃圾山上的 Coppertone① 防晒霜,所以周围飘荡着一股椰子汁的香气。(事后,我们俩的皮肤红肿发炎,痒得死去活来。佑司甚至因为发烧而卧床不起。)

"花梨喜欢什么呢?"

我一问,佑司马上回答:

"漂亮的东西。"

"漂亮的东西?"

"嗯,闪闪发亮的东西啦,颜色鲜艳的东西啦。"

---

① Coppertone 是美国一家历史悠久、负有盛名的专业生产防晒产品的公司。

"譬如呢？"

是啊——佑司往自己头顶上方看了看。

"喜欢玻璃制品。香水瓶啦，小饰物啦。"

另外，还喜欢串珠之类的东西呢。

那么，她完全像个……

"那么，她完全像个女孩子嘛。"

我这么一说，佑司稍停片刻，然后说：

"是啊。像个女孩子。"

他接着补充道：

"不过，花梨本来就是个女孩子嘛。"

"嗯，是个女孩子不假，但是……"

是个女孩子不假，但令人感到意外。平时，她一直佯装男孩子，像男孩子一样行动。

所以，我一直以为她会有男孩子特有的嗜好。但听说她只喜欢女孩子喜欢的东西之后，我便意识到她并不是一个可以貌相的人。

原来，世界并不像我所想象的那样单纯。

"花梨是从什么时候开始这种打扮的呢？"

"大概是一年以前吧。"

佑司摘下眼镜，朝太阳照了照。脸上留着白色的镜框痕迹。我告诉他摘下眼镜好。佑司点点头，把眼镜放在草上。

"好像是刚上六年级的时候，她就把头发剪短了。"

他说。

"那以前是长头发，穿裙子。"

"花梨还穿过裙子！？"

"嗯。很合身的。当时，她不轻易开口说话。"

"你们是同班？"

"是的，五年级、六年级都在一起。"

"那么，成为朋友是在……"

"是在六年级快要结束的时候。当时有个让我讨厌的家伙。是花梨帮我摆平的。"

"用嘴？"

"不，是用手和脚。"

"我想就是如此。"

我们褪下裤衩，比比晒黑的程度。两个人的皮肤天生都白，日晒部分都红得隐隐作痛。

"从那以后，我们才在一起。"

总而言之，我知道了花梨并不是一生下来就穿军用风衣。她的这种打扮也许另有其他原因。

"那么……"佑司说。

"送什么礼物呢?"

我们心里都知道应该是闪闪发光或颜色鲜艳的东西,但谈到具体送什么的时候却都拿不出什么好的方案来。

经过一番暑热蒸煮之后,我们跳进水中冲了个凉,然后穿上衣服告别了葫芦池。当时,两个人的脸都红得令人毛骨悚然。

第二天,佑司的身影没有出现在葫芦池畔。因为事先并没有约定,所以我也没有在意,后来听说当时他高烧不退,叫苦连天。

"把我折腾得好苦啊。"

三天之后,终于露面的佑司,面容十分憔悴。

以后再也不像乌龟那样晒太阳了——他说。

"首先,我们哪里有什么壳儿呀?完全徒劳无益。"

喂——他说着递给我一个尼龙袋。

"闪闪发光的东西,花梨的生日礼物。"

我往袋里一看,确实满满一袋闪闪发光的东西。

"几乎全是柠檬汽水球。我一直在搜集。"

"这个呢?"我说着从柠檬汽水球中拿出一个透明的多面体。

"啊,那是五棱镜。"

"五棱镜?"

"嗯,是拆卸丢在垃圾场的一台照相机时发现的。漂亮吧?清洗了好长时间。上面涂的一种怪东西,也清除掉了。"

我对着阳光凝视多面体。

"五棱……"

"镜。爸爸告诉我的。"

"花梨会高兴吧。"

"绝对会高兴。"

※

"啊。"

"哎?什么?"

"不,没什么。"

不过，并不是没有什么。

现在，我弄清楚了，弄清楚了森川铃音挂在胸前的那个多面体。那就是五棱镜。上次仔细观察它的时候，我曾经有过几分牵挂，原来是十五年前的记忆在作怪。

不……不过，这么下结论还为时尚早。那的确是个跟五棱镜特别相似的多面体，但也可能是一种切割形状相同的宝石。

首先，一个女人把五棱镜当作贵重宝物挂在胸前，这本身就很莫名其妙。花梨那个人也可能这样做，但是她自称森川铃音，周围的人也都这样说。哪怕那是她的艺名也好，她对我总该自报真姓实名呀。

我再一次回想起了跟她相会的那一天。

她有一双明亮的眼睛。看见那双眼睛，我立刻觉得认识她。当时，我把这归结成了先入为主，难道果真如此吗？

让人感到亲切的笑容，而且嘴损不让人。花梨的嘴也很损。"这已经够不错了。"——森川铃音这么说过。

不，不过……

"你怎么啦？"

见我沉默不语，美咲问道。

"不，没什么……"

后来呢？——她说。

"礼物送了吗？"

"啊，是的。送了。是在第二天，我们把花梨叫到了垃圾山。"

※

次日，我们把花梨叫到了垃圾山。

我们先行到达，并把礼物摆在了桌子上。礼物用漂亮的包装纸包得好好的，还系上了彩带。

不一会，花梨出现了。她跟往常打扮一样，身穿大号军用风衣。气温已经接近三十摄氏度，但她依然一副若无其事的样子。

"哇。"她说。

"听说有事，什么事呀？"

借她说这句话的机会，我们便唱起《祝你生日快乐》之歌。我们满怀深情，就像玛丽莲·梦露演唱《Mr. President》一样。佑司用假嗓唱和声，我们一边狂唱，一边浮华夸张地手舞足蹈。面对我们走调的生日之歌，花梨笑得前仰后合。

最后，我们齐声说了一句："花梨，生日快乐！"把身后拿的彩色爆竹抛向天空并拉开了引线。嘣！——爆竹一声钝响，消失在蓝天之上。

"我很高兴。谢谢。"

花梨说着，把双手贴在了胸前。

"还有礼物。"

佑司说着指了指桌上的包裹。

"打开看看吧。"

花梨依然双手贴在胸前，依次看看我们的脸，然后视线落在系有彩带的包裹之上。

"给我的吗？"

当然——我们点了点头。

"轻轻地，轻轻地打开看看吧。"

由于有了佑司这句话，花梨便谨小慎微地解开了彩带，轻轻地去掉了外包装。于是，一个装满清水的金鱼缸展现在我们面前。

水面上漂浮着绿叶和黄花，底部铺着十个柠檬汽水球和一个五棱镜。

"这是……"

"你看是什么?"

我问她,佑司补充说:

"问你铺在底部的玻璃球呢。"

花梨两手捧起鱼缸,看了看底部。

"这……"

她把目光转向我们。

"柠檬汽水的玻璃球吧?"

花梨说。

嗯,嗯——佑司点点头。

"还有,五棱镜。"

"是的,五棱镜。"

"五棱镜?"

"照相机零件。"

"这个五角形的东西?"

"是的,漂亮吧?"

漂亮——她细声细气地回答,把鱼缸紧紧抱在怀里。

"我特别喜欢漂亮的东西。"

佑司看看我，带着一种"你看对吧"的表情；我也点点头，表现出一个"好像如此"的神色。

"我看，那朵花三点钟就要闭合。"

我说。

"它的生命只有一天。"

嘿——花梨说着低头看看抱在怀里的鱼缸。

"那么，很快就要跟你告别了。"

她对水面上漂浮的小花讲起话来。

"见到你很高兴。"

花梨把鱼缸轻轻地放到桌上，双臂搂住我们的脖子，把我们俩的头碰在了一起。

顿时传过来一股香气——刚刚十四岁的女孩子身上的香气。

"谢谢。"

她说的话犹如窃窃私语一般。

"我要珍视它。一辈子，永远。"

她的胳膊突然一使劲，我们的面颊碰在了一起。她那看上去就像上等绘图纸一样的肌肤，给人的触感同样是上等绘图纸一般。

"好了。"她说着松开双臂。

佑司用一个神经质的动作把错位的眼镜恢复到原来位置。

"我得把这个东西搬回家去。怎么搬呢?"

"没问题,我有自行车。"

正好有一辆我从自家往这里搬运鱼缸时使用的自行车。父亲传给我的这辆自行车,造型粗俗,以实用为主。我们把鱼缸的水倒出一半,用包装纸重新包好,装在自行车前筐里。我推着走,花梨和佑司跟在后边。

她的家坐落在最初移居本镇的人们修建的居住区里。高地上面的这一片整齐划一的街区,在镇上是个风情别样的空间。整个区划已经成熟,时髦而又整齐。所有房屋的构造都很简洁而又明快,给人的感觉很好。这跟我家那种左邻右舍构造千篇一律批量生产的住宅,形成了鲜明的对照。

我们爬上了坡度平缓的坡道。花梨高兴得一塌糊涂,一直哼着小曲。

"谢谢。"

坡道途中,她停下脚步说:

"到这儿就可以了。"

她从自行车前筐取出金鱼缸包裹,抱在了胸前。

"今天是我过得最好的一个生日。托你们的福呀。"

我们难为情地微微一笑,面面相觑起来。

"那好吧,再见。"

"再见。"

她点了点头,转身背朝我们迈步走开。我和佑司目送着她远去的背影。

她哼唱的小曲一直在我们耳边回荡。

对了,我想起来了。

她哼唱的小曲是《缆车之行》。

※

晚上快到十点钟的时候,我回到了店铺。

门上挂着"Close"的牌子,店内灯光已经熄灭。进去一看,只有柜台的灯光亮着,森川铃音还在那里。她好像正在用杯子里的水吞服片剂,发现我的身影之后,便若无其事地把柜台上的白色纸袋藏了起来。

"你回来了。"她说。

"回来了。"

我用食指松开领带,坐在通往二楼的楼梯上。

我正在犹豫是否应该询问刚才看见的事情,但她却在我下定决心之前抢先开了口。

"约会得怎么样?"

"挺高兴的。"我回答。

"还喝了葡萄酒呢。"

哎呀呀——她说。

"小孩子喝酒要受批评的呀。"

"没事。"

喝茶吗?——她问。

"好啊。桂花乌龙茶吧?"

YES——她说着伸手去拿身后咖啡桌上的水壶。然后,一边往杯子里倒茶,一边眯缝着眼睛说:"真香啊。"

"说到香,我想了起来……"

我从夹克衫的内兜里掏出一个遮光瓶。

"美咲给我一瓶芳香油,说要送给花梨。"

"啊,为什么?"

"上次商量约会时间的时候,我跟她说了。说店里新来一位女职员,她喜欢玫瑰的香气。"

"你跟她说了我的事?"

"哎,一声不响也不正常嘛。"

她手拿杯子,走到我跟前。我接过杯子,把芳香油递给她。

"听说是保加利亚玫瑰红。"

她喜笑颜开地凝视着钴蓝色的遮光瓶。

"真漂亮啊。这种玻璃器物,我喜欢。"

"闻闻香气。"

嗯——她点点头,打开瓶盖,放到自己鼻子跟前。

"啊,很香。甜香气味。"

她闭上眼睛,良久地沉浸在保加利亚玫瑰红的香气之中。过了一会,她突然睁开眼睛问我:

"刚才,你说什么来着?"

"刚才?"

"美咲给我一瓶芳香油,再往下……"

我做出一个"啊,是这个呀"的表情,然后对她说:

"我说的是送给花梨。"

"你指的是谁?"

"你呀。刚才你不是没有否认吗？"

她足足凝视我有十秒钟。起初面带讪笑的我，到后来也羞愧地低下了头。

"那你是终于想起来了吧。"

她说道。

是的，我终于想起来了。我店里新来的女职员，原来就是自己初吻的对象。

"什么时候想起来的？"

我仔细一听，这的确是花梨的声音。

"我跟美咲讲了中学时代的情况。"

我说。

"当时，谈到花梨过生日送礼物的事情。"

就是这个吧？——她从胸口拉出了五棱镜。

"你还保存着它呀？"

"是呀。柠檬汽水球也都珍藏着呢。"

"还有那首《缆车之行》之歌。"

"你说什么呀？"

"你不是经常唱吗？高兴时哼唱的小曲。"

"啊,说起来也许真是如此。就是《魔鬼的内裤》①吧?"

"是,是的。"

她抱起双臂,弯腰把脸朝向我。

"哎,尽管如此,你这个人也太冷淡了。"

"什么?"

"还什么呢,你不是把我全都忘记了嘛。"

"可是,你什么也不说。"

"我认为用不着说。"

"你还说你是看了招聘启事。"

"啊,那是确实。过来一看,你正在招聘。辞去模特儿职务也是真的。"

"你当时说清楚就好了。"

"我也是赌这口气。你根本就想不起来人家了。我心想,与其这样还不如一走了之呢。"

"尽管如此……"

我的声音越来越小。

"你说话的方式也跟当年不一样了。"

---

① 一种边唱边做的游戏。

"那么,这么说好吧?"

她挺挺胸,耸耸肩。

"呀,智史,好久不见哪。你丝毫没有变化呀。"

"对,就是这样的!"

哼——花梨抽了抽鼻子。

"你别看我这样,我也是个窈窕淑女呀。不能总这么像男人一样说话吧?"

啊——我不由得叹了一口气。

"令人怀念呀,真是花梨。"

她把右手在衬衣胸部擦了擦,然后伸给了我。

"让我们重新开始。"

"好久不见了。"

我抓住她的手。

"好久不见。真想见你呀。"

真像重返原点一样啊——花梨说。

"辞去模特工作,有了空闲时间,所以我就想回顾一下自己的往事。"

"你竟然能找到这里。"

"费了很大一番周折呀。你连续搬了五次家吧。难道是向黑市金融机构借债了吗?"

我学着花梨的样子,挤挤左眼眉毛。这个动作的含义是:恐怕没有那回事吧?

"哎,算了。"

她说。

"就这样,好不容易来到这里,你却不在。苦苦一番等待之后,结果见了面你却想不起来了。"

花梨虚张声势地叹了口气,用威严的目光看着我。

"都十五年了。人也变了,记忆也淡薄了。"

我变了吗?——她问。

"变化挺大。牙齿排列也整齐了,个子也高了许多。"

她默不作声地凝视着我,似乎在说:你还有一句话要说吧?

"啊,另外,已经成了地道的女人了。"

"谢谢。"

她并非特别感激地向我表示着见外的谢意。

"已经可以了吧?"

我说。

"我没有想起来固然不好,但是你从一开始就撒谎呀。"

甚至连名字都改了呀——我又补充一句。

"森川是我妈妈的姓氏。"

她说。

"而铃音是我姐姐的名字。"

"姐姐?花梨不是独生女吗?"

"我有过姐姐。九岁的时候,她死了。"

啊,是吗——我在嘴里嘟囔着。

"我父母离婚了,我使用了母亲的姓氏。后来,又借用姐姐的名字做了艺名。"

"你经历过许多事情呀。"

"活着不就是这个样子吗?"

"嗯,是的。"

再给你来一杯茶吧?——她这么一问,我便请她又倒了一杯。

"你根本没有变化。搭眼一看就知道是你。跟过去一模一样。"

她一边从壶里往外倒茶一边说。

"你是在赞扬我吗?"

"你这么认为吗?"

"不。"

"这不就得了吗?"

她手拿杯子一回来,便坐在了我的身边。我把她递给我的杯子送到嘴边。

"那么……?"我说。

"你原本是怎么打算的?"

"并没有特别的打算。总之,先见见你,寻找一下往日的心情。"

"这么说,能在这里待些日子啦?"

"是的。做 Aquashop 水草店职员这个工作,也是相当新鲜有趣的呀。"

我是打算再待一段时间——她说。

佑司呢?——我问。花梨轻轻地摇了摇头。

"不知去向。我曾经多方寻找过他。"

"真想见他一面呀。恐怕还在画画吧?"

"那个行业我也寻找过。职业画家也好,插图画家也好。"

不过,还是没有找到。

"会不会像花梨你一样,使用别的名字了呀。"

"也许。"

"不过……"我说。

"佑司的才能,绝对会得到承认。"

是啊——花梨点点头。

"我也这样认为。"

后来,我们许久没有说话,任凭压缩机往水槽里砰砰送气的声音响个不停。周围飘荡着一股雨后森林特有的气味。

"喂,智史。"

她叫我一声。我顿时感到,自己心包膜最薄的一处已经绽裂,有一种东西从中解脱了出来。

"什么?"

我声音有些颤抖地说道。

"能见到你,我很高兴。这一点,我要说清楚。"

我张口结舌,无言以对。耳边重又响起了十年之前我对成为自己人生洗礼对象的女性所作的告白。

(我正在寻找,终生唯一的一个女人。)

(初次接吻的女孩,我至今不能忘怀。)

也许是对我的沉默感到尴尬,花梨稍显羞涩地接着说:

"对了,如果不说清楚,我的言行容易遭到误解。"

"确实。"

我答道。她放心地松下双肩,继续往下说:

"我用辛辣语言对待的只是些关系融洽的人。"

"我知道。我是你的特别吧?"

听到这句话,她满脸绯红。

"哈,脸都红了。"

我挖苦地这么一说,她马上举起双手,表示投降。

"你生气也无可非议呀。"

"你明白啦?"

"刻骨铭心。"

我落落大方地点点头,随后改变了话题。

"后来呢?那以后你是怎样生活的呢?"

花梨凝视着柜台的昏暗灯光,然后像追溯古老记忆一般眯缝起了眼睛。

"我们最后一次信件来往,大概是在十七岁的时候吧?"

"差不多。记得花梨当时是在巴拉圭吧?"

是的——她点点头。

"就是去那个国家以后不久。"

当时,她在最后一封信中说:"由于父亲工作的关系，我们一家决定移居到遥远的南美洲去。"

"新的地址写得清清楚楚，但是后来你便再也没有来信。"

关于这一点，我也有一件事一直想说：

"我给你发过好几封信呢。"

她睁开双眼，好像认为我在信口开河，说了一句："你胡说。"

"不过，全都退回来了。"

"奇怪。不是字母拼写有错误吧？"

"这话应当由我来说。我反复确认，多次翻看花梨的来信，累得眼睛都疼了。"

"那么，是我错啦？"

"有这个可能。"

你这是搞的什么名堂？——她说。

"荒唐。"

"谁？"

她斜眼瞟了我一眼。

"那肯定是我啦？"

"就是呀。"

咳——她深深地叹了一口气。

"我已经烦死了,一直很苦恼。我还以为是自己写什么东西把你得罪了呢。"

"你是说,是我赌气不给你写信啦?"

"是的。而且,后来我发出的信也都退了回来。"

"我们又搬家了呀。由于转寄不畅,许多信件都不知下落了。"

"这真是双重过错呀。"

"是啊。有点像罗密欧与朱丽叶。"

"你说谁和谁?"

不,没什么——我说。

"大学时期我就回来了。"

她似乎依旧对十七岁的自己感到愤怒。

"听你说你上的是理学部。"

"是的,机械工学专业。父亲是个工程师,我受了他的影响。"

"但是,为什么又当上模特儿了呢?"

"在校期间,被人物色上了。"

这是常有的事呀——她脸上露出冷冷的微笑。

"一开始就是打算挣个零花钱,但不知不觉成了正式职业。"

"花梨成了有名的模特儿,我一点也不知道。"

"我却一直在默默地期待一件事情。"

她把前额贴近自己的膝部,从下往上看着我。长发披散在她的脸上,很是煽情动人。

"我想,智史是不是会发现我呀?"

"哎呀!"我说。

我的眼睛再也离不开她了。脑海里浮现出了同她接吻时的记忆。

"哎呀?"

她问。

"啊,那个……对不起,我没有发现。不过,我肯定是见过花梨的模特儿形象。"

而且,头发也变长了呀——我辩解地补充道。

"那么一点变化,不至于看不出来呀。"

她声音已经不再带刺儿了。

"如果是我,很快就会发现。我记得,智史的皮肤是咖啡色的,留着非洲男士的蓬松发型。"

"那可就完全是另外一个人了。"

"是的。即使你变成另外一个人,我也能认出来。

我跟你不一样。"

尽管如此,她的声音依然温柔和善。

哎,行了——她这么说着,站起身来,撩了撩头发。

"智史呢?"

她问我。

"你是怎么生活过来的呢?"

按我自己的方式——我回答,

"按我自己的方式,谨小慎微地。"

"不过,梦想倒是实现了。"

"马马虎虎吧。每个月临近偿还贷款的日子,我就胃痛难忍,如果这种生活也可以称作梦想的话……"

她扑哧扑哧地直笑。

"不过,有幸生活在水草当中啊。"

"这就是降低标准的好处呀。"

我说,

"如果指望在三十岁以前就家有贤妻和两个孩子,再加上一栋两居室的自家住房,那就该在梦想与现实的差距面前哭天抹泪了。"

"不过,恋人已经有了呀。过不了多久,就会过上家有贤妻和两个孩子的生活了。"

怎么说呢?——我歪头沉思片刻。现在这一瞬间,我想保留一下这个话题。虽然我这个要求极其有限,但是我还是感到对美咲有一种罪过意识。

与其说我不适应复杂的爱情,不如说我不能适应复杂的爱情。

"花梨的梦想呢?"

我慎重地修正了谈话方向。

"你不记得啦?"

"什么?"

"我的梦想啊。"

"记得。不过,那是小时候的事呀。"

"现在还是一样。"

她看着我的脸说。

"现在还是一样。"

她又重复一遍。

"眼下,已经实现了一半。"

"剩下的一半就是佑司吧?"

"是啊。"

突然，我们都意识到我们自己并不完整。一个人的时候并不觉得，两个人在一起的时候就觉得二缺一不是滋味。她对面的那处空白，总是叫人牵肠挂肚。

"后来，你跟佑司联系上了吗？"

她轻轻地摇了摇头。

"后来，就杳无音信了。我写信告诉过你吧？佑司的父亲病倒了。"

"嗯，我记得。那以后，他们便双双从镇上消失了。"

"是啊。那是最后一次。佑司说是去亲戚家，但没告诉我什么地方。"

"是不是打算安顿好再联系呀。"

"也许。但那时候我已经到地球的另一面去了。"

"这样一来，我们就天各一方了。"

"是的。醒悟过来的时候，已经快三十岁了。"

"这可真是不得了呀。"

"恐怕是吧？"

"你那个围裙……"过了一会儿，她说道。

"简直是个杰作。还有,你这个店名……"

我很高兴——她自言自语地补充说道。

"后来怎么样了?"

我问了一句,花梨脸上立刻现出了寂寞的笑容。

"不怎么好,一天不如一天。"

"年龄也不小了。"

哎——她点点头,然后又突然心血来潮地说了一句,"说起来……"

"特拉休也跟他们两个人一起消失了呀。"

"坐着那个购物手推车吧?"

"是呀。可能是。"

这时,我心中浮现出来的是佑司的身影,他正行走在满是沙石的乡间小路上,身后是一片金黄色的稻穗。他面朝深红色的夕阳,推着咯吱作响的购物车前行。车内趴着年迈的特拉休。它双脚搭在前方,津津有味地凝视着血染的红色世界。

"咻咻?"特拉休抬头望着佑司问道。

"是的。"佑司回答。

特拉休这才放心地把视线转回夜幕将临的地平

线上。它那粉碎性骨折的后脚,再也不可能像以前那样重新发挥作用了。

※

多次重复的异常接触之后的碰撞——也就是说,这完全是一场预料之中的悲剧。

最先发现的是花梨。

"特拉休的声音……"

当时,我们同往常一样正坐在"起居室"里。她从正在阅读的书本上抬起头来,做了一种与其说是在寻找声音,不如说是在寻找气味的动作。

"特拉休在叫。"

"也不可能听见呀。特拉休跟佑司一起在新堆起来的那个垃圾场里呀。"

"就是那里!它正在那里喊我们!"

到垃圾场有五百米的距离。如果她真的听见了,那么捕捉声音的肯定不是耳朵,而是更加特殊的感应装置。

花梨站起身来,呼啦着军用风衣,突然飞奔而去。

"啊，等等我。"

我赶上她时，她大叫一声：

"智史，快！"

对于她的声音，我几乎是条件反射一般地顺从。前面已经说过，我大体相当于一个优秀的短跑运动员。但是，此时的加速度却并不仅仅是个"大体"的问题。因为只有她才能让我非同寻常起来。

我风驰电掣地飞奔。花梨紧迫的喊声，暗示着某种不良事态的发生。不时发作的心惊肉跳更是驱使着我。

我觉得不到八十秒就跑到了。总之，我跑的肯定是这个距离的最高纪录。然而，我还是晚了。佑司抱着肚子蹲在地上。肉糜喘着粗气叉腰站在一旁。特拉休在距离他们三米远的地方朝着肉糜的喉部吼叫。

"佑司！"我大喊一声，可他一动不动，肉糜发现是我，便把视线转了过来，特拉休则立刻扑向了露出破绽的肉糜——这一切都是同时发生的。

与其巨大的身躯相反，肉糜反应十分机敏。不，这恐怕需要相对而论，可能只是特拉休的动作比他迟钝罢了。一来特拉休已经相当年迈，二来它对这种事情也不习惯。

肉糜挥舞起来的粗壮胳膊（与八号击球手相应的缺乏锐气的一击）是一次有效击打，它把特拉休抛向了空中。特拉休飞出一段难以置信的距离之后撞在红松树上，然后掉在地面。"咻！"——它发出一个对自己的飞翔感到吃惊的声音，随后便无声无息了。

对于肉糜来说，这恐怕是他有生以来最高超的一次撞人动作。他也面带难以置信的神色凝视着自己的胳膊。

我的眼里渗出了泪水。老实说，最根本的原因是恐怖。以前，我从未目睹过程度如此严重的暴力行为。诚然，我也知道人们会干出这种事情，但是亲眼领略过后却感到这实在是一种丑恶的景象。其中包含着令人作呕的丑陋和令人心碎的露骨的恶意。

流泪的原因中也包含着愤怒。人在愤怒的时候也会流泪。只不过我是个与激情无缘的人。如果愤怒之极能忘我地挺身而出，事情恐怕会更简单。

如果不是企图自我毁灭的话，那么把自己投入到无望取胜的战斗中去是需要很大勇气的。在我面前,既有对疼痛的本能的恐怖,又有怕"死"的闪念。

尽管如此,我还是向肉糜扑了过去,这肯定不是要向别人,而是要向自己证明一件事情——我是一个能够为友情英勇献身的人。

总而言之,只有攻其不备。这是留给我的唯一优势。所以,我把犹豫压缩到了最低限度,一下子猛扑过去。在旁人眼里,这恐怕就是一种愤怒引起的冲动。动作确实是那样的迅雷不及掩耳。

同特拉休比较起来,我年轻得多,因此速度也远比它快。但在难以适应这种局面方面却大同小异。如果身体再低一些,就会对肉糜实施更有效的攻击——这种想法无疑是事后诸葛亮。可考虑到体重相差三十公斤的事实,应当说完成一个高姿态的冲撞已经相当不错。我先是觉得自己投入到一个散发着馊味的软体动物的怀抱,紧接着就碰到了里边那个坚实的躯体。我像遭到缓冲装置推动一样退了回来,没有出现任何预料之中的疼痛。

我后退三步,接着摔个屁股蹲儿。肉糜身体极度倾斜,但他手扶红松,侥幸没有摔倒。

"你……"

肉糜低头俯视我,眼里带着疲倦的神色。他已经厌倦了——对于暴力本身以及目睹自己伤害的人。对他来说,我是需要强令加班处理的扫尾工作,是饱食过后追加的一道菜肴。

肉糜站稳之后,还是转向了我,尽管我不知道他是为什么。总之他是个一根筋的人。

我后退一步想从他眼前逃开,但马上就被垃圾山截断了退路。肉糜喘着粗气来到了我的面前。眼下我已经失去突然袭击的优势,我的胜算早已不复存在。勉强奋起的斗志业已凋零枯萎。但我的自负心不允许我以仅差一分的形式输掉。我用背在身后的手寻找着可以用作武器的家伙。突然摸到一个东西,我随即抓在手中。这时,肉糜朝我胸部猛踢一脚。在勉强避免倒地的一瞬间,我猛地操起手中的家伙向他挥过去。

原来,那是一个陈旧变色的水龙头。

我顿时沮丧起来。你说水龙头能起什么作用呀?这本身就是一个令人啼笑皆非的笑话,但肉糜根本没有笑。当然,我也没有笑。相反,眼里渗出了泪水。

在肉糜用缓慢的动作修正角度，准备再踢第二脚的那一瞬间，花梨竟然令人难以置信地突然出现了。她闯入我们中间，并用手中的墩布棒猛击肉糜的大腿。她腰部用力很猛，动作非常到位。一种闷声闷气的沉重声音伴随着肉糜发出的吼叫。他一只脚跳着向后退，然后背靠红松喘起粗气。

"肉糜，你对佑司干什么啦！？"

她一边用墩布棒威逼着肉糜，一边看着蹲在地上的佑司。

"没有。"肉糜毫不在乎地回答。

"什么也没有干。"

他大喘一口气站起身来，好像事情已经结束，准备离开现场。

"站住！"

听到花梨的声音，他转过头来，投以困倦的目光：

"就是迎面咣当一声撞在了一起。"

他只是这么说了一下，便摸着大腿消失在蜿蜒的小路深处了。花梨没有追赶肉糜，她扔掉手中的墩布棒，向佑司那里跑去。

"佑司,还好吗?"

花梨抱起佑司的上身,他咳嗽得很厉害。

"……还好。不用管我,特拉休……"

这时,我已经从草丛中把特拉休抱了起来。特拉休正在用长毛深处的眼睛悲伤地仰望着我。"咻?"它用微弱的声音反复问我多次,我回答它说:"没问题。"然而,我已经意识到根本不是什么"没问题"。它撞上红松树干时,下半身受了重伤。后腿弯曲成一个奇怪的形状,覆盖腰部的长毛里渗出了红色的血迹。

我抱着特拉休,走到佑司的跟前。我跪在地上,让特拉休的头跟佑司的脸一样高。

"特拉休,没事吧?"

佑司用小手摸摸特拉休的颌下。特拉休还是细声细气地向我们询问:"咻咻?"(为什么,为什么,为什么呢?)

佑司又一阵剧烈地咳嗽,然后突然呕吐起来。吐出来的东西,溅在花梨身穿的风衣腕部和胸部。她表情极度不安,轻轻拍拍佑司的后背。

"你没事吧?"

嗯——佑司含着眼泪点了点头。

"让肉糜踢到了腹部,所以,刚才……一直感到不舒服。"

对不起——他道歉说。

"把你弄脏了。"

"不脏,一点也不……"

实际上,花梨没有一丝介意的表现。

"佑司的东西,没有一样是脏的。"

她接着说。

"所谓脏东西,就是他们那些人身体里流动的血。"

佑司的身体突然抽动一下,就像打了一个寒战。

"花梨。"他喊她一声。

"怎么?"

"不要报复他了。"

花梨的表情顿时变了样。

"佑司受了这么大的罪……而且……而且,你看特拉休都成什么样子啦?"

咻?——特拉休感到有人在叫自己的名字,再一次发出了风吹门缝一样的叫声。

我知道——佑司说。

"但还是不要报复。对于暴力,我已经深恶痛绝。原本我并不知道它是这样令人厌恶。"

他用胳膊擦了擦嘴角上的呕吐物。

"我并不想让你们这么干,你们要知道。"

花梨用一种询问的目光看看我。作为一种回答,我默默地点了点头。

"OK,我知道了。"

花梨说。

"暴力到此结束。"

听到她的话,佑司松了一口气,表情缓和了下来。

"好。"

花梨强忍悲愤,声音温和地问佑司:

"动弹得了吗?得赶紧先去医院呀。"

佑司手扶地面试图靠自己的力气站起身来,可马上就龇牙咧嘴地哇哇乱叫起来。见此情形,花梨便说:

"智史,拜托你行吗?"

"好。"

我点点头。

"那么,你来关照特拉休吧。"

"嗯。我背不动他。"

我把特拉休交给花梨,缓缓而又谨慎地背起佑司,轻轻地迈开脚步。

"对不起。"

佑司在我背上说。一股酸性强烈的甜丝丝的气味刺激着我的鼻腔。

"不要。"我回答说。

"你不要介意。虽然我不知道你具体指的是什么。"

"嗯。"

花梨两只胳膊抱着特拉休,走在我的身旁。

"究竟是怎么回事呢?"她问。

"就是肉糜所说的那样。"

佑司用微弱的声音回答她。

"就是迎面相撞了一下,肉糜的钉子鞋跟我的肚子。"

可面对佑司这个有些勉强的幽默,我们都笑不出声来。

"往常,他是不到这种地方来的呀。"

我这么一说，佑司稍加思索之后答道：

"我想，肯定是他抄近路的事败露了。作为一种惩罚，让他跑那条远的路。"

"你没发现他？"

"我压根儿就没想到他会到这种地方来。"

况且，佑司观察自己中意的垃圾时，周围的一切都不会进入他的视线。他简直就是一只折断耳朵的兔子。

"疼吗？"

走了一段路之后，我问他。

"有一点。"佑司回答。

"我更担心的倒是特拉休。它好像骨折了。"

"没事。它一定会好的。"

佑司沉默不语。他所追求的不是宽慰而是真实。然后，他像换了一个人一样对我说：

"智史，你太勇敢了。你精神抖擞地出现，我高兴极了。"

"不过，根本没起作用。我不善于干自己不习惯的事情，我始终不过是花梨登场的一个过渡。"

"不是那么回事。"

花梨加入了我们的对话。

"智史英姿飒爽,令人刮目相看呀。"

为什么呢?——她说着恶意地一笑。

"因为他手里拿的武器是一个水龙头嘛。"

啊,是什么?——佑司问。

"当时我没看清楚。"

"超最高级的武器呀。水龙光束!"

我红着脸低下了头。

"行了,我不过是个垫场的滑稽演员罢了。"

"不,不过……"花梨的声音认真起来。

"你当时实在是精神抖擞。我内心深受震撼。"

"过奖,过奖。"

我不动声色、自我解嘲地说道,可心里确实特别高兴。我得到的不是任何其他人而是花梨的认可,这让我欣喜若狂。

"我说的不是假话。请你相信。"

"嗯,我相信,谢谢你。"

"不客气。"

我们一边交谈,一边相互安慰,一直沉浸在慰藉的言谈话语之中。

然而……事态毕竟无可奈何地非常严峻。

佑司的伤势并无大碍，只是一些碰伤和擦伤。呕吐之后，胃部的恶心也跟着好了。

情况严重的是特拉休。

它腰部骨折，股盆支离破碎，复杂得如同一道难题，每块骨头都各不相连。后腿骨同样骨折，内脏也有不小的损伤。而且，还发现它患有相当严重的白内障，全身到处都在脓皮病的困扰之下。

"不好说呀。"我们去的那家动物医院的医生说完，然后抽抽鼻子又说，"全身受伤，实在不好说。"

为了便于治疗而剃除全身长毛的特拉休，简直变成了另外一种生物。脱掉长毛狮子狗外衣的它，就像露出真面目的小丑一样，现出一副十分尴尬的表情。我们真是不忍对它正眼相看，好像自己窥视了不该窥视的东西一样。

特拉休下半身用石膏绷带固定着，接受了各种注射治疗，全身涂满了药膏。为慎重起见，我们让它在医院住了一段时间，不过每当我们前去探望，从它口中发出的却只有"啾?"的叹息,从未听到过后面的"啾"。听说治疗费用收得很高,但花梨背着我和佑司结了账。

特拉休出院之后,佑司把它接到了自己家里。它的下半身已经无法行动,佑司从垃圾场捡来的一台购物手推车成了它的新腿。从体毛全部长齐的时候开始,特拉休便乘坐这台小车,重新回到了那个满是绿色和垃圾的世界。它的精神得到了恢复,与此同时,一度消失的后半句话也说了出来。

"啾啾?"

它似乎一直没有得到确切的回答。

"人世间不应该是自私傲慢之徒为所欲为的世界。"

有一天,只剩下我们两个人的时候,花梨这样说。

"嗯。"我回答。

"所以呢?"

我们并排坐在水流已经干涸的水渠管道里。一条乡路跟管道交叉而行,耳边不时传来拖拉机通过头顶的声响。

"罪过必须受到惩罚。如果带给别人痛苦,他本人也必须遭受同样的痛苦。恐怕这就是所谓的公平吧?"

我立刻有所觉察,一时心神不安起来。

"可是,我们跟佑司说好了呀,记得吧?"

"记得。我当时这样说过。'暴力到此为止'。"

"嗯,是的。"

所以嘛。——说着她把脸凑到我的跟前,开始在我耳边窃窃私语。我的背部立刻有一种东西迅速向上爬来。

"我不想动肉糜一根指头。"

当天晚上,我骑着自行车赶到了肉糜家门前。本来花梨说她一个人去做,但是我不能把她一个人扔在夜晚的黑暗之中。

这是一个明月当空的夜晚。晚秋的空气带着凉意,这对我来说正相宜,因为当时我已经气宇轩昂得满脸滚烫。我在前边不远的地方下了车,然后走了过去。肉糜家的旁边,是个长满芒草的大块空地。我迈步走了进去,立即轻轻叫她一声:

"花梨?"

一处近在咫尺的芒草立刻摇动起来,随后她便从中现了身。在皎洁月光的照射之下,她的脸庞实在是光彩照人。

"你还是来了。"

也许是心情的关系,我觉得她的声音显得很开心。她先是露出一副笑脸,然后便嘴咬下唇,表情严肃起来。牙齿矫正器放着昏暗的光辉。

"嗯。"我回答。

"我想,如果没有垫场的滑稽乐队的话……"

我说着闭上了两只眼睛。本来,我是想向她眨眼示意,但没有如愿以偿。

"花梨也提不起兴致呀。"

啊,是的,她说着抓住了我的手——她的手冰凉——她把我领到芒草里。里面有个刚刚可以容纳两个人的空间,周围围了一圈高高的芒草,抬头望去便是切割成鱼鳞形状的星空。

我们并排坐在草地上。

"怎么办?"我问。

"你不是说,不动一根指头,就让肉糜叫苦不迭吗?"

我目不转睛地看着她的脸。

"怎么办呀?"

"来,你瞧。"——花梨竖起食指,摇动几下。然后,两手捂着面颊,舔舔嘴唇,嗓子里发出一个"咕咕"的声音。对此,她自己似乎也有些疑惑不解,接着又掐掐自己的脖子,又用嗓子发出一个"呼呼"的声音。

于是,花梨深深地点点头,手从喉部移到嘴上,做成了喇叭形状。

开始——她斜眼向我示意,双颊鼓足了气力。

"咻咻?"

我大吃一惊,不由得看看身后。我明明知道特拉休不在,但我不能不这样做。因为那个声音简直就跟特拉休如出一辙。

"咻咻?"

花梨又叫了一声。

这时,肉糜家二楼的窗户啪的一声打开了。显而易见,那个重达八十公斤的身躯就在那里。他正用一种胆怯焦急的动作扫视着四周。我们隐藏在黑暗之中，他应该不会发现我们的踪影，但花梨还是紧紧地依偎在我的身旁，极力要把我们的身影缩小一些。她把自己的小脑袋放在我的颌下。她应该能够听到我心脏的跳动，但她什么也没有说。

肉糜竖起耳朵观察了一阵，过一会便若有所思地歪歪脑袋，放心地关上了铝合金窗。

花梨把头依偎在我的胸膛，紧靠着我扑哧扑哧地笑着。

"你看见他那脸色了吗？"

"嗯。看见了。"

"肉糜认为特拉休已经死了。"

稍微来一点儿——她说。

"给他稍微来一点儿虚假情报。"

"这样，肉糜就会误认为听到了幽灵的声音吧？"

"就是如此。"

她立起身来，回头看看我。

"这个幽灵有点儿不好惹吧。"

确实——我说。

"肉糜说不定也会多少消瘦一些呢。"

实际上,并不是"一些"的问题。我觉得,往少里说,他也瘦掉八公斤以上。也就是说,他这个人有百分之十的体重不翼而飞了。花梨将其称之为"十分之一之抹杀"。这其中蕴藏着什么含义,其实我们并不特别清楚,但此话让我们感到万分的心满意足。

幽灵确实不好惹。在连续三个月的漫长时间里,我们一直光顾肉糜房间的窗前。我们演唱的小夜曲让肉糜身体消瘦,给他埋上了后悔莫及的种子,让他知道暴力不是没有代价的,他做的是一种需要付出相应代价的亏本生意。

刚开始的那一周里,我们是天天光顾。后来,则是心血来潮时随机地前往。

"没有必要每天都去。"花梨说。

"给他来一个两头带中间,中间由肉糜自行弥补。"

感觉上的弥补,无声似有声的弥补。即使是风声,他也会听成特拉休的叫声。在这个过程中,由于虚无缥缈的幽灵之声的折磨,他一点一点地失掉了自己的体重。

我们这件事,对佑司是保密的。这的确不是暴力。但是,显而易见,佑司不会认为我们干了一件好事。不管形式如何,他都不希望有人痛苦,哪怕是伤害过自己的对手也好。

没有任何迹象表明佑司觉察到了我们的秘密活动。他没有任何怀疑,就连肉糜消瘦一圈的情况也不曾发现。傍晚,我和花梨就离开"起居室",然后夜晚时分再在芒草荒原相聚。

就这样过了三个月,有一天花梨对我说:
"罪恶已经得到惩罚了。"
她用食指在我面颊上弹了一下:
"没动一根指头。"
然后,她又最后一次使劲地叫了一声:
"咻咻?"
这是我们的一个小小的胜利。然而,这类胜利基本上都是无果而终的事实,最终又让我们产生了失败者的情绪。
"但是……"花梨说道。
"特拉休恢复不了以前的状态了。"

"不过,肉糜也不敢再伤害长毛狮子狗了呀。"

"嗯。"

花梨在我面前露出了与她的为人不符的懦弱表情。

"哎,这一点还算是个安慰。"

总而言之,就是这么一种情况。我们花费三个月时间获得的不是胜利的旗帜,而是可以装在胸部口袋里的一个小小的安慰。

特拉休的确没能恢复到以前的状态,但如果说它的面容比以前更加不幸,我想那倒也不是事实。

它已经老态龙钟,用自己的脚走路早已力不从心,所以它很满意那个取而代之的四轮移动装置。

佑司放学后首先回家,把特拉休装到购物车里,然后再到平时的"起居室"里来。特拉休前腿搭在车筐边缘,用视力低下的眼睛津津有味地看着四周。

有时,我们也一起离开"起居室",到很远的地方去散步。最前面是坐在筐里的特拉休,接着是推车的佑司,我和花梨跟在最后,我们这个小小的大篷车队反复进行着没有归宿的远征。我们驻足的地点是固定不变的。那就是有垃圾或者有水的地方。一旦发现垃圾山,佑司就会一动不动地在那里站上一阵子;每当遇到有水的地方,我就会迈不动脚步,把那里滋生的水草观察个水落石出。

花梨则总是毫无怨言,一直耐心地陪伴我们。一坐在草地上,她就掏出风衣兜里的书,静静地翻开一页又一页。

特拉休任何时候都不知道疲倦,不管在什么地方,它都用充满好奇的眼神审视着自己周围的世界。它用眼睛追逐着鼻尖前飞过的蝴蝶,它用学究式的热情凝视着地上列队爬行的蚂蚁,然后转过头来从容不迫地询问:

"咻咻?"

※

"咻咻?"

花梨叫了一声,并面带"如何?"的神色看了看我。

那声音跟特拉休简直一模一样。她的嗓音跟从前完全没有什么变化。

"嗯。"我说。

"就是特拉休。"

"是啊。"花梨说。

"那已经是十五年以前的事了。"

这一瞬间,我们想起一件事情,那就是特拉休已经不在人世。关于这一点,在这一瞬间之前,我们竟然连想都不曾想过。虽然事情有些令人难以相信,但它毕竟是个确切无疑的事实,就像八十年前的老人现在身为天国居民一样。

"啊。"她说。

"睡觉吧。剩下的话题,今后谈的机会多着呢。"

是啊——我点点头。

"你能在这里待一阵子吧?"

花梨慢慢地眨了眨眼睛,用困倦的目光看了看我。

"是的,我说过吧?你放心,我再也不会突然跑到地球另一面去了。"

"啊,那太好了。我已经不想再写地址不详的信件了。信件阴差阳错的事,实在叫人恼火。"

花梨思考片刻，然后对我说：

"就像罗密欧与朱丽叶那样吧？"

我故意一笑，双手捂住耳朵问她：

"你说谁和谁？"

啊，哎呀！——花梨用这样一种表情看了看我。她脸上泛起了玩世不恭的微笑，摇摇头说了一声"不"。接着，又像放好拼图游戏最后一个方块时那样自言自语地说道：

"没有什么呀。"

7

原来是这样——夏目君只说了这么一句。这是他特有的淳朴反应。

"你不感到吃惊吗?"我问他。

"哪里,感到吃惊啊。"他马上说。

"吃惊得很。"

啊,是这样。

我们正在对送货上门的水草进行分类。、

夏目君接着又说:

"我首先感到吃惊的就是你店长本人,有那么一个青梅竹马的美人,久别重逢之后竟然没有发现。"

"不是……"

那是因为……

"十五年没见面了嘛。"

"一般说来,那也会觉察出来的。"

"她也这么说。"

"你看,这是多数人的意见吧。"

"嗯。"

这样一来,我恐怕就是一个属于少数派的最最愚蠢的大笨蛋。一个三天不照镜子就会忘记自己长相的大笨蛋。

不,实际情况也许真的就是如此。她是自己初恋的对象,自己初吻的对象,还是自己一直寻找的女性,但是我竟然没有发现。我的脑子肯定是缺少若干个集成块,怪不得我至今还弄不清楚甘蓝和菜花的不同。

"不管怎么说……"夏目君说道,

"这十五年来,花梨的变化确实也很大。"

他的良苦用心让我很是感激,但确实构不成一种安慰。打个比方来说,这就等于有一个学生因为不会背诵小九九而被老师留了下来,另有一个背诵过关的学生准备回家,他临走的时候对前者说了一句:"嗯,第七段确实很难背诵。"

"是啊。"我说。

"我知道头发的长度和军用风衣肯定会有所变化。"

"对。"

"但是,牙齿排列……"

"牙齿排列怎么啦?"

我吃惊地耸着肩回头望去,原来花梨正抱着面包房的点心袋站在那里。

"对我的嘴形有什么意见吗?"

"没有。"我摇着头回答。

"你的嘴形再漂亮不过了,犹如牙粉妖精一般。白牙万岁!"

然后,突然就有一个朱古力酥皮饼塞到了我的嘴里。

"喔、喔……"

"真是坏死了。"花梨一边斜眼瞪着我,一边跟夏目君搭腔,

"他这个人还是我初吻的对象呢。"

我发现,夏目君脸上的表情顿无,变得完全不偏不倚。此时,他真的是大吃了一惊。

"我这样费尽千辛万苦找到这里来,可是他……"

她一把揪掉了我露在嘴外的朱古力酥皮饼,用她那排列整齐的门牙边啃边说:

"就是刘海儿长了一点,他就分辨不出我是谁了。"

嗨——她举起拿在手中的面包房点心袋。

"开中午饭啦。今天同样也有许多好吃的朱古力酥皮饼呀。"

接着,她便丢下我们,快步走入店内。

夏目君看着我的眼睛,脸上一副"果真如此吗?"的表情。于是,我也用"确实不假!"的表情回答了他。千真万确,她的初吻对象确实是我。

他摇着头消失在店内,满脸难以置信的神色。

确实如此。

——连我自己都有些难以置信。

※

晚上,我难得又在父亲的公寓吃了晚饭。

食谱是一成不变的"烩面"。他春夏秋冬总吃这个。只是季节不同所放的作料稍有变化。今天晚上放了竹笋。

我大口咀嚼着因为烧煮过火而有些发粘的竹

笋说：

"所以，听说花梨很出名了。"

"如果是森川铃音，那我也知道。我记得，她好像拍过矿泉水的广告吧？"

他每天基本上都无所事事，对电视节目相当了解。

"但是，我根本没有发现她就是那个花梨。"

父亲的头脑里恐怕同样缺少若干个重要的集成块。真是有其父必有其子啊！

"的确……"父亲凝视空中，寻找往昔的记忆。

"当时的花梨也是个标准的美少女。虽然她打扮成男孩的样子，但终究还是没有掩盖住她的美丽。"

"花梨对自己是个美人这一点曾经掩饰过吗？"

"可能吧？"

"那是为什么呢？"

"有种种不便吧。美这个东西经常会把人搞得神魂颠倒。"

嗯。

"她难得会在你那里出现。过些日子我得去看看她。"

"嗯，去吧。花梨肯定也会高兴的。"

却说很早很早以前，也就是十五年以前，父亲是个按年龄来讲速度快得惊人的短跑运动员，是个以精神顽强著称的能用六十秒多一点跑完四百米全程的运动员，当时连我都跑不过父亲。我估计，如果他参加国际大赛，也许会创造一项小小的纪录。然而，父亲的目标始终只有一个，那就是他们母校举行的田径校友会的友谊比赛。跟一位近半个世纪以来一直互为竞争对手的男子进行一年一度的生死较量。本来，一开始这个比赛的目的是要确认一下各自的健康状态，或者说是想以肉体的衰老为笑料重温旧交。然而，父亲和作为竞争对手的"sakuji"（我忘记该写什么汉字了。你瞧，我脑子里的集成块……）却都会满怀别人认为大可不必的昂扬斗志迎接那一天。

就像美国总统大选中的共和党和民主党一样，两个人的较量总是势均力敌。我认为，这一点更加重了他们之间的火药味。取胜的一方也不例外，为了明年不至于败下阵来还要加紧练习；失败者当然更要洗雪前仇，进一步使劲进行跑步锻炼。父亲的一个口头禅就是"sakuji这家伙现在肯定……"。他不敢有丝毫的松懈，一直处于对方的跑步练习肯定比自己更加卖力的妄想驱使之中。

过了十岁以后，我每到周末都要陪同父亲练习长跑，到附近的学校操场拼命地跑。我一个人先跑，十秒钟之后父亲再起跑。我是一只可怜的兔子，一个可憎的假想敌。

要围绕两百米的跑道跑两圈，第二圈跑到起跑线附近，肯定让父亲追上。父亲从身后逼近自己时的那种恐怖，还有他大口喘气和钉鞋踏地的尖锐声响一齐袭来。有时，在超过我的那一瞬间，父亲还会放声大吼：

"sakuji这家伙！"

对于长跑，我并不喜欢。既辛苦又可怕，主要还是浪费时间。与其让他把我当成那个叔叔来训斥，还不如自己到水边看看鱼虾和水草更加开心。

然而，在日复一日的重复之中，我自身的奔跑能力也有了提高。那时正赶上我个子大长，以前光秃秃的那个地方也歪歪扭扭地长出了几根茸毛。

四百米赛跑的用时大大缩短了。

有时甚至会跑到终点也没让父亲追上。父亲疑惑不解地摇摇头,缩小了两个人起跑的间隔。但是,不久我又逃脱了他的追赶。接着,父亲还是疑惑不解地摇头。兔子变得不像以前那样悲哀,也不像以前那样迟钝了。这样一来,跑步也就突然变得津津有味了。

上了中学,搬到那个有流水和森林的镇子以后,河堤便成了我们的练习场。往上游跑两百米,过了桥再往下游跑两百米。虽然存在桥上速度下降的缺憾,但这里随时可以进行练习。学校的操场就不能如此自由,即使是周末有时也会被某些体育活动小组占用。

十四岁时,我们两个人起跑的时间差就缩短到了仅仅两秒。

听说我们在堤坝上练习赛跑,花梨和佑司也来陪练了。花梨站在起跑地点,佑司站在桥上,各自手拿秒表为我们报时。父亲是花梨的偶像。

"叔叔好厉害呀。"花梨满眼光辉四射。

"您比这个智史跑得还快呢。"

这句话让我们父子都开心得鼻子忽闪忽闪的。因为"这个智史"的表述，说明我本身已经是个有相当水平的优秀选手，而比我更快的父亲则是一个超过相当水平的短跑运动员。

练习结束后，父亲必定领我们三个人到咖啡馆去，给我们吃水果冻糕。跑步过后再吃冰淇淋，甭提有多好吃啦！

最终，这个习惯一直保持到我们离开那个镇子为止。

"sakuji 呀。"父亲说。

"不久就要抱重孙子了。"

大约五年前，"sakuji"膝部受了伤，于是四百米赛跑的竞争宣告结束，但是两个人在人生旅途上的竞争还在继续。关于这一点，父亲等于在绕场跑步中落后了两圈。别说重孙子，就连孙子都没有指望。应当说这个挫折源于父亲自己的晚婚，不过我作为儿子也继承了他的衣钵，好像真是存在"晚熟"的遗传因子。

"那可真不错。"我说。除此之外，我还有什么话可说呢？我只能佯装没有领会他的言外之意。我总觉得说不出口，一直没有向父亲报告婚介系统和美咲的事。

"是啊，不错。"

父亲年近八十，但头发依然浓厚，他拢拢头上的白发说道。

"你也快三十了。"

"怎么啦？"

"还怎么啦？"

"是啊，怎么啦？"

"哎，所以也该……"

啊——我重重地点了点头，意思是说："我终于明白了。我脑子笨，对不起。"我不明白孩子在父母面前为什么会如此这般的不老实。

"是的，到时候了。让我想一想。"

另外……——父亲佯装若无其事地问我：

"花梨现在为什么特意……"

"重归原点。"

我说得既清楚又干脆，生怕父亲抱有不必要的期望。

"她来见我,是她回顾自身往事的项目之一。"

"换句话说?"

"换句话说?"

"不,换句话说,她是什么意思?"

"没有意思。就是字面上的含义。寻找记忆,怀旧,就是这些。"

原来是这样——父亲随后便不再谈论这个话题了。

实际上,父亲和母亲也是小时候就相互认识。不过,跟我们还是有所不同,他们年龄相差七岁,早期不大可能把对方作为恋爱对象来看待。他们产生这种意识的时候,两个人都完全长大成人。每当有机会的时候,父亲就向我这个儿子讲述他们自己的恋爱故事。这便是"我"这个人的史前阶段,也是一个小小故事的序幕。

"当时发生一场大战。"父亲说,"等我清醒过来的时候,青春已经属于比我更加年轻的一代人了。"

我大学毕业后,立刻应征上了战场。

当时，我们活着都很困难。所谓我们就是指我、我的母亲（你的祖母）以及三个弟弟和两个妹妹。我的父亲（你的祖父），在战争即将结束前一天的最后一次空袭中，抱着最小的老闺女逃跑，途中不巧踩上了钉子，因此患上破伤风不治身亡。他实在是个没有运气的人。

那时候，我正在南方的天空下饿得饥肠辘辘，一心想填饱肚子。战争结束回到家里一看，比我更加饥肠辘辘的家人正张着嘴等待着我。

为了让他们得以充饥，我拼命地劳动。我辗转干过几种工作，二十岁后期在亲戚的帮助下进入一家商社供职，这就是我终生的工作单位。那时，次子和长女已经开始工作，但是我这个长子依然不能有丝毫的松懈。

"还有三个人呢。"

我这样想。

结果，最小的妹妹（我父亲脚踩钉子时抱着的那个幼女。就是你也知道的奈绪子姑姑）高中毕业到纤维公司上班时，我已经三十多岁了。

这时，我还是孤身一人。一直没有怎么跟女性交往，以后恐怕也不会有什么缘分。

几个兄弟已经结婚生子。我打心眼儿里欢迎我们家族的新生命和小小的新成员。我成了给侄子和侄女们起名的人，成了他们的保护人，而且成了他们的圣诞老人。虽然窑址不同，但是窑土相同，孩子们的四分之一跟我的土质相近。其证据随处可见。有的颈部毛发带卷儿，有的眉毛笔直一条线，或者生性顽强胆大。总之，非常可爱。

不久，我便产生了这样的想法。

"还是得结婚，娶妻生子，用这双手抱抱自己的孩子。"

那是一个姗姗来迟的春天。我对自己的母亲说：

"老妈（我一直这样称呼你的祖母），我想结婚。"

听到这句话，母亲误以为我一定有了具体对象，于是，问我：

"是个什么样的女孩？"

"不是的，老妈。"

我说。

"我是想叫老妈给我找一个。"

现在回想起来，我感到当时实在有些撒娇过度。

母亲苦想冥思,结果想起一家人来,他们是战争结束前我们居住的镇上的一个邻居,两家至今还互相寄贺年片。她说,我记得今年的贺年片上有"女儿已经错失良机"的话。那是一个老实而又谨慎的女孩,好像名字叫由美子。那孩子容貌倒是一般,但是依我儿子的长相也难以过高挑剔。虽然你们年龄相差七岁,但是说起来我也比老伴就小有六岁。不知道对方考虑过这一点没有,反正准备了一桌相亲的酒席,我和母亲同他们实现了十五年之后的久别重逢。

一见钟情!

那是一次命运安排的重逢。过去那个小女孩竟然出落成如此具有魅力的女性,这实在叫我难以相信。能把男女结合在一起的究竟是什么东西,这一点今天仍然是个谜。总而言之,朴素晚熟的一对,发现了各自心中闪烁的火花,最后终于结婚了。

她离开娘家,带着小小的嫁妆包裹,来到了我们家。当时,我们家还有我的母亲、弟弟和妹妹,是个相当大的家庭。她身体并不特别强健,所以很受我们家人的关注,家人并没有把她当成儿媳妇,而是把她当为一家的千金小姐。

虽然我们同睡一个房间,但是我不知道怎样才能钻进她的被窝,过了三个星期之后我们才迎来初夜。(关于这类事情,父亲对我这个儿子从不隐瞒,总是坦诚相告。)

接吻也是需要胆量的。尝试多次仍然不很习惯,下一次又回到了原来状态,所以只好战战兢兢地窥视着她的脸庞。

在这个过程中她怀上了第一个孩子,但是也许是因为天生身体虚弱的缘故,刚过七个月就流产了。这件事对你母亲身体的伤害也很大,后来她有近半年的时间卧床不起。见此情景,我断了要孩子的念头。最最重要的还是她的身体。

有什么呀,继承我血脉的孩子,包括我的很多侄子和侄女。这不已经足够了吗?能和爱妻携手生活下去就行了。

我的这种想法已经决定。她本来就是个不愿表示自己意见的女性,所以只是默不作声地遵从我的意见。

然而,十年之后,她那一不做,二不休的气质公开暴露，竟然把你送到了这个世界。一年以前，我的母亲故去，她陷入极度的悲痛之中，简直比失去自己生母还要悲伤。我是撒娇的长子，悲痛之深自然也是非同一般。

你母亲成了我唯一的安慰。这对她来说也是一样。哎，这也许是因为那时兄弟们都已成家立业，家里只剩下我们两个的缘故吧。总而言之，在一起的时候，我们总是卿卿我我地互相安慰。

当时，避孕工具也不像现在这样保险。

你能降生到这个世界，完全是钻了我们的空子。你的动作可真是灵敏呀。

本来我是反对的。这当然是考虑你母亲的身体。她当时已经年过四十了。但是，她死不让步。

"到今天为止，现在是我身体状况最好的时候。现在生孩子肯定没有问题，这个孩子就是你母亲的化身啊。"

她这样说服我。

我只好让步，尽管心中非常不安。当时，你也就有鹌鹑蛋那样大小，恐怕思维能力还不如虱子，但是我已经喜欢上你了，所以根本无法反对。

最后，难产的结果，你诞生了。我故去的母亲的第十一个孙子。

从那时开始，岁月的流逝便前所未有地快了起来。想想自己人生所剩的时间，觉得实在不足以把一个小小的生命培养成人。

我们两个人拼命地呵护孩子。一个是五十岁的新手爸爸，一个是四十三岁的新手妈妈。我们跟那些年龄只有自己一半的父母一样顽强地奋斗着。

不过，一切都很开心。我和她一起去百货商店给你选购衣物，去超市购买奶粉，推着婴儿车去公园散步，所有这一切都非常开心。

看她做母亲，也是我的一种快乐。她给你喂奶的身姿简直美如天仙。

不久，你成长起来，开始上学。

只要时间和身体状况允许，我们就去参加学校的各种活动。我们知道你有些讨厌，但这是父母的权力呀。我们绝不能让步。高中的开学典礼，我们也是夫妇共同出席的。当时的气氛真是隆重异常（当时爸爸已经六十岁，坐在家长席上，腰板挺得比任何家长都直）。我们两个人偷偷地握着手，暗中庆幸这一天的到来，高兴极了。

两年以后，她的人生降下了帷幕。

哎，总之，我们生活得无怨无悔。我们上了年纪才结婚，你母亲又那么体弱多病。真有一种必须争分夺秒的感觉。尽管如此，我们还是一起生活了二十七年。我认为自己是个幸运的男人。我毕竟跟自己所爱的人相依为命地生活了这么多年。

她留给我的最后一句话是："喂，你瞧……"她一定是看见了什么，想让我知道。

我很想知道那个东西。肯定很漂亮。我们两个人散步的时候，她时常指着一个东西跟我这么说。诸如路边绽放的酢浆草花啦，夜空悬挂的弦月啦，等等。有朝一日，我会问她当时看见了什么东西。

你那里怎样啊？——而且，今天也和往常一样，我在入睡之前，还会这样问问你母亲。

※

我回到店铺的时候,花梨还在柜台进行编程作业。

"你父亲怎么样?"她发现我以后,抬头问道。

"嗯,他很想念你。说要来看你呢。"

"我很高兴,你父亲很帅呀。"

"是吗?花梨都这样说,所以他……"

她停下键盘上的双手,用那种姐姐式的目光看看我。

"怎么?"

我一问,她却轻轻地摇摇头。

"你是一个古板而正统的恋母少年啊!"

"你胡说什么呀。根本不是。"

"你瞧瞧。"她说着用食指指我。

"你这样矢口否认,这本身就是古板而正统的恋母少年的典型反映。"

她扑哧扑哧地笑着继续说道:

"最新版本的恋母少年们更加畸形。"

我放下无意中抬起的双臂,消除了肩部的紧张。

"我明白。那又怎么啦?"

"所以,你总把你父亲视为竞争对手。"

"啊,是弗洛伊德的学说啊。"

这方面的知识,我也知道一些。

"也许吧。"我说。

"所以,在父亲面前,我至今依然总是不老实。"

"是吧?"

她关上笔记本电脑的液晶盖。

"你母亲去世是在……"

她一边说一边从壶里往杯里倒药草浸剂。

"是在我们最后一次通信以后吧?"

"是的。那以后又过了三个月。那以前就一直身体不好。"

她走出柜台,递给我一个大杯。我闻了闻香气,原来是一种陌生的气味。

"这是红茶和药草浸剂的混合饮料。我在点心铺买的。"

"叫什么名字?"

"名叫'一一七'。"

"啊?"

"名叫'一一七'呀。新产品的名称全是编号。"

"哼。"

良久,我们并排站在那里,默默无言地品尝着"一一七"。但是,它并没有钟表一般的味道(尽管我不知道钟表是什么味道)。

"你母亲是个和蔼可亲的人呀。"

花梨"呼……"地吐了一口气,温情地说。

"嗯。不过,花梨只见过她三次吧。"

"是,是的。我去智史家,也就那么几次。"

"佑司倒是经常去我们家。"

"那是因为他迷上了你母亲呀。"

"嗯,是的。"

佑司跟我母亲亲近得不得了。按他母亲的年龄来讲,应当说我母亲的年龄相当于他母亲的母亲,但是佑司对我母亲喜欢得五体投地。我母亲似乎也觉得佑司十分可爱,深情细致地关照着他。给他整理衣领,用梳子给他梳理又硬又黑的蓬松头发,用手帕蘸上唾沫给他擦拭脸上的污垢。我们并排坐在桌前,品尝着母亲做的甘薯饼。有的时候,即使我不在,佑司也会一个人造访母亲,两个人并肩坐在客厅的沙发上,观看电视综合频道的节目。

"我母亲也很想念他,临终时还说想见见他呢。"

"佑司……"

花梨用两只手包住杯子,把脸凑到杯子跟前,然后悄悄地说:

"是不是真的见到了自己的母亲呢?"

"肯定的。我想他能见到。"

"是呀。"

是的啊——花梨这样说着,轻轻地点了点头。

"我总觉得,好像一切都是一场梦。"

花梨打开折叠床,铺好被褥,盘腿坐在上面,茫然地看着自己的眼前。

"梦?"

我同往常一样坐在楼梯上,静静地看着花梨。

"是,是梦。一切都是一种梦幻。他们真的在那里吗?"

"谁?"

"十四岁的花梨,还有智史和佑司、特拉休、你的父亲和母亲,然后还有佑司的父亲。啊,再加上胖胖的肉糜及其同伙。"

"都在，的确。"

"哎，是呀。"

不过……——花梨若有所思地把目光落下，用手撩起垂在脸上的长发。

"即使把当时的一切都视为极其幸福的梦，那也没什么不可思议的。"

我默默地点点头。点头不代表一种肯定，只是让她往下说的一个信号。

"或者说，现在这一瞬间也是一样。真正的我也许就是一个九十岁的老太婆，只不过是在连续做着幸福的梦。"

"或者说，我们也许就是在花朵上歇息翅膀的蝴蝶眼中的转瞬即逝的梦中居民。"

"这是庄子思想吧？"

我点了点头。这一次是肯定的信号。

"如果可能的话……"

花梨小声嘟囔着说道：

"我想永远重复十四岁的那一年。"

"是吗？"

"对。而且，在反复记号的最前边，都要有我们那种笨拙的吻。"

笨拙的吻——刚开始总是这样的。正因为如此，它才是一个难以忘却的回忆。即使忘掉第三十三次亲吻，也不会忘记第一次亲吻。任何人都将带着第一次亲吻的记忆走进天堂的大门。我认为肯定是这样。

※

那是最终导致我们分别的最大的一次事件。

刚刚过完年，就有消息了。

父亲的上司又掷了骰子。这一次掷出了一个特大数字，我们一家将被踢到远离此地一千二百公里的地方去。

虽然我有思想准备，但是这次分别格外让人难过。我想一个人留在这个镇里，并设想了各种方式。寄居在佑司家里也行，每月生活费保存在佑司父亲那里，我和佑司可以像亲兄弟一样生活。不过，实际上这注定是不行的。我不可能离开最近时常卧床不起的母亲，而且我这个乳臭未干的孩子最终也不可能离开父母独自生活。

我、花梨和佑司，犹如三只注定要被拆散的小狗，一动不动地趴在一起等待着那一天。从这一年的年初到分别的三月份，我们放学后基本上都待在休谟管道里。不然就待在茂密的芒草中建造的纸板房里。这个季节，垃圾山里的"起居室"太冷了。当时，也没有想过要到谁的家里去，我们——三个人和一只狗紧紧地依偎在一起，用相互的体温抵抗着严寒，度过了一个又一个冬日的下午。

当时谈了些什么，已经记不清了。如今只有风声还在耳边回荡。还有麦叶在沙沙作响，输电线路的大声吼叫，或者就是穿越我们并肩而坐的休谟管道的巨人般的叹息。

河流水位下降，近乎淤积状态。从中引出的水渠，闸门已经关闭，水流已经枯竭。大凡有水的地方都已结冰，孩子们脚穿胶皮长靴练习着滑冰。水草销声匿迹，垃圾山周围的树木叶子已经落光，裸露出一片冰冷的身姿。

这便是我在那座市镇度过的第一个同时也是最

后一个冬天的景象。

分别的日子很快就无情地到来了。

那一天,我是一个人从那个镇子踏上旅程的。当时,因为工作的需要,父亲已经先行到达任所。再有一年他就会到第二次退休的年龄,所以这里可能是他最后一个任地。原定我和母亲日后追随父亲前往该地,但原定日期的前一天母亲突然病倒,经受不了一千二百公里的长途奔波。我则要在该地的学校迎接新学期,三天后就是开学的日子。通过电话跟父亲商量决定,留下母亲一个人前往新的市镇。看护母亲的事托付给一位相识的女性,父亲将根据情况择日回来接母亲。

由于这个情况,当天在候车室等待电车的我,早已陷入了半哭泣状态。跟花梨和佑司分别的痛苦,留下病母的不安,还有独自跋涉一千二百公里距离的胆怯,这种错综复杂的感情综合成眼泪含在了眼里。

"我每天都会去看看你母亲。"

佑司说着,同样两眼已经满含热泪,鼻子也抽抽搭搭的。他把食指伸到那副大号眼镜的后面擦擦眼角。特拉休跟往常没有两样，它前脚踏在婴儿车的横梁上，兴致盎然地巡视着候车室里面。

"嗯，拜托了。我想母亲也会高兴的。"

"包在我身上。"

然后，佑司把手伸进婴儿车内，取出一个附近超市的纸袋。

"你把这个带上。"

他递给我，我往里一看，原来是一个画纸卷成的纸筒。我从袋中取出，将它展开看了看。

"啊，这……"

"在智史房间可以看到的外景。"

佑司说。

"这是我第一次描绘垃圾以外的东西。"

那是一个透过我房间的窗户可以看到的世界。当然，图像有些扭曲和起伏，因为是借助佑司那副大号眼镜捕捉到的世界。不过，细微之处都描绘得既细腻而又真实。上面画有庭院的树木，还可以看见邻家铺瓦的屋顶，远处则展现出一片广阔的田园风景。水渠和田埂分开的方形水田，环绕其四周的绿色地带，天空飘浮的白云，这一切都通过佑司那执著而不妥协的线条跃然纸上。

"谢谢。"我说。

"我会珍惜它的。"

"是我一个人在智史房间时画的。希望你不要忘记这个镇子。"

"不会忘记的。"

"嗯。另外，还有我们……"

"绝对不会忘记。"

"咻咻？"特拉休在问。

"当然。"我说。

"也不会忘记你。"

花梨从一开始就满脸不高兴地站在离我们稍远的一处地方。每当目光相遇的时候，她就机械地朝我点点头。

"如果在那里也能很快交到朋友就好了。"

佑司对我说。

究竟是为什么呢？——他的这句话让我的忍耐超过了极限。我顿时泪如雨下。

"不需要什么朋友。只有佑司和花梨是我的

朋友。"

"不要这样说。新的生活正在等待你呢。"

"虽然如此……"

佑司用小手摘下眼镜,把额头贴到了我胸前的衬衣上。

"没关系的。我们永远在一起。"

他的声音变成一种麻酥酥的震动,震撼着我的心脏。

"即使离得再远,我们也是联系在一起的。我会永远惦记着你。"

离开我以后,佑司又抬起头,用向外突出的黑色大眼睛看了看我。

"重要的只有这一点。距离并不是问题。"

我用衬衣袖子擦擦眼泪,顺便也擦擦鼻子。

"啊,是呀。我们永远在一起。"

"新的镇上一定也会有水塘。"

"而且,还会有垃圾山。"

"嗯。智史肯定还会过上每天观察水草的生活。"

"啊,我一定这样做。"

"那个镇里也许还会有像我这样的少年,小小的年纪却非常喜欢画画。"

"嗯。"

"如果是那样,请你跟他做朋友。我想你肯定会成为他的好朋友。"

"嗯,是啊。"

"以前我一直是孤单一人。"佑司说。

"遇到花梨和智史之后,我才知道拥有朋友的快乐。"

"嗯。"

"所以,请你也把这一点转告给远在异乡的他。"

"我知道了。"

佑司用运动衫的袖子擦擦湿润的眼睛,重新戴上了眼镜。把两只手在裤子的腿部蹭了蹭,然后伸向了我。

"我们握握手吧。"

"嗯。"

我们的双手握在了一起。佑司的手总是温暖的,而且有些微微出汗。

通报电车到站的广播响了,可我们还是不想撒手。

"画还是继续画下去吧。一刻不停地画下去,哪怕是痛苦和悲伤的日子也好。"

"嗯,画下去。一天不停,不管肚子痛,还是头痛。"

说定了——佑司说。

广播再一次响起。我仍然不想走进剪票口,那声音听起来实在让人心烦得很。

"进去吧。"

"好吧。"

接着,我们松开了手。不过,没什么,我们是联系在一起的,距离并不是问题。

"再见,佑司。"

"嗯。"

然后,我对婴儿车里的特拉休也打了个招呼。

"再见,特拉休。"

它用一副不得要领的神情歪歪脑袋。看来它并不特别清楚其中的内情。我把视线转向身靠候车室墙壁抱腕而立的花梨。

"再见,花梨。"

"啊。"她讨嫌地低声嘟囔一声。

"这也不是永别。"

也就是说,用不着说再见。

我用手提起了放在脚边的大号尼龙提包。

"好吧。"

我环视一下大家,相互点点头,然后越过检票口走向月台。在即将从各自的视野中消失之前,我再一次回过头来,相互看了看对方。

"咻咻?"特拉休突然若有所思地叫了起来。

"智史,祝你快乐!"

"我也祝大家快乐!"

我使劲地挥了挥手,向他们发出了最后告别的信号。

(再见,我喜欢你们。)

随后,我便转身向前,再次迈开脚步。眼泪几乎又要外流,我喉部用力强忍了过去。

电车平稳地滑入月台。我抽抽鼻子,轻轻摇动一下手拿的提包,掂掂它的重量。月台上几乎不见人影。云雀在春日遥远的高空急促地"噼噼"直叫。电车就要将其整个身躯纳入月台。不久,速度归零。

这时,我发现视野的一端有块土黄色的衣料在随风飘动。

原来是花梨。她两颊光润洁白,容光焕发地跑着。她每跑一步,蜂蜜色的头发便猛摆一下,宽大的额头就随之暴露出来。她紧锁双眉,风衣下摆在飘动,表情庄重地跑了过来。

电车停稳车门打开时,花梨也追上了我。有几位乘客走下了月台。

"智史。"花梨一边大口喘气一边说。

"你想吻我吗?"

我吃惊地看看她的眼睛。她用色彩明亮的双眸望着我,眼神令人吃惊地认真。

"想。"我马上回答——时间有限。

"你的手不要动!"

于是,我一动不动地站在那里。

她用双手搂住我的脖子,踮起了脚跟。花梨是个身材高挑的女孩,可身高跟我仍有十厘米的差距。我也想抬起手来,但想起她的话便又停住了。

花梨双臂用着力。刚刚跑过来的她,一直呼呼地大口喘气。

嗬,嗬,嗬——

她激烈地大口喘着气,急忙把嘴唇伸了过来。由于轨道有些偏离,首先碰上了鼻子,后来她的下嘴唇才接触到我的上嘴唇。

花梨闭上了眼睛。她那既长又浓的睫毛近在咫尺,睫毛朝上打着小卷儿。

我把脸向下移动着调整了嘴唇的位置。这样一来,我们的嘴唇才真正相互重合。可花梨很快就受不了了,于是她张嘴吸了一大口气。随后,又吐了出来。她的气息吹到了我的嘴唇和鼻子。不知为什么,她的口气中散发出一种类似苏打水的气味。然后,我们的嘴唇再一次重合。我的舌头接触到了花梨难以合拢的嘴唇内侧,我感受到她那湿润的部位有一种特别的味道。那也许就是从她那牙齿矫正器游离出来的离子的味道。我想起了感冒时医生伸到我嘴里的那种锃亮的不锈钢压舌板的味道。

突然,宣告电车发车的铃声响了。

她顿时身体僵硬,几乎失去平衡。慌乱之中,我放下手提包,试图抓住她的手臂。但由于相互身体过于接近,我的手没有完全举起来,我抓到的不是花梨的手臂,而是她那军用风衣覆盖着的胸部突起。

"坏!"她狠狠地推我一下。我后退一步,两人身体分开。花梨嘴里喘着大气,用叉开的双脚稳稳地支撑着自己的身体。

我以一种有点精神恍惚的状态凝视着她。

真叫人吃惊!没想到花梨的胸部竟然那么丰满……

她首先清醒了过来,并且提起丢在月台花砖上的手提包,说:

"给,智史。"

"啊。"

我从她手中接过手提包,飞身上了电车。

"再见。"花梨说。

"后会有期!"

铃声突然停止,带来一片寂静。接着,车门伴随一种排气的声音关闭。

"后会有期的意思是……"

然而,没等她再往下问,钢铁和玻璃的隔扇便将我和花梨完全隔绝了。电车启动。

花梨直挺挺地站在那里,目不转睛地凝视着我。

"后会有期。"我又说了一声。花梨的身影渐渐远去。

"后会有期指的是什么呢?"

电车不断加速。企图尽早把我抛出这个镇子的重力圈之外。花梨渐渐远去,早已看不清她的表情。飞往火星的宇航员肯定也是这样凝视地球的。那种心情只有我能理解。

不久,电车向左来了一个大转弯。我把脸紧紧贴在车窗上,追寻着那个即将消失在视野之外的土黄色斑点。然而,转瞬之间它便消失在锃光闪亮的电车车身的远方了。

留给我的便只有初次接吻的余韵以及她那胸部留在手中的柔软触感。

※

我坐在楼梯上,目不转睛地凝视着自己的手。这只手正好可以握住那么大小……

"你那只手怎么啦?"

"不,没什么。"

"哼。"她发出异常喜悦的声音。

"现在，变得更漂亮了。"

我的心事竟然让她看得如此透彻，作为一个男人这到底如何是好呢？

"啊，真是不得了。"

"咳，这跟你没关系。"

"咳，这跟我没关系。"

休息吧——随后她说着开始动手去解衬衫扣子。见此情景，我站起身来，回到了自己房间。

※

一个小小的声响把我惊醒。

我觉得好像是在做梦，一个幸福的梦。

我翻个身，想重新回到梦的世界。可过了一会儿楼下又传来了响声。我看看枕边的闹表，刚刚过一点钟。我从被窝里出来，穿着睡衣（就是印有特拉休头像的T恤和百分百纯棉的吸汗内裤）下了楼梯。刚下一半发现一楼亮着灯。原来那是柜台发出的昏暗的间接照明。

"啊,怎么啦?"

花梨正坐在柜台里的凳子上,面朝笔记本电脑。

"不,我听到有个声音……"

"啊,对不起,把你吵醒了。我本来还挺注意呢。"

"不,没什么。"

我挠挠脑袋问她:

"睡不着吗?"

"嗯,就是。"

她神色不安地这样回答。然后,起身把药草浸剂倒入杯中。

"你呢?"

"嗯,现在还可以。"

"是吗。"

花梨往上理理头发,把杯子送到嘴边。与平常相比,她显得有些神志不清。她跟我一样,身穿印花 T 恤和吸汗内裤。胸部的图形是记号。三个点儿,三个破折号,然后还有三个点儿。左右两个点儿中央正好跟她胸部的顶点重合。

"那是什么?"我用手指着问她。

"你是指里边呢,还是指外边?"

"可能……"我说道,

"我想不是里边。"

她表情遗憾地摇摇头。

"嘡嘡嘡、哧哧哧、嘡嘡嘡……"

她一边说,一边用食指做着敲击按键的动作。

"啊,是莫尔斯电码信号呀。"

"是的,SOS。就是'Save Our Soul'。"

"原来SOS是这个意思呀?"

"啊,我还听说有事后牵强附会的意思。"

"这是花梨的心声吗?"

我不由自主地提出了这样的问题。

"如果是的话,你能拯救我吗?"

花梨用挑逗的眼神看着我说。

当然——我马上回答。

花梨顿时面部带上了惊讶的神色,随后又立刻恢复原来表情,并轻轻地摇了摇头。

"我不能轻易答应。"

"轻易答应?"

可能是吧?——花梨点点头。

"一般来说,一个男人不可能拯救两个女人的灵魂。"

确实，是这么回事呀！

"不过，我是你的亲密朋友啊。"

"是啊。但是，人不会永远停留在十四岁的状态上呀。"

"你是说……"

"咳。"

你自己考虑考虑吧——她不痛不痒地把我顶了回来。

"即使我是即将沉没的泰坦尼克号，你身在遥远的大洋之上，也不可能前来救援啊。"

"现在这么近也不行？"

"哎，这么近也不行。"

她见我完全陷入沉思，反倒哈哈大笑起来。

"没事的，别担心。"

"不过……"

"真是的。一开玩笑就当真，这孩子真难办。"

"你可别忘啦，我比你大呀。"

"不就是四十三天嘛。活三十年不就可以忽略不计了嘛。"

嗯。

"真的没事吗?"我问她。

"哎,没事。赶快休息吧。"

孩子——她顺口又加了一句,然后莞尔一笑。

我默不作声地向她伸伸食指,示意她"记住"这件事,然后上了楼梯。

这一幕半开玩笑的短剧,让我们恢复了短暂的快活。

但是,回到房间的我,怎么也快活不起来,心里一直在惦记花梨。

她没有睡。矮人鞋匠的原形恐怕就是她吧。难道这跟她偷偷服用的药片有什么关系吗?

突然,我想起了孩提时代听到的有关她的传说。花梨在教室里总是迷迷糊糊的。有的同学还说曾经见她从医院出来。

她有什么秘密——满怀痛苦,祈求救助。

"Save Our Soul。"

按她的说法,我也许就是身在远洋的卡帕提亚号①,尽管如此我还是不能不去救援。

如果她心怀某种痛苦的话,我想将她从中拯救出来。

然而,我们已经不再是十四岁,已不能随心所欲地行动。想到这里,我感到自己好像正戴着手铐和脚镣在深海中游泳。

---

① Carpathia,泰坦尼克号游船沉没的时候,迅速到达现场从事救援的船只。

8

第二天,父亲来到了店铺。大凡这类事情,他总是步履轻捷得犹如十七岁的男子一般。

正赶上是中午,我们就拜托夏目君照料店铺,一起到坡下的越南餐馆享用生春卷。

花梨说父亲一点也没有改变,父亲则说花梨"你变化很大"。花梨照旧予以反驳,说改变的只是刘海儿而已。

那么,你那鲜亮放光的纤细的脖颈到哪里去了呢?——我本想这样问她,但话到嘴边兴致已经消失——这是一种防御反应。

三人同桌而坐形成的化学反应,让我们早已忘却的记忆接连不断地重现。(归根结底,那都是仅仅十五年以前的事,并非所谓令人吃惊的很早以前。)

夏夜,流星在钴蓝色的天空中画着弧线,从这一边的地平线飞向另一边的地平线。过后回想起来,那很可能是人造卫星,当时我们却在拼命地许愿。到底许了什么愿,现在已经忘记。

"我当然是祝愿你们幸福啊。"父亲说。花梨则说她还记得,但是不告诉我们。

"一个十四岁女孩的心愿,那当然是 A 级绝密呀。"

一个冬天的傍晚,我们捡到一个随风飘来的带有信件的气球。

信上这样写着:

我平安无事。请不要担心。

花梨只是鼻子哼了哼,而佑司却兴奋不已。

"这肯定是遭受禁闭的人从房间里抛出来的!"

"这是哪帮中学生搞的鬼名堂。那么巧房间里就有气球?如果是那样,这文字也不对呀。连个署名都没有。"

"那也许是从某个无人岛上抛过来的。"

"啊,那你说无人岛上哪来的氦气?"

三个人的回忆一直没有尽头。从花梨的粉刺到黄昏时分飞来飞去的蝙蝠,连接起来就是一场内容广泛的没有脉络的联想游戏。

我们惦记夏目君,感到不能多待,决定尽早返店。

下次再继续谈——父亲这样说着,返回了自己的公寓。

目送着他的背影,我对站在身边的花梨说道:

"可是,那个 A 级绝密……"

"什么?"

"到公开的时候了吧?国家有《情报公开法》嘛。"

"开玩笑。"她说。

"我的头脑当中有个独裁政权,以秘密主义为基本方针。"

原来是这样。

这一周过得也跟上一周差不多。

补习生奥田君照样在固定的时间过来,没买任何东西就打道回府。他最近有些沉不住气了,心里一直惦记着这位比森川铃音体形稍胖、胸部稍小的女性工作人员。业已寻找到新学生的大学教授,最近也打破了每周一次的间隔,变成了每隔三天过来一次。花梨则转眼之间成了迷你椒草的专家。

我们每天除了品尝"一一七""一七七"之类的茶饮之外,就是给水草打包;再就是吃朱古力酥皮饼,然后还是给水草打包。

打那一夜起,我开始注意观察楼下的情况。

夜深人静的时候,我会偷偷下到楼梯中段,全神贯注地侧耳倾听。

每天夜里,柜台的灯光都一直亮着。我听到了杯壶相碰的声音,还有她不时敲击键盘的声响。另外,有时还可以看见花梨在柜台里走动形成的影像。

她没有睡,或者只睡一小会儿。(她凌晨的情况不明。)

莫非就是所谓的失眠症吗?若真如此,那个片剂也可能就是安眠药。

惦记花梨不等于就是对美咲的背叛。至少在表面上看,我只是关心青梅竹马女友的一个好朋友。

如果这其中有什么问题的话,那恐怕最终就要看我自身良心的所在了。假如我感到内疚的话,那么这种行为已经令人内疚。

因此,我要问问自己——这还 OK 吗?

不过,我已经开始苦恼了,所以只能作出一个暧昧无力的回答:

嗯,大概 OK。不过,不敢保证。

※

周末的约会,说好我到芳香商店去接美咲。她的工作突然发生变化,直到中午还脱不开身。

店铺坐落在一个恬静而有品位的住宅区里,是一家公寓的一楼。我是第一次造访这里。店铺装潢极为朴素,我险些过而不见。即使经营非法商品的店铺,装修也会比这里更显眼一些。写有店名的招牌,只有明信片大小:

"Aromahouse Euphoria。"

店内也非常狭窄。只有小小一个家庭盥洗室大小。沿墙壁摆得满是芳香油小瓶,最里边有个柜台。

美咲就坐在那里。我觉得自己似乎明白了她之所以小巧玲珑的缘由。

"你来啦!"美咲说。

"还有三十分钟就下班,你坐在那把椅子上等等我。"

我按她的意思,在一把高脚木椅上落座。我放眼打量着店内情况,美咲用一种解释的口吻说:

"太狭窄了吧?听说考虑到房租问题,这已经尽了最大的努力了。"

"嗯,这可以理解,并不是越宽绰越好。"

而且……——我摊开双手,将身体转了一圈。

"商品不是充实得不能再充实了嘛,气味也相当好。"

"有一百种商品。我姑姑是店主,由她直接去欧洲进货。"

"啊,美咲也跟着去过吗?"

"只去过一次。"她说。

"转了一下英国、法国,还有东欧。"

"真不简单。"

远山呢?——她问,

"去过海外什么地方?"

没有——我摇摇头。

"我非常讨厌飞机。很难想象那么一个铁家伙,竟然能在空中飞行。如果说企鹅能在空中飞翔,那倒是还可以相信。"

她扑哧扑哧地笑着,用拿在手中的圆珠笔碰碰鼻子,思考片刻又问:

"但是,如果有事必须到海外去,那怎么办呢?"

诸如新婚旅行之类——她快言快语地又补充了一句。我佯装没有听到这最后一句话,谦和地回答:

"是啊,那时候就用冷藏运输的方式把我运过去好了。"

她高声大笑起来,接着又说:

"这倒是个好主意。"

一种虚构的明快,开始在我们中间荡漾。这是一个不好的兆头。我们好像各自都成了扮演自己这个角色的笨蛋演员。我们一开头总是如此这般的笨拙。

"这么说……"美咲若有所思地说。

"原来,铃音就是花梨,没错吧?"

她原本一开始就想问这个问题。我虽然心里明白,但是没能马上开口。

是的——我点点头。

她的脸上露出了一副困惑的表情,其中包含的意思极其坦率。

"那么,花梨现在为什么突然……"

"她说,是想脱离工作,回首一下自己的往事。"

"发生什么事情了吗?"

"什么事情?"

"她辞去了工作啊?而且,为了回首自己的往事,才来拜访过去的朋友……"

美咲眼望空中,思考片刻,继续说:

"是不是发生了什么重大问题呀?她,女演员的工作原来干得相当顺利,正是前途有为的时刻……"

"嗯,那倒也是。"

我决定不讲花梨不睡觉的事情。首先那是通过不正当方式了解到的事实,其次又是一个极其个人的问题,更主要的是我认为那是一个在此不便提及的事件。

"花梨……"她说。

"原来是打算一直向远山隐瞒自己的情况吗?"

"好像没有那个打算。她说因为我没有发现,她就故意不讲。"

"啊,是这样呀……"

于是,她再一次陷入沉思。

我非常理解美咲的困惑。现在,我也后悔自己的坦诚相告。说明到什么程度,保密到什么程度,这个火候很难掌握。我这个人显然不是谋士,而是属于任凭谋士摆布的脑筋迟钝的一类。所以,事关这类事情,我总是像婴儿学步一样蹒跚得令人不安。

其实,当初不说店里新来一位女性店员就好了。可花梨说她喜欢玫瑰花的香味,正好我和美咲在电话里突然无话可说,为了摆脱尴尬的窘境我就说了。这样一来,后来的事情就无法隐瞒了。美咲把玫瑰油递给我,说要送给"新来的女性店员"时,问我:"啊,她叫什么名字呀?"我照实回答说叫森川铃音以后,她又大吃一惊地说:"就是那个森川铃音吗!?"于是,我便来了兴致,骄傲地表示:"是的,那个森川铃音就在我的店里。"(唯独她吃住在店里一事没有宣布。)后来在跟她继续谈论往事的过程中,我发现了铃音亦即花梨的关系,兴奋之余便当场滔滔不绝地全都讲了出来。

那是不是太差劲了?——当天夜里上床以后,我才意识到这一点。矮人也许就是用传话游戏方式取代脉冲电路传达神经情报的。肯定一说到现在肚子饿了,就是昨天没有吃饱的缘故。我对此简直佩服得五体投地。

美咲会怎样认为呢?

从她的角度来看,我就等于是"他"。

他是一个通过婚介系统相识的比自己年长三岁的男性。尽管并不知道是借助什么选配系统筛选出来的,但他毕竟是电脑从四万五千名会员中认定"就是他"之后推荐给自己的一个男性。

直到第二次约会为止,我们相互之间并不看着对方的面颊,而是死盯着茶馆桌面的木纹。当第三次约会时他开始回忆老朋友之后,两个人之间的距离便急剧缩小。眼看着爱情即将开始……(不,这是我当时的想法。不过,我希望她也这样想。)

然而,打那以后,情况便有些反常了。

他经营的水草商店雇用了一名女性店员。问其姓名，他回答名叫"森川铃音"。哪个森川铃音？拍过矿泉水和个人电脑广告的那个女演员？约会即将结束的时候，他突然兴奋得滔滔不绝起来。原来，当时的女演员、现在他店里的店员——森川铃音，实际上就是他讲述的往事中的老朋友。他好像也是刚刚觉察，表现得异常兴奋。而且，似乎格外高兴。

今天又……

萎缩在柜台里的美咲，一边用圆珠笔头捅着鼻子一边思索，表情十分沉重。反过来想，她的情绪很容易推测得到。如果她的身旁突然出现一个青梅竹马的男性，而且该男性的秘密级别为最高等级的话，那么我同样会心神不安的。我们原本认为自己已经无缘这种决定命运的邂逅，所以才委托电脑选择对象。而且，认定二进制之神介绍的对象就是自己将来的伴侣，认真而循序渐进地推动着这种关系的发展。我们才刚刚开始。

"哎。"美咲把头抬起来说，

"今天，等一会儿我想去远山的店铺看一看。"

"去我的店铺？"

啊——她点点头。然后移开视线，凝视着摆在壁橱里的遮光瓶。

"远山今天算是看了我工作的店铺，接下来我想看看远山的店铺。"

原来是这样。不过，我们都知道理由并非如此。虽然知道，却不想涉及。

我有些吃惊，没想到美咲是一个能够采取这种行动的女性。怎么说呢，我原以为她是一个更加谨慎而被动的女性（恐怕她的本质如此吧），不过，她今天鼓起了勇气。也正因为如此，她显得更加具有魅力。

我希望自己更加喜欢美咲，甚至感到她正是自己一直苦苦追寻的那个唯一的女性。我也许是个不可救药的晚熟的浪漫主义者（不，说起来正因为是个不可救药的浪漫主义者结果才会晚熟），但拥有梦想是我的自由，为梦想的实现而努力也是我的自由。就让那些非浪漫主义的、讲究实际利益的人随便说去吧。

尽管我们是由枯燥无情的选配系统选出的组合，但我仍认为自己同她的相遇是命中注定的。命运这个字眼儿能让人感受到一种超越我们意志的巨大力量的存在，但对我们两个人来讲，它无非就是焊接在硅片上的配线图案而已。

面对命运如此这般奉送给自己的女性，我既觉得应当诚实，又感到负有责任——被筛选成她的伴侣的是我而不是任何其他人。所以，不能鬼迷心窍。啊，虽然内心已经产生巨大动摇，但那不过是个偶然事件，应当承认那是因为力量之不可抗拒。总之，我……

"就是这家店铺吗？"

思前想后之中已经到家，简直就像按了快放键一样。

"是的，这就是我的店铺'特拉休'。"

"相当可爱，很棒！"

"我很高兴，第一次有人这样说。"

"是吗？"

"哎。时常有人说我这里太狭窄。"

"不过，跟我们店相比……"

"啊，那倒也是。"

进去吧？——我用眼睛问她。那我就不客气了——她点点头，同样用眼睛回答。转瞬之间，我们产生了微妙的共鸣。这也许事出有因，因为当时我们双方都对事态的发展感到不安。

我打开店门侧身为美咲让路。她举止谨慎地慢慢步入店中。

我跟进去一看，她进店后便两只手捂着嘴站在了眼前那个一百八十厘米的展示水槽跟前。

"这就是远山所说的水草吧？"

是的——我点点头。

"跟我想象的完全不一样。没想到这么漂亮……"

"大家都这么说。不看的话，还是……"

"哎，不看不知道。"

她无意马上从水槽跟前离开，目不转睛地凝视着充满绿色的水世界。

"摇曳的光线好漂亮……"

她叹息着说。

"节奏……"

"是的，水的摇动有一种独特的节奏。"

"哎，从湖底观看水面时，恐怕就会有这种感觉。"

"啊，也许会。躺在水草的褥垫儿上……"

哟喃！——这时传来一声招呼，往里一看，原来花梨正在柜台向我们挥手。

"我正想去倒茶……"她说。

我不由得有些不好意思,特意向她深深点了点头。

"啊,嗯。拜托了。是一七七吧。"

花梨来到我们跟前,脸上露出高雅的微笑,用极其温和的语气更正说:

"不是的。以前不是告诉过你是'一一七'吗?"

啊,对了。

"那么……"花梨问我,

"店长,你身旁这位女性是谁呀?"

以前,她根本没有叫过我一次店长……

"啊,那个……"我不由得姿态端正地把手搭在了美咲的背后。此时,她老实温顺到了极点。

"柴田美咲小姐。"我说。

"另外,这位是花梨,泷川花梨。"

为什么单单不称我为小姐呢?——她用眼睛抗议着,同时把手伸向了美咲。

"你好。"她微微一笑。

"谢谢你的保加利亚玫瑰红。"

不，那没什么——美咲在嘴里小声嘟囔着，花梨抓住她的手温情地握了起来。（嘴里并没有说出"请多关照，智史的朋友就是……"的话来。）

看到她们并肩而立的形象，差异之大让我再次为之一惊。身高的不同格外突出。美咲的身高只到花梨嘴部附近，就连手的大小也很不相同。如果只看美咲那恐惧不已的表情，就好像花梨正在向她挑衅。

美咲的一切都是由柔和的曲线构成的。然而，花梨给人的印象却是极具棱角。这让人产生一种新艺术画派跟装饰美术进行表演比赛的感觉。

"等一等，我这就去倒茶。"

望着花梨返回柜台的背影，美咲"呼……"地吐了一口气。

"我完全让她给惊呆了。平时只能在电视里看见的森川铃音，竟然就在自己眼前呀。"

我不认识电视里的花梨，所以不太理解她的这种心情。

"她长得真漂亮啊。与其说她是个活生生的女人，还不如说她是个漂亮的玩偶。"

"好大一个玩偶呀。"

"哎，是的。没想到她的个子那么高，这在电视里是看不出来的。"

"而且，她那胜过男子的性格，在广告里也是看不出来的。"

"啊，是呀。她就是那个花梨吧。"

"是的。"

喂——花梨在柜台里招呼我们。

"到这里来吧。那里连个放杯子的地方都没有。"

我们相互看了看，接着又点点头，然后便向里边走去。

"坐在那里吧。"花梨催促着说。那里放了两个凳子。

我和美咲隔着柜台跟花梨面对面坐了下来。

"来，请。"花梨把杯子递了过来。

谢谢——美咲说着把杯子送到嘴边。刚喝了一口便迅速抬起头说：

"很好喝！"

"是吧？"花梨高兴地探出身来。

"这是斯里兰卡红茶和蔷薇果的混合物。"

"而且,好像还混有木樨。"

"是吗?厉害,真是名不虚传。"

"也不是,我干这个工作嘛。"

"听说是一家芳香商店。很棒的工作呀。"

"一般吧。"

"我也向往过。"

"真的吗?"

"真的,是真的。在沁人肺腑的香气和形状可爱的小瓶中生活,这曾经是我的梦想。"

看来两个人似乎从一开始就很融洽。原来女性之间是这种样子啊?芳香油的话题热闹了好一阵子。谈得非常轻松自然。美咲也不拘谨了。难道是我判断错了吗?我曾惊恐不安地预料会有一场气氛紧张的相互刺探,会有一场借助复杂的计算程序实现的指桑骂槐,现在看来这似乎只是一种疑病症式的先入为主。

"那么,花梨中学时代一直跟远山在一起吧?"

美咲表情完全放松地问花梨。

"哎,是啊。"

"当时,远山是个怎样的男孩呢?"

"怎样……"

花梨目不转睛地看着我的脸，然后突然笑了起来。

"没什么这样那样的，就是这个样子呀。根本没有变化。简直令人吃惊。"

"远山自己也这么说。"

"很有自知之明啊。真了不起。"

她这句话说得已经露出了马脚，但她本人似乎并无觉察。

"发型也是老样子。"花梨补充说。

"他有个奇怪的毛病，就是总在一个奇怪的地方把蓬松的头发分开。"

"一个奇怪连一个奇怪，到底奇怪在哪里呢？"

啊？——她没有回答，先是看看美咲的脸，然后又歪了歪脑袋。

哎，啊——美咲也在一阵莫名其妙之后点了点头。

"你瞧。"花梨对我说，

"啊，我知道了。这是大多数人的意见。"

眼见两个人扑哧扑哧笑个不停，我不由得产生一种不可思议的情绪。也就是说，此时此刻这种亲密得难以想象的气氛让我……

"似乎有些不可思议。"

听到美咲的话，我猛然抬起头来。这真是时间上的一个小小的巧合。

"因为……"她接着说，

"我这是第一次看见远山说话这样轻松自如。我原以为他会稍微粗鲁一些的，所以听起来很新鲜。"

"是吗？"

"智史这个人要花很长时间才能跟别人熟识起来，现在他恐怕还迟迟没有进入角色吧。"

"中学时代也是这样吗？"美咲问。

"哎，是呀。第一印象是相当难以接近，我就觉得他很讨厌我。"

"你这话说过头了吧。"

"没那么回事。他当时满脸'这个女人怎么这样？'的神色。"

"不，那……"

"简直是一个性格忧郁的少年。"

"咳，顶多也就是个不活泼吧。"

"只有个子高高的。"

"是吗?"

"哎,同一年级里,比我高的男孩,也就是他和为数极少的几个。"

一个摇摇晃晃的小白脸——花梨继续说。

"而且,经常患中耳炎。"

"喜欢水草吗?"

美咲问。

"对,一有空就往水里窥视。在不了解真相的人看来,那实在是一番异样的风情。不管是排水沟也好,水泡子也好,总之只要有水,他就把脸贴在上边,仔细认真地观察。"

花梨皱起眉头,叹了一口气。

"我和佑司经常一起议论,认为智史实在是个怪人。"

我不由得笑了出来(当然,她这是一种夸张的表述)。

"我唯独不想让你们……"我用手指指着花梨的鼻尖。

"不想让你们这样说我,绝对不想。"

"所谓唯独指什么而言?"

"啊?你不记得了。"

"指什么呀?"

"就是指佑司是新西兰军人,你是企鹅呀。"

"这是什么呀?"

"没什么。"

美咲偷偷地笑着。

"我似乎又看见了中学时代的那两个人。"

这句话顿时给谈话刹了车。本来协调速度极为重要,但是我却跑过了头,这可如何是好。我看看花梨,她也笑得非常勉强,嘴角闭得紧紧的。

"现在……"美咲说道,"请你夸奖一下十四岁的远山吧。"

面对美咲的诚实,我突然一阵心痛。她想成为一个好伴侣。我这个人的……。我这种人的……。

"嗯。"花梨轻轻咳嗽一声,然后表情神秘地继续说道:

"这里正是夸奖智史的场合啊。我有这个责任。"

然后,花梨一半认真地看着我的脸。持续了几秒钟。随后又过了好几秒钟。

"那个……"她终于开口了。

"哎，总而言之，好人一个呀。"

"想不起来了吧。"

我这么一说，花梨便动作灵活地吊吊左边的眼眉。

"不是。夸奖别人是件很难的事情呀。总觉得……"

"不好意思吗？"

美咲问道。花梨则用吃惊的神色看看她。花梨的双颊，微微地——一点点地带上一抹红晕。

"不是那么回事。只是找不到恰当的词汇来表达。"

美咲落落大方地点了点头。看上去，花梨似乎也被她这个比自己小有三岁、远比自己矮小的女人惊呆了。

"有了。"花梨向我们展开了双手手掌。

"我好好讲。具体地说。"

花梨舔了舔上嘴唇，首先竖起了食指。

"十四岁的智史，跑步速度非常快。"

"跑步？"

"是的，他快得很。"

"这一点我不知道。"

还没讲吗？——花梨用这种眼神看了看我，我也用"尚未禀报"的眼神做了回答。

"他在青草茂密的堤坝上飞跑。就像打水漂时水面上的石子一样，嗖嗖地在地上跳跃着……"

花梨轻轻地摇摇头，露出了女演员特有的笑容。

"假如现在依然在跑，美咲就可以领略到你的潇洒风度啦。"

"我现在依然在跑。"

胡说——花梨用这种眼神看看我。

"骗人。我没看见你练习过一次呀。"

"嗯。现在是淡季。我的主要赛事，是秋季运动会。所以，真正开始练习要在梅雨过后。"

花梨默不作声地看着我说：

"美咲，来观战吧。我想，有两个美人加油，他肯定能够取得好的成绩。"

"我去。"美咲用充满热度的声音回答。

"是啊！"花梨作答时，声音的热度却低得不可思议。

"我们两个人给你加油。手拿绒球,脚穿中筒袜。"

谢谢——我说着点头鞠躬。

"那我就胸有成竹了。"

花梨在耳朵两侧虚拟地挥舞着夏橙大小的绒球,"哇哇"地作了个无精打采的声援。也许是觉得这没什么意思,她突然表情认真地垂下视线。

"哎,怎么说呢?"

她用温度进一步下降的、应付差事的语调继续说道:

"当时的智史,基本上是个好人。"

她抬起头来,朝美咲微微一笑。

"除了跑步之外,他基本上都是平均偏下水平,其中包括不善于处事。"

这时,她发现三个杯子都空了,随即起身去取放在里间的茶壶。她背朝我们接着说:

"智史的优点是自我意识特别强。尽管当时才仅仅十四岁。"

我身边的美咲轻轻地点了点头。

"全然不怕孤立。根本无意跟别人一样行事。只相信自己,毫不动摇。"

花梨拿着重新添满茶水的水壶回来。

可能有些淡了——她说着往杯子里倒茶。

"那么……"她继续说道：

"所以，完全不做作。一切顺其自然。真正是无意识的，轻松自如。"

说到这里，花梨落下视线，把杯子送到嘴边。喝了一口，然后"哈……"地叹了一口气。

"当时我真羡慕他呀。"

她自言自语地嘟囔着。

"我实在是学不来。当时，我过分装饰自己，陷入了自体中毒状态。"

所以嘛——她不留间隔地继续说道："我曾经憧憬过他，眼睛根本离不开他，想通过在一起得到同化。"

说到这里，花梨迅速躲到了自己所说话语的幕后。连自己已经迷失方向都不曾觉察，满脸极度漫不经心的表情。

极其令人尴尬的沉默开始了。

这一瞬间，有些话由我来说也许更加适宜，但是即使花上一百年时间我也是寻找不到。

曾经憧憬过，花梨对我？难以置信。会有那种事情吗？我反倒认为，她是我憧憬的对象，一个充满自信的不可动摇的存在，一个最最潇洒的十四岁女孩。

我看看身旁，美咲似乎比我更加感到震惊。

对美咲来说，我这个店铺就是假想战场。她是一个一边躲避假想陷阱，一边前进的假想女兵。尽管如此，她仍然出色地保持着尊严，完好地掌控着自己。我们的行为过度之时，她也能巧妙地（微笑着）对方向进行修正。

然而，现在她迷失了前进方向。怎么看也没有退路了。

我看美咲恐怕还是想微笑。我认为这是最最适合目前状况的一种表情。但是，我根本没能如愿。她那勉强的笑容，简直有些令人心痛。

"不管怎么说，那毕竟是十五年以前的事情了。"

她往上理了理头发，朝美咲微微一笑。

"所以，请不要担心。"

虽然没有提出勒索财物的要求，但这实在是一种自相矛盾的言行。不知道她是否是故意如此，反正不像花梨的为人。

"时光在消逝。一秒钟又一秒钟。在这一点上,我和智史都一样。"

十五年了——花梨又重复一遍。

"友情的确至今还在继续,但是不存在任何超越友情的东西。"

是吧?——她征求我的同意,我条件反射地点了点头。在这种场合,我依然不想重新认真地审视一下自己的内心。

"本来,我觉得根本用不着说这些,但是弄巧成拙说走了嘴。所以,为了慎重起见……"

花梨依次看看我们两个人的脸,见我们还是找不到什么话来应对,她便继续说道:

"而且,我终归要离开这里,准备到一个相对遥远的地方去。"

啊?——我不禁叫出声来。

"你不是说要在这里待一段时间吗?"

"是的。所以,不是马上就走。咳,等到时机成熟……"

"你说是个相对遥远的地方,那到底是去哪

里呢？"

美咲问。

"还是地球的另一面吗？"

我略带不安地问她。

"不会的。只是想回到生我养我的镇子去。"

"是那个镇子吗？"

"啊。不折不扣的重归原点呀。"

这个回答让我稍微放心了一些。

"由于这个原因，美咲……"

花梨说着转向美咲，然后微微欠了一下身子。

"智史就拜托给你了。"

美咲用茫然若失的表情，交替地看着花梨和我的脸。

"我是担心智史能否幸福。不管怎么说，我们毕竟是老朋友。"

"哎……"

"也可以说，我来这里就是要亲眼确认一下。对了，他这个人有时不善交际吧？"

我这也许是多管闲事——她说。

"我总是惦记他，作为一个朋友……"

我把美咲送到车站。

路上，我们始终谈一些无关痛痒的话。从本质上讲，我们还没有习惯于坦然相待。间接肯定法和委婉的措辞，是我们的共同语言。如果不再过一段时间，不会谈论今天下午的事情。我把她送过检票口，准备返回店铺的时候，又跟夏目君不期而遇了。

他到车站对面的DIY商店买东西刚刚回来。

"刚才这位女性就是那个系统介绍的吗？"

夏目君问我。他背着一个小小的皮革背囊，胯下骑着一辆深红色的赛车。那是他最近刚刚购买的意大利产整体车架碳钢车。其实，我也暗中向往着能有这么一辆。要卖多少水草才能把它弄到手呢？仅此一念，我就会瞬间失去知觉。

"嗯，是啊。"我回答。

"名字叫美咲。"

"我仅仅看了个背影，挺可爱的嘛。"

"你这样认为吗？"

"对。"

"是按一般原则而言吧？"

哼——夏目君少有地沉思了起来。

"怎么说呢,不是……"

"不用那么费心事了。"

"啊,那倒是。"

今天,也许是个大家心理状态反常的日子。

说起来,今晚确系月圆之夜。

※

透过榉树叶片的缝隙,可以看见一轮银色的月亮。月亮大得出奇,凝神远望,简直可以看见飘荡在无水大海之上的星条旗。

花梨似乎很是高兴地走在我的身旁。我们刚刚吃完越南菜肴归来。

"春卷真是好吃。"

她说。

"花梨喜欢吃这个吗?"

"啊,喜欢极了。以后还能吃几回呢?"

"那要看花梨什么时候走了。"

对——她说着低头看看脚下。

"是啊。"

"你真的要走吗?"我问她。

"哎,真的呀。那是旅行的终点。"

"重归原点之旅。"

是的——花梨点着头。

"老实说,我大吃一惊。"我说。

"我非常自以为是,以为花梨会在店里一直待下去。"

花梨高兴地笑了起来。

"分别十五年都没问题,以后也不会有问题。"

"不会有问题?"

"我们的友情。"

啊,是呀。

花梨若无其事地轻轻挽起我的胳膊。我的左侧立刻陷入到了柔软的触感之中。

"真像你所说的那样。"

花梨说。

"什么?"

"小巧,温柔,可爱。"

"啊,美咲呀。"

"而且,也很坚强。"

"嗯。"

"我放心了。"

"是吗?"

"她是个刚毅的人。我这个人很懦弱。"

"没有那回事吧?"

她摇摇头,用手往上理了理长发。

"对了,今天太突然了吧?没有思想准备。"

"是有些突然。"

"一场突然袭击,跟斯瓦特①来袭不相上下。于是,我也就跟着开始了横冲直撞。"

"就是说,花梨当时惊慌失措了吗?"

"哎,也可以这样说。"

"但是,为什么呢?"

这个——花梨佯装不置可否。

"总之,心急如焚呀。所以,有的事也好,没有的事也好,都……"

---

① SWAT(Special Weapons and Tactics),特种武器和战略(警察部队)。

"没有的事？"

"咳，也并不是完全没有，也许有些夸大其词，扩大了百分之五十吧。"

"原来是这样。"我说。

"我还以为真有这么个潇洒异常的人呢。"

她高兴得喉咙里咯咯作响。我的腕部感受到了她身体颤动的重力。

"主观评价都是这样。"

"你还说憧憬过我呢。"

"那不是理所当然的吗？"

她用故意强调的语气回答。

"若不是那样，就不会想接吻吧？"

"怎么说呢？"我歪头思索了一下。

"有的接吻就像投同情票一样。"

"啊，那是你的胡思乱想。"

"你对这种说法还是没有习惯。"

"这么说，你也许伤害过许多女孩子。在某种意义上来讲，迟钝也是一种罪恶呀。"

嗝。

"不管怎么说，那都是十五年以前的事。是我们羽毛未丰时期的一个童话。"

"啊,是这样吗?"

她突然用挽在一起的胳膊肘,使劲地撞了一下我的侧腹。

"我说过现在我们都长大成人了吧?"

"原来是这样。"

我享受着她的依偎赋予我的温馨,仰望着春天的夜空。圆月伴随着我们的脚步,在林荫树梢上缓缓移动。

"回到那个镇子以后呢?"

我突然想起来,就问她:

"还打算到哪里去?"

咳——花梨给我一个心不在焉的回答,犹如谈论别人一般。

"究竟到哪里去呢?"

"还没有决定吗?"

"是的。想先休息一个稍长一点的假期。以后的事再说。"

"不是身体有什么不舒服吧?"

顿时,她的一个小小的犹豫,通过我们接触的肌体传了过来。

"你怎么会这样想？"

她用一种没有抑扬顿挫的声音这样问我。于是，我觉悟了。她还是面临着某种问题。

"你总不睡觉呀！而且，还服用类似药物的东西。"

我老老实实地作了回答。我相信，这是向真实接近的一条捷径。

花梨什么也没有说，只是默默地看着自己的脚尖走路。

我意识到，自己已经陷入了无法逃脱的境地。既然知道内情的事情已经败露，下面就只好将手中的牌一张接一张地翻开。

"我一连几天观察过楼下的情况。"

我说。

"即使夜静更深之后，花梨也没有睡觉吧？我查了一下电脑，数据更改时间竟然接近拂晓嘛。"

她微微点了点头。她的这种点头方式，与其说是一种对事情的肯定，莫如说是一个表示"我在倾听"的暗号。

"是不是有什么苦恼而睡不着觉呀?"

这一次,花梨歪头沉思了片刻。那是一种与其说是否定,莫如说是她自己也莫名其妙的举动。

"最终,你辞去模特儿工作,开始重归原点之旅,这其中恐怕是有什么原因吧?"

花梨停下脚步。松开挽住我的手臂,两手往上梳理了一下头发,抬头仰望着银色的月亮。

"你原本是个直觉迟钝的人……"花梨说。

"这时候脑袋怎么转得这么快呀?"

她用手指擦擦眼角,然后看看我:

"我并不是完全没有睡觉。我在努力争取能睡上一些。"

她语气很是温和。

"不过还是有些疲倦,所以就服用增补剂,借以维持体力。"

我的头脑难得如此清醒,正像她所说的那样。或许也是圆月所起的作用。因此,我立刻就有所觉察,花梨没有说真话。

"模特儿和演员的工作,也是很辛苦的呀。"

你也想想看——花梨说道:

"你猜在这个国度里有多少人认识我?"

夏目君说十几岁到三十几岁的男士有百分之八十的人认识她。仔细想来,这个数字确实惊人。而且,花梨几乎不认识所有认识她的人。

"这种精神压力非同一般呀。于是,大家都会这样说。最近,森川铃音是不是有些发胖啊?这就等于有一千万人对我三天忽视减肥的结果表示关注。真是叫人感激涕零呀。"

嗯。——我点了点头。

"哎,总之一切都是这种感觉。从大事到小事,千奇百怪。于是,我这颗纤弱的心便承受不住了。"

确实如此。她说的确实是真话。这时,花梨大大地叹了一口气。一种最佳女配角演员奖获得者水平的长吁短叹。不过,我愿意相信的倒是她那为了不让我看见而强忍着的眼泪。唯独那里,才有她的真实。

哼——我点点头。

什么呀?——她用这样的表情看看我。

没什么——我用这样的眼神看看她。

"哎,算了。"我说。

"你是什么意思？"

"咳，不就是'算了'的意思吗？"

花梨死盯着我的脸看着。我平静地接受着她的目光。

"如果有话要说，你就说吧。"

"没有啊。"

我耐心地回答。

"现在……"

哼——她抽抽鼻子，然后又粗鲁地挽上我的胳膊。

"回家。"

如果不想说，那没关系。不过，我无意放掉花梨，我相信让她倾吐真情的那一天终究会到来。

因此，现在到此结束。

※

第二天，后院里只剩我们两个人的时候，夏目君提出一个奇妙的问题。

"店长，花梨她……"

我们正在给装满水草的尼龙袋里注入空气。

"嗯,怎么啦?"

"她在服药呀。"

"啊,夏目君也发现了吗?"

是的——他点头承认。

"那种药……"

这时,他作了一个向柜台里窥视花梨的举动。夏目君先是侧耳倾听,确认她敲击键盘的声音之后,压低嗓音说:

"我听人说不太好。"

啊?——我叫出了声,马上又用手捂住了自己的嘴。一阵水草的清香随之飘过。

"你知道那是什么药吗?"这一次,我低声细语地问他。

"是的。昨天我看见花梨手里拿着,于是有些放心不下,晚上回去就查了一下,我想那可能是一种兴奋剂。"

"兴奋剂?"

"是的。我去曼谷的时候,应邀参加过那里的职员聚餐,我在聚餐会上看见过。因为记忆已经模糊,所以我又查了一遍,果然不错。"

"不过,花梨为什么要……"

"不,那种药,当初开发的时候,原本是用来治疗睡眠发作症的。所以,花梨也许就是出于原来的目的服用的。"

"睡眠发作症?"

"也就是一种突然陷入昏睡状态的病症。"

"突然陷入昏睡状态……"

我感到有些事情可以联系起来:同学的传言;还有,放学后精力旺盛异常的花梨,有可能就是药物让她产生了活力。但是,如果是那样,她为什么夜里又不睡呢?夜里躺在被窝里睡,这原本没有任何不便呀。恐怕她有自己的某种特殊情况吧?

"夏目君。"我说。

"啊。"

"这件事暂且我们两个人知道就行了。"

"好,就这么说定了。"

"我想花梨早晚会告诉我们,所以在此之前……"

"我知道。"

夏目君说着平静地点了点头。

9

放在柜台上的电话响了。拿起听筒的是夏目君。他两三次点头哈腰之后,抬起头来叫我。

"店长,电话。对方说是市内一家医院。"

我的脑海里立刻浮现出了父亲的面容。心中顿时掠过一阵不安的疼痛。这是拥有高龄父母的孩子极其普遍的反应。尽管如此,我表面还是佯装冷静,从夏目君手里接过听筒。

喂——我这么一说,电话那端再次通报了医院的名字和地址。接着问道:"您是远山先生吗?"

"对,我是。"

"请允许我冒昧地打听一下,您认识一位姓五十岚的男士吗?"

知道电话跟父亲无关,我心中一块石头落了地,就把意识集中到了五十岚这个姓氏上。

"就是一位名叫五十岚佑司的先生。"

"啊。"

对方只说五十岚,我一时没想起来。对呀,五十岚是佑司的姓氏啊。

"认识。我是他的朋友。"我回答。

"那太好了。"对方说。

"情况是这样的,五十岚先生正在我们医院住院,他好像没有其他家属,我们不知道跟谁联系才好。"

"住院?"

新的不安顿时涌上了我的心头。

"是的。"

对方停顿片刻,然后用公事公办的语调接着说:

"坦率地讲,五十岚先生现在处于神志不清的状态。他是前天由救护车送过来的,手术虽然已经成功……"

神志不清……

突然,十五年前的情景清晰地浮现了出来。那便是佑司让肉糜踢中腹部而摔倒在地的身影。我向他高声喊叫,他却一动不动。

对方在电话里单方面地继续报告着那里的情况。我的脑海里满是过去的情景,只能条件反射般地一一作答。

"您能过来一下吗?"

说到这里,我终于重新返回现实。

"啊?"

"或者,您能帮我们联系一下五十岚先生的家人吗?我们想就后续事项进行一下协商,恳请多多帮忙。"

思考片刻之后,我回答说:"知道了。我先去看看。"我轻轻地放下了听筒。

柜台里坐在电脑跟前的花梨,一直扬着脸用不安的神情看着我。一旁站立的夏目君也默默地等待我来发话。

"我得去一下。"我说。

"佑司神志不清住院了。"

也许是已经估计到了,花梨并没有大喊大叫。她面带稍显发青的神色凝视着我,缓慢地点了点头。

"知道了。我也一起去。"

我在心中不止一次地描绘过各种各样的重逢方式,但是从来没有设想过我和花梨会双双前往神志不清的佑司跟前这样一个情节。如果不是一个极端的悲观主义者,恐怕根本不会这样设想。不管怎么说,我们都还年轻。虽说再过不了多久就三十岁了,但是眼下都还置身于二十来岁的阵营之中。放眼向人墙对面远望,也可以看到刚刚勉强加入这个集团的面容稚嫩的一群身影。同那些双颊粉红的年轻人相比,我们确实有些疲惫不堪,但是如果相信统计数字的话,我们显然还没有到达人生的转折点。我们相信自己跟生死攸关的大病还相距甚远。

在前往医院的电车里,花梨和我几乎没有开口说话。我们的心绪早已飞到了躺在病床上的佑司跟前,我们觉得自己的躯体似乎只是追随这种心绪之后的一个容器而已。我还没有完全适应这一变化。事情过于突然,我还没有想到此时应当思索的问题。

医院比我想象的要小得多。给人一种破旧低贱的印象。淡黄色的墙壁上爬着好几条裂纹,上面涂抹着灰色的修补剂。

在接待处说明来意后,有人领我们来到一位医生跟前。那位看上去三十几岁的男性医生,看见花

梨之后露出了稍显吃惊的表情。但是,一声干咳之后便恢复了冷静的医生面容,开始向我们说明情况:

他是在走路途中脑血管破裂,然后被送到我们医院的。手术本身是成功的,但是他的意识还没有恢复。今后会向哪个方向发展呢,这其中从最好到最差有好几种可能,不能肯定是哪一种。我们正在采取一切可能的手段实施救治,但是仍然存在力不从心的可能。以后,就看患者自身的生命力了。云云。

"能见见本人吗?"我们一打听,回说虽然不能进入病房,但可以在外面看看。有人引导我们来到位于三楼的病房附近,于是我们之间实现了十五年之后的久别重逢。

病床上的佑司,跟我记忆中的佑司几乎没有变化。尽管佩戴着由软线和软管组成的数字朋克①一般的装饰,但是躺在那里的千真万确正是佑司。面颊稚嫩异常,简直可以认为:他是采用唯独他自己知晓的秘密方法,仅仅花了三天时间便从那个地方来

---

① 数字朋克(Cyberpunk),该词由表示"控制论(Cybernetics)"的 Cyber 与表示摇滚乐流派的 Punk 组合而成。覆盖范围不仅在于计算机领域,还包括控制论、信息论和生物工程等。

到了这里。摘下眼镜使劲揉擦眼睛时的那张面孔就在眼前，它丝毫没有受到岁月的侵蚀。

仅仅这样观察他的表情，根本想不到他现在正处于病危状态。给人的印象好像是熟睡之中进入了甜蜜的梦境。

"佑司。"花梨在我身旁小声叫道。

"你要坚强起来呀。"

接着，她把双手并拢压在额头，紧紧闭上双眼。莫非是在向谁人祈祷吧？只要看看这个世界里幸福（或不幸）的不均状态，自然就可以知道世间并无大公无私的神灵。或者说，也许存在极度偏袒而且反复无常的神灵。那么，就向它祈祷吧。不管是偏袒也好什么也好，请接受花梨的祈祷吧。

佑司，佑司——花梨重复喊了好几遍。就像在他耳边窃窃私语一般，声音小小的，低低的。"请您看看这个。"医生对我低声耳语。他递给我一张叠成两折的皱皱巴巴的明信片。

"这是在五十岚先生的夹克衫内兜里找到的。"

我打开一看，正面写着我的地址和姓名。我又翻过来看看。上面印有"五十岚佑司画展"的手写文字图案,下面加有一个"被弃置不顾者"的副标题。接着附有美术展览馆的地址和同样手写文字的地图,最下边写着开展日期。那是三个月以前的一个日子。

佑司为什么没有把它投递出来呢?而且,既然知道我的地址,又为什么不跟我联系呢?

再看看正面,发信人一栏写着五十岚佑司这个姓名和地址。

"我们按照这个地址,查到电话号码并挂了过去,但是根本没有人接,看样子他很像是在单身生活。"医生说。

地址是在市内。我小声跟花梨打了招呼:

"花梨,你看怎么样?"

她紧紧地咬着嘴唇,看看我的脸。眼边发红,双眸湿润。

"我们到佑司的住处看看去吧?"

我说着把明信片递给花梨。她接过明信片,用认真的眼神目不转睛地追逐着明信片上的文字。

"佑司还在画画呀。"

花梨抬起头来说。

"是的。他仍然恪守着跟我们所作的承诺。"

走吧——花梨说。

"到佑司的住处去。"

公寓距离医院有三十分钟的车程。由于听取有关住院手续和款项支付的说明,花去了相当多的时间,我们到达那里时早已是夕阳西下。

"一座相当破旧的公寓呀。"

"佑司就住在这种地方啊。"

因为地址上写有"二〇二"的字样,所以我们上了楼梯。扶手的涂层已经剥落,到处锈迹斑斑。氯乙烯顶棚已经老化褪色,早已看不出原来的颜色。二楼共有三个房间。中间一个是二〇二室。房门旁边放着一台小型洗衣机。原本有一只猫团卧在上边,我们一到跟前,它就跑到对面去了。门上贴着一个白色牌子,上面标有"五十岚"的字样。

"是这里。佑司是在这里住。"

"好像没错。"

他好像是单身生活——医生这么说过,但是为了慎重起见,我还是敲了敲门。

"佑司的父亲怎么样呢?会不会一起生活呀。"

花梨一边听着里面的反应一边说。

"当时，是说一病不起了吧？"

"哎，我记得也是脑血管的毛病。"

"这么说，这个病会遗传？"

"咳，难说。"

正如所料，里边没有反应。我再一次敲敲门，但是没抱任何希望，基本上是一种无意识行为。

"咳,到此为止,一切正如所料。接下去怎么办？"

"能不能设法跟他父亲联系上呢？"

"我想，如果能进去，大概会找到联系方式。"

"也就只有这样了。"

实际上，我们来到这里的目的就在于此。希望找到更多的人来看护和鼓励佑司。我们实在不忍心让他一个人待在那个寂寞的地方。

"得找负责管理的不动产公司或者房东。他们其中一方应该有钥匙的。"

"他们会借给我们吗？"

"情况特殊嘛。一定没问题。"

"怎么找呢？"

这种样子的公寓，大都常年招募入住人员，多半会在宅地某处立上牌子。我把手搭在扶手上往下一看,见有一块类似的木牌。

"那上面说不定会写。"

我说着转身下楼。花梨也跟在后边。我们来到地面,看看那个绑在栅栏上的牌子。

"果然是这样。上面有不动产公司的地址和电话号码。"

"这个地址是在站前,离这里并不太远。"

我们迈开脚步,准备沿原路返回。走了近十米左右,正好同一个女性擦肩而过。低头默默赶路的那位女性,将长发在身后编成一条辫子,所穿服饰带有南美印第安风情,身穿好几件看上去就像旧衣服一样的颜色暗淡的服装,腰间系着一条皮革编制的腰带。我不禁回头一看,见她消失在我们刚刚离开的公寓的门洞里边。接着便传来了咚咚上楼的脚步声。

"花梨,刚刚过去的那个女人,是佑司那个公寓的住户呀。"

"啊,是吗?"

花梨转过头去,用眼睛追逐着她的行踪。

"我们先去问问她吧?"

"哎,那也许更好。"

我们疾步赶回公寓,跑步上楼。她正在用钥匙开启自家房门。原来她是二〇三室的住户。

"对不起,打扰一下。"我跟她搭话。

她看了看我们。那是一双眼角细长的、猫一般的眼睛。

"什么事?"

她用一种低沉但却非常洪亮的声音问。

"我们是二〇二室五十岚佑司的朋友。"

她的表情突然一变。

"他现在在哪里?"

她用生硬的语气询问。

"他在住院。"

"住院?"

我点点头。

"我们想跟他的亲人取得联系。您了解吗?"

她轻轻地摇摇头。

"佑司一个亲人也没有。他是单身一人。"

"我叫 momoka。"她说。原来是桃的香气,即桃香。我们也相应地自报了姓名。她说,我很熟悉你们的名字。

"花梨小姐的长相很像森川铃音嘛。"

她说着一笑。一种无精打采的笑。花梨只是默默地点了点头。

我们很容易就进入了佑司的房间。钥匙藏在洗衣机下边。

"我有时用它随便出入。"她解释说。

"是他特意为我放的。"

房间里面极其俭朴。一个卧室,带有浴池和厕所。简易钢管床和彩箱。一张木制旧桌,上面放着玻璃笔、墨水瓶和几张绘图纸。拉门大开的壁橱里,挂着几件衬衫和裤子。

我隔着桌子跟她面对面坐下。花梨并排坐在我的身旁。

"您是说他在住院……"

我点点头,向她报告了医院名称。然后,用词谨慎地转述了他现在的状况。听到"神志不清"一词之后,她瞬间浑身僵硬,喘不上气来。手捂嘴部,频频眨眼。

"所以，我早就跟他说过……"她发泄似的说。

"我想你肯定有一天要把身体搞垮。"

我们相识已近两年——她用这样一句话，开始了她的讲述。

"他似乎很早以前就住在这家公寓里。"

桃香把视线落在桌上，用手指拨弄着墨水瓶盖。

"我在车站大楼里一家进口杂货小店上班。店里经营刺绣手工艺品、服饰用品以及欧洲系列的民族特色杂货。"

我今年二十五岁——她说。

"跟佑司第一次见面的时候，我认为他绝对比我小。小巧而可爱。不过，骨子里却很顽固。一个倔大爷一样的人。"

按她的叙述，佑司似乎没有固定职业。好像是靠到处打工维持生计。

"他总说自己是以绘画为职业的人。所以，他空闲时间一直在画画。每天每日，日夜不停。"

她抬起头来，看了看我。

"他还说，跟朋友有过约定。我想就是跟你。过一会，给你看看，数量相当大，都收藏在壁柜的里头，不过全是有关垃圾的画。他这个人奇怪吧？我问他为什么，他说喜欢垃圾。还说他自己也闹不清楚。他把脸紧贴在纸上，一画就是好几个小时。于是，最后得了严重的头痛病……总是吃药顶着。可能是那儿不好。"

她说到这里停止了叙述，突然把眼睛眯缝起来。

"不过，他的画没有卖出过一次。尽管他也到许多地方进行过推销……"

他基本上是个不走运的人哪——她说。

"在我这个外行看来，他画得也非常棒。我们店里也替他摆放过，但是也没有人买。问题是出在垃圾上吧？不会有人愿意在房间墙壁挂上垃圾的。"

我向桃香打听了佑司父亲的情况。

"听说过。"她说。

"听说他十八岁的时候，父亲因病去世了。症状跟刚才您介绍过的他的情况很相似。父子之间，连这方面都这么相像呀。"

我看看花梨，她也看看我。我点点头，她弱不禁风地摇摇头。

"那以后，他……"桃香继续说道，"他一直孤身一人。我记得，是不是还有一条跟他一起生活的亲如兄弟的狗——特拉休？听说当时已经死了。他高中毕业后立刻开始工作，离开关照自己的亲戚家，然后一直独自生活。一直专心致志地画画直至今天。画的都是一些根本没有销路的画。"

她牙咬嘴唇，鼻梁带上了褶皱。

"我这样一概括，您可能会以为他的人生可怜吧？不过，根本看不出来。他生活得热情洋溢。他雄心勃勃，说自己有个梦想。如果可能的话，我真想让他终生一直梦想下去。"

我们默不作声地待在那里，她探探身子继续往下讲：

"于是，有一天，他异常高兴地对我这样说。喂，我的梦想如愿以偿了。你看看这个。他手里拿的是一本水族馆的杂志。您知道吧？"

我深深地点了点头。

"知道。"

"是的，上面介绍了您的店铺。对了，有个介绍水草商店的专栏。他总是查询那个栏目。我想,他是相信您拥有自己店铺的那一天终究会到来。当时他手舞足蹈的样子,简直无法形容。我是第一次看见他那样兴高采烈。所以,我也跟他一同饮酒祝贺了一番。他的高兴之情真是溢于言表……"

哎——她说。

"您真是做了一件好事。因为并不是总有人能让他这样高兴呀。"

我不知说什么才好,只是微微一笑,然后轻轻耸了一下肩膀。这原本是个毫无意义的动作,但桃香似乎已经心领神会了。

"不过,为什么……"我说,"佑司当时为什么没有跟我联络呢?"

桃香连续两次微微点头。

"这个问题我也说过。我曾经提出让他去见您一面。于是,他便像我这样敞开了胸怀。他说也许有可能举办一次个人画展。所以,他想以邀请您参加画展的形式,来一个风风光光的再次相聚。"

她用如同黑珍珠一样闪闪发光的双眸看着我。

"您知道提出这个方案的是谁吗?"

我如堕烟海,看看身旁的花梨。她也"哎呀"一声,歪头沉思起来。

"猜不到吧。是啊。"

这时,桃香喘了一口气,然后直截了当地说:

"是佑司的母亲。"

啊——我情不自禁地叫出声来。

"那个将他抛弃而且离家出走后一直杳无音信的人。"

桃香显然一副讨厌佑司母亲的样子。

"不知道他们两个人是在什么地方相遇的,反正不知不觉当中就促成了这个局面。听说身为他母亲现在恋人的那位男子,看中了佑司的绘画。于是,通过各种渠道,要在一家相当有名的美术馆展览他的绘画,争取一下子推销出去。"

"想法真是不错呀。"

我这么一说,桃香便气愤地点了点头。

"他早已欣喜若狂了。他的心情可以理解吧?能得到回报毕竟令人高兴嘛。还有,能得到承认嘛。母亲也没有完全抛弃他,而是一直关注着他,一旦时机成熟就伸出了援助的双手。他这样想很是难能可贵吧？人活着就……"

我点头表示赞同，于是她些许降低了声调说道："他幸福到了极点。我记得清清楚楚。就在这张桌子上，他给您写的个人画展邀请信。他一个劲地问我怎么写才好。还说'五十岚佑司画展'下边加上什么话好呢。他还讲'垃圾'这个字眼儿太直接了。他花了很长时间才琢磨出'被弃置不顾者'的字句。接下来的'mono'一词使用什么汉字，他也犹豫很长时间。我没有作声，但心中一直在祈祷：但愿它不是在指佑司本人。毕竟是'被弃置不顾者'嘛。对吧？"

桃香好像有个总想取得别人对自己所说的话表示赞同的特点，但是实际上她并不特别观察对方的反应。在我不知如何作答的过程中，她的话题早已脚步轻快地远去了。

"也许是幸福过度，头脑发昏……"

桃香说。

"他竟然向我求婚了。我回答说可以呀。实际上是不置可否。不过，这不挺好吗？再者，我也不想给幸福的人泼冷水。不过，我想，事到如今，他可能也忘了这件事。"

她说着发出了并不特别可笑的笑声。

"情况发生异常,是那以后很久的事。"

"情况发生异常?"

啊——她说。

"个人画展受挫,办不成了。"

我知道的时候一切已经结束了——她说着把严厉的目光转向自己的指尖。

"我问他为什么,他总说不太清楚。更令人吃惊的是,他还给了他母亲相当数额的钱款。对了,不是说有个人是他母亲的恋人吗?那个人说需要钱,数额很大。他为此还借了债,从一个不三不四的地方。他本来就没有积蓄,又没有固定职业,银行是不会理睬他的。于是,全都让人拿走了。那笔钱简直可以供我这样的人吃喝一年。所以,我当时对他说。这是诈骗。他说不是。我反复坚持说'绝对是诈骗'。尽管如此,他还是说不是。几乎重复过上百次。我就像蛇一样缠住他不放。于是,他退了一步。说即使是诈骗,我也不在乎。等于我给母亲干了一件好事,如果这笔钱能使母亲和那个男人过得好,那也就行了。对于他的话,我实在是不能理解。我不知道他在说什么。他说,孩子在知道真相的情况下给父母金钱,这算不上诈骗。不过,我还是不能那样认为。所以,我甚至想找他母亲要回那笔钱。但是,为时已晚。那两个人当时就销声匿迹了。"

她一口气说到这里,然后稍微休息一下。

如何?——她用这样的表情看着我们。

嗯,这说明你是对的呀——我点头还她一副这样的表情。在我看来,佑司为人之好显然是他的致命弱点。他跟胸部贴着靶子行走的野鸭没有两样。

"打那以后,他再也没有画过一张画。"

桃香用一种稍带倦意的声音说。

"只是把纸张这样摆放在这里。同您会面的事,似乎也不可想象了。至少要再过一段时间了。而且,他实际上很忙。为了偿还借款,他不分昼夜地拼命打工。我一直说,你这样生活绝对要出问题,但是他不听。他本质上是个顽固的人。应当说是自暴自弃吧?也许真的就是那样了。这几天不见他回来,我就很是放心不下。一直有一种不良的预感,我就想到会不会这样……"

桃香表示马上要去医院。

"今天店里休息。等到明天,又要工作到很晚,脱不开身。"

我们点点头,站起身来。

"啊,对了,走之前看看他的画吧。"

她说着,便从挂在壁橱里的衬衫后面取出一个很大的纸箱。

"这仅仅是很少的一部分。有好几个这样的纸箱。"

纸箱一打开,就闻到一股扑鼻的墨香。全是画在绘图纸上的"被弃置不顾者"。毫无疑问,我是第一次看到这些画,但却对每一张都感到特别亲切。一样的画法,一样的描绘对象,细腻而又稍显扭曲。很难设想佑司还戴着跟当年相同的眼镜,所以这种扭曲实际上也许源于佑司的眼睛本身。断了弦线的吉他、只剩空架的摩托车、折断翅膀的模型飞机。虽然其中并不存在应予体会的寓意,但是在得知佑司此前人生状况的今天,我无论如何也想寻找出一个能将它们联系起来的词汇。也许花梨的想法也跟我一样,她用一种寻找某种东西的神情,目不转睛地盯着画面。

"该走了吧?"

听到桃香的话,我们才把手中的画放回纸箱。

来到外面时,太阳已经完全落山。三个人上了同一列电车,准备一起坐到终点站,再在那里分别换乘各自的线路,我们返回自己居住的街区,桃香前往佑司昏睡的医院。

"好,拜托您了。"

花梨说。同时,把医院表示寻找家属的文件托付给了桃香。

"我们明天还会过来。"

哎——桃香点了点头。

"有你们在,我很有信心。"

"他早晚会醒过来的。"

我说。

"我们一定坚持到最后。"

"哎,是的。"

接着,桃香转身迈开脚步,消失在车站中央大厅那拥挤的人群之中。

"佑司的父亲很早以前就过世了。"

花梨眼睛望着车窗外掠过的街灯说。

"病倒后离开那个镇子,后来又过了一年。"

"是的。那以后没有治愈,结果就那么……"

我耳边又响起了佑司父亲的声音。他的声音低沉而又特别洪亮,跟我们讲话的语调总是温和而又稳健。他的话我有一多半不能理解,但是听他讲话是一种享受。他跟我们讲话时,总是要先用手往上梳理一番浓密的黑发,眼镜后边的目光总是那么和蔼可亲。行星的名字、一千年以前书写的爱情故事、沉睡在海底的古都……佑司的父亲是个精通万事的博闻强记之人。

"小说完成了吧?"

"你是说'内在过程'往后吗?"

"是,就是呀。"

真是奇怪——花梨说。

"据我所知,他从来没有在稿纸上写过一次文字。"

这是否可以说是一种讽刺呢?一个是不曾写出

任何作品的小说家父亲，一个是画笔不怠却画作滞销难以取得画家称谓的儿子。

"母亲的心情也不是不可理解呀。"

"佑司的母亲吗？"

哎——她点点头。

"任何人都追求幸福嘛。"

"不过，如果那是建立在别人的不幸之上……"

会有其他并非如此的幸福吗？——她嘟囔着，就像询问自己一样。我没有做出任何回答，只是默默地跟她一起眺望着夜晚的风景。

那是因为幸福太少了——我在心中强调说。所以，人们才互相争夺。如果神灵能更加大方，慷慨赋予更多的幸福，那么花梨也就不至于发出那样的感叹。幸福应当过剩。幸福应当取之不竭用之不尽。难道能说对此梦寐以求的人是头脑简单的乐观主义者吗？

"佑司……"花梨说道。此时，列车已经通过若干个车站。

"知道你的店铺呀。"

"嗯。所以，那个邀请信……"

"没有发出的邀请信。"

"真想在发生这种情况之前跟他见上一面。"

他太见外了——我说道。

"跟我打个招呼,我也会帮帮他呀。"

"他很顽固。是个情愿独自承担痛苦的人。"

"他好像不了解你的情况。"

我想起了桃香看见花梨就说她"很像森川铃音"的事情。如果佑司在电视里看见森川铃音并且意识到那就是花梨,那么他恐怕也会告诉桃香。

"哎。也没有给我的邀请信。"

然后,她看着我的眼睛,现出一副稍带挑逗的表情。

"我身边的男人,为什么都这样感觉迟钝呢?你、你父亲、佑司,都……"

"那是因为花梨变得太漂亮了。"

我这样一说,花梨立刻做出一个相当奇妙的表情。一种眼部横眉冷对但紧闭的嘴角却微微带笑的复杂表情。

"你看,你又……"她说道。

"又上当受骗了。"

"上当受骗了吗？我根本没有这种感觉。我感觉漂亮才说漂亮。"

她高抬颌部，向我投以盛气凌人的目光。我以一种悠然自得的态度接受着她的视线。

"咳，算了。"她说。

"什么意思？"

"咳，不就是算了的意思吗？"

确实如此。

回到店铺一看，父亲来了。

"我来是想跟你们一起吃晚饭，夏目君都告诉我了。"

见我目光投向店铺深处，到处寻找夏目君，父亲又摇摇头说：

"他已经回去了。我跟他说，我来看门，你回去吧。"

我点了点头，收回了视线。

"怎么样？"父亲问我。

"佑司的病情如何？"

我把在医院了解到的情况，一五一十地向父亲作了传达。听完我的传达,父亲双手擦擦两颊,轻轻叹了口气。

"是这样……"他只嘟囔这么一句,马上便缄默不语了。

"哎,我估计现在还不会关门,我们到阿阮的饭馆去吃春卷吧。"

我这样一说,父亲便点头称"好"。我看看花梨,她也表示"可以"。

"那走吧。"

我说着将店内灯光熄灭。

饭馆还在营业。我们坐在以前常坐的桌前,点了生春卷、鸡肉炒饭和汤。

"明天我也去看一看。"

父亲放下菜谱说。

"我还去。"

"明白了。那我隔一天再去。"

"有我们大家的鼓励,他一定会醒过来的。"

父亲故意用乐观的语调说道。我也采取了顺水推舟的方式,向父亲讲了桃香的事,以便活跃气氛。

"哈,有这样一个女生跟着佑司啊。"

"她还说佑司向她求婚呢。"

"结婚?!"

父亲过度夸张地吃了一惊。

"那很好。你不努力的话……"

我真是自寻烦恼。花梨扑哧一笑。

"桃香这个人怎么样呀?"

是个美人——我回答。

"一问你女生的事,你肯定就回答'是个美人'。"

"是吗?"

花梨用意味深长的表情询问父亲。

"啊,很早以前就是这样。学生时代,每次调换座位的时候,我就问他'这次邻桌的女孩怎么样'。这种时候,智史总是……"

"是个美人。"

花梨学着我的口气说道。父亲深深地点点头,然后挥动起食指。

"这么说,即使智史说是美人,也不能信以为真呀。"

她说着斜眼看看我。父亲露出了肯定的笑容。

"请允许我说一句。"我开始了自我辩护。

"我没有说过一次假话。而且,我的审美眼光也没有任何模糊和失真。我说是美人的女生,任何男人都会首肯称是。"

"是吗?"

"那当然。不知是什么缘分,我周围的女生全都是美人。所以,我只不过是实事求是地回答罢了。"

哼——我从鼻孔呼出一股气来,然后依偎在椅子靠背上。见我这样,父亲哀叹地自言自语起来:

"可怜的孩子。"

怎么回事呀?——我们两个放眼过去,只见父亲悲伤地摇摇头。

"本身也有个高品位的舌头,而且,自己周围也放着许多上等的果实,可我的儿子却不知道如何品尝。"

花梨对此也非常高兴。就是呀——她重复了好几遍。一旦这两个人搭配起来,我总是扮演小丑。虽然表面上我是一副愤愤不平的样子,其实内心深处并非如此。看见花梨和父亲其乐融融的样子,我并不讨厌。我总是扮演着分配给自己的角色。

饭菜送了过来,我们使劲吃了一阵子。我们到处转悠了很久,时间也不早了,所以肚子很饿。

"我突然想起一件事来。"父亲停下筷子说。

"你离开那个镇子时,你母亲一个人留下了吧?"

"嗯,临出发时,她身体状况欠佳。"

"于是,过了一个星期,我去接你母亲。"

"是的。"

"当时,我开门走进屋里,首先出来迎接我的,就是佑司。"

父亲把筷子尖上夹着的生春卷停在半空,出神地追寻着往昔的记忆。

"他不辞辛劳地替我照顾着美和子。就连你这个亲生儿子,恐怕也做不到那个程度。他这个孩子实在是喜欢美和子呀。"

这件事,我也听母亲说过。从我离开到父亲前去迎接的一周时间里,他每天都去探望母亲。因为身边琐事几乎全都拜托给邻居的一位女性了,所以佑司过去只是为了和母亲在同一个房间里陪她说话。其目的是要在一起度过无忧无虑的时光,比如读书给她听,一起观看电视综合节目,或者两个人共同享用甘薯饼，等等。

"让你母亲保佑他吧。"

父亲说。

"美和子特别喜欢佑司。她一定会设法拯救他。"

"啊，是的。"

事到如今，我依然是父亲的孩子。他嘴里说出的这番话，缓和了我的不安。我觉得，有大人可以依靠，我背负的担子便轻了许多。

"来，赶快吃吧。阿阮打哈欠了。"

话说到这里，当年在茶馆吃水果冻糕的时候，父亲也是这样着急。来，赶快吃。太阳已经落山，蝙蝠开始乱飞了（花梨特别讨厌蝙蝠）。想起这些事来，有时甚至会感到现在跟当时并没有发生任何改变。但是，母亲已经不在了。佑司的父亲也是如此。而且，特拉休也……长达十五年之久的岁月毕竟已经逝去。

※

我们坚持轮流到佑司跟前去。每天总有人向他呼喊:"佑司,坚强一些!喂,睁一睁眼睛。"桃香也利用工作空闲时间,两次前往医院。

由于有花梨前去探望,佑司成了这家医院的"特殊患者"。不是待遇上有什么特别变化,只是所有的人都对他开始关注起来。那个每天前来探视的女性肯定是森川铃音。假若如此,她所探视的男士又是何人呢?是恋人吗?那么,另一个异国风情的美女又是谁呢?这类窃窃私语在闲得无聊的住院患者当中不胫而走。

不久,便有人直接问了父亲,我们这才知道。您是怎么回答的呢?——我问父亲。父亲说自己回答说:"他是一位颇为有名的画家。"

"还可以吧?这总有一天会变成现实的嘛。"

这样,两位女性似乎就是他的专职模特了。

我探望佑司的时候,总是跟他的睡容对话。无休无止的往事。一同在葫芦池捕鱼的事情,以及在"起居室"展开的国际象棋攻防大战(长大以后才知道当时我们把棋子的走法完全搞错了)。还有,三个人和一只狗眺望到的大得令人难以置信的红色落日,在堤坝上多次交手的摔跤比赛。毫无疑问，最厉害的是花梨，我们没有胜过她一次。

真是快活呀，佑司。我们是个最强的三人组合呀。

啊，快醒过来吧。我们三个人好不容易又这么聚到一起了。让我们还像当初那样快活起来吧。花梨也在等待你的苏醒，她变得相当漂亮了。你赶快睁开眼睛看看她的娇颜吧，你肯定会很吃惊。我起初根本就没有发现她是花梨，还让她狠狠挖苦了一阵子呢。

还是她最棒。我们两个共同向往的人。哎，让我们三个人重新相互依偎在休谟管里交换梦想吧。

然而，佑司对我的呼唤没有做出任何回答，连睫毛都纹丝不动，一直在深沉的梦境底层徘徊。傍晚时刻到来之后，我便向他那白色的脸庞话别，拖着沉重的脚步离开医院。

这样的情形重复过几次以后，不久又到了另一个周末。

10

一个很大的声音把我惊醒了。那声音来自楼下。我看看表,清晨两点刚过。我揉揉眼睛从床上坐起来,穿上拖鞋走出房间,沿楼梯而下,来到店里。不出所料,花梨还没有睡。见我下来,她作了一个毫无意义的动作,似乎在掩饰某种东西。

"对不起,水壶掉了,把你吵醒了。"

我挠着脑袋摇摇头。

"还没睡呀。"

听到这句话,花梨现出一副孩子挨训时的表情。仔细一看,她眼里噙着泪水。我的心中不禁掠过一阵钻心的疼痛。

"你哭了吗?"

花梨嘴唇紧闭,微微摇摇头,往上挠挠头发,把手放在额上。

"喝茶吗?"她一边问我,一边强忍着眼泪。

"啊，麻烦你了。是'一一七'吧。"

"是'二〇三'。新换的。"

"嗬，是吗？"

她查看了一下手拿的水壶，确认没有任何毛病。

"没问题，洒了许多，不过，我想两个人喝还是足够的。"

她在杯里倒上"二〇三"，递给我一只。我们并肩坐在宽度狭小的楼梯上，两个人默默无言地重复着端杯入口的动作。水槽里水泵输送空气的砰砰声响弥漫着整个空间。不时传来雨过天晴时那种水气的味儿、香草的芬芳，还有来自花梨身上的一种类似牛奶的甜香。柜台里那盏小小的灯光，照射着我们胸前那条画得瘦骨嶙峋的狗和"Save Our Soul"这几个字眼。

"这个'二〇三'也挺好喝。"

"是吧？"

至此，谈话再次中断。我决定耐心地等待下去。到天亮还有很长时间。而且，即使重新钻进被窝也很难入睡。尤其是看见她那眼泪汪汪的双眸之后……

"我……"不久，她开了口。她说着把喝光的杯子放在脚前。

"我决定早一点离开。"

我早就有这种预感。但是,一从她嘴里听到这个话,我却顿时坐卧不安起来。明知应当有所表示,但却不知如何表示——就是这样一种感觉。

"你原本说再待一段时间呀。"

我只能像任性的孩子一般这样说话。

"是呀。不过,计划变了。"

"为什么?"

"出于个人原因。辞呈这样写可以吧?"

我对她的支吾搪塞有些发急,想知道真相。不知道真相,一切就无从谈起。

"这样的话,我不会同意你辞职,因为听不到充足的理由……"

"完全出于个人原因嘛。明白了吧?"

"佑司现在又是这样。"

这是个并不特别光彩的借口,但我已经不顾一切了。

"你是要抛下他不管吗?"

花梨对此没有作答,好像在思考什么,眼睛盯着黑暗的水槽。

"至少……"我继续往下说道,"佑司清醒之前……"

不行——花梨打断了我的话。

"那就晚了。"

"晚了?"

花梨默默地握住了我放在膝部的手。顿时传来一阵冰冷的感触。她的手指又细又长,有种微微颤动的感觉。

"求求你,不要再问我了。"

尽管如此,我还是不能不问。心中的不安驱使着我。

"是有病吧?"

我的语气与其说是个询问,莫如说是个断言。

"尽管我不太清楚。你是哪里不舒服,并为之苦恼吧?"

花梨俯首看着地面,轻轻地摇摇头。好像说了一句话,但我没有听清楚。

"我想尽力帮助你。如果我能为花梨效劳,希望你允许我这样做。"

说完这些，我便屏住呼吸，等待她的回话。花梨慢慢抬起头来，把目光放在我们牵在一起的手上。

当时——她低声细语地说。

"智史也一直保护着我……"

"当时？"

"我们前往芒草荒原的夜晚呀。智史总是在我身旁保护着我。"

"啊，那时候……"

"当时我高兴极了。也许智史并不知道，但是我真的特别高兴。"

现在也是一样——花梨说着把头搭在我的肩上。恬淡的牛奶香气像雾气一样笼罩着我。

"我很高兴。啊，有一种备受呵护的感觉。"

所以，这就足够了——花梨这样说着，用手指使劲握了我一下。

"的确，我面临一个问题。不过，这是任何人都无能为力的。"

"那么……"

"你不要如此心事重重，并不像你想象的那么严重。我感到难过的，是不得不离开这里。"

"所以嘛。"

她摇了摇头,我的肩部有了相应的感觉。

"我也不想走。不过,这只是个早晚的问题,总是要走的。"

"什么时候?"

"电脑系统很快就要完成了。所以,这样的话……大概明天晚上吧。"

"这么快呀!"

"哎,越快越好呀。"

"为了你的身体?"

花梨思索片刻,然后回答:

"哎,而且,也是为了大家。"

一切到此为止。她没有给我留下任何说话的余地。至少一个具有辨别能力的大男人该说的话,已经不复存在。当然,如果能像撒娇的孩子那样强烈主张自己欲望的话,那将另当别论。假如那样,我有一百件事要说。但是,那是一个很不负责的行为,同时也非常缺乏真诚。已经有人受到伤害,作为伤害别人之源的人,还会受到伤害。可以感情用事的孩提时代,早已成为遥远的过去。所以,我什么也没有再问,也没有再说强烈表述自己愿望的话。

"还能睡一会,休息吧。"过了一会儿,花梨对我说。我点点头,起身上楼,回到自己房间。然而,那不是为了再去睡觉,而是为了避免对她说出某种愚蠢的话来。

11

清晨,我下楼来到店铺一看,花梨早已坐在了电脑跟前。

"不要太勉强了呀。"

我这么一说,花梨马上表情愉悦地回答道:

"没问题的。马上就完了。"

"嗯,那也要注意。"

"哎,行了,今天也跟美咲有约会吧?"

"说好了。"

"那是否让她再来这里一次呀?再叫上智史的父亲,大家一起吃顿饭如何?"

这最终将演变成对花梨的一次欢送会。如果她愿意,那也未尝不可。

"可以呀。"

"我做完这个就到佑司的医院去,下午才能回来,我们来一个迟到的午餐如何?还吃阿阮店里的春卷吗?"

"不,若不然到莱纳斯那里去吧。那里的经济西餐很受欢迎。"

"哈,是吗?我只吃过糕点,还不知道呢。"

"很好吃呀。跟我父亲也联系一下吧。"

"哎,是的。拜托了。"

她一定是打算以这么一种感觉贯穿今天一整天。极其务实而又极其低调……不知道她会这样坚持到何种程度,但是我决心予以奉陪。我觉得,父亲跟美咲同坐一张餐桌,现在对我似乎也问题不大了。心灵经过筛选过滤,思维已经犹如老鼠一般迟钝,连获取奶酪时需要防止中计的事都已忘记。脑海里残存的只有一件事,那就是花梨今天即将远走高飞。

我正在吃简单的早饭,夏目君就上班来了。今天,他穿着一身颇有光泽的灰色套装。

"早上好。"他一如既往地跟我打招呼,然后取下挂在柜台挂钩上的围裙。

"夏目君。"花梨跟他搭了腔。

"啊,什么事?"

"系统的事,还差一点就要完成了。这样一来,再往后就拜托你了吧?"

他满脸诧异。花梨接着作了说明。

"我已经决定今天之内离开这个镇子,所以……"

"这也太突然了呀。"

"嗯,情况发生了变化。对不起,本来,把运行以后的保护方式也做成才好……"

"那倒没什么,只是你这一走,我会感到寂寞的。"

"嗯,我也会寂寞。能每天看见你这样的男士,简直是一件乐事。"

夏目君笑得即干练又斯文。一种恐怕接受一千次同样奉承,都将每每重复不止的笑容。

"每天能见到花梨这么美丽的女士,我也非常高兴。"

谢谢——花梨微微一笑。这是一种从来不曾向我展现过的高贵的微笑。

不久,到了开门的时间,一个同往常别无二致的星期天开始了。最初赶来的顾客,还是奥田君。他一边不时地留意着花梨一边望着水槽,在店里转悠了将近十五分钟，然后还是不买任何东西便扬长而去。这个过程中，送货车送来了订购的水草，我和夏目君便开始了搬运作业。搬运结束后，等待我们的就是打包工作。时间转瞬之间就过去了，终于到了约会的时间。我把店里的事情拜托给他们二人，便到自己跟美咲约好的地点去了。

和往常一样，美咲正在一个车站的一个大厅里等我。她一身此前不曾有过的打扮，上穿印花T恤衫，下穿黑色粗布长裤。

"你好。"美咲稍显腼腆。

"你好。"我说着把双手伸向她，意思是问她："这衣服是怎么回事？"

"哎，改变一下心情。"她低头看看自己的胸前。

"不好看吗？"

"不，很合身。看上去真是一个活泼的女孩。"

"是吗？这个印花是呼唤幸福的君影草。"

"啊，的确是君影草。很可爱。"

她不好意思地嘿嘿一笑。这种笑法我也是初次看见，所以感到特别不可思议。我们已经能这样像老朋友一样轻松地交谈了。这同样不可思议。

"今天到哪里去呀？"

美咲这样问我。我突然觉得她与以前有点不同，原来她的头发剪短了一些。

"花梨即将辞去店里的工作，今天是最后一天了，我想，大家是否一起去吃顿经济西餐，顺便给她开个欢送会？"

啊？——她露出了吃惊的神色，问我道："是今天吗？"

"是的。她今天将辞去店里的工作。"

"可是为什么呢？我以为她还会待一阵子呢。"

不知道——我回答。

"昨天突然提出来的。不过……"

"不过什么？"

"我觉得跟她的身体状况有关。她确实面临着某种问题。"

是这样呀——她说着低下了头。她穿着没有领子的衣服，我这才第一次发现，原来她脖颈后部纵向并排着三个黑痣。咚、咚、咚——我在心中自言自语起来。那是"SOS"的"S"。或者是柴田美咲的"S"。

"那么？……"过了一会，美咲抬起头问。

"什么?"

"以后呢?"

"啊,没有听说。对了,以前她说过'想回到生我养我的镇子去'。"

啊——美咲点点头,然后又问:"远山呢?"

"我?"

"是的。远山同意吗?"

她这完全不曾预想的问题,顿时让我张皇失措起来。美咲却并无特别做作的样子,表情平静地等待着我的回答。

"怎么说呢?"我应付着说,"她决定了的事情嘛。"

对于我的回答,她只是"哼"了一声。那语气就像一个小学女生。不过,看上去非常自然而可爱。

"哎,离吃西餐还有一段时间吧?"

她突然心血来潮地问我。

"嗯,计划是一顿很晚的西餐。"

这样的话——美咲双手并在了一起。

"你再领我到前些日子去过的自然公园走一趟吧。我还想去。"

"有水池的那个公园吗?"

"是的,那个小径铺满杉皮的公园。"

※

自然公园位于我们约会的地点和我居住的镇子的正中间。虽然距离车站有一定路程,但是每隔三十分钟就有一趟区间公共汽车。而且,从公园到我们镇上也有直达公共汽车。

"那么,花梨现在又去医院了吗?"

"嗯,可能现在正好刚到吧。她离开店里的时间比我晚。"

"不过,以这种形式相逢真叫人难受啊。"

我默默地点了点头。我们俩走在一条沿水池外缘修筑的步行路上。周围人烟稀少,鸭子们开心地嘎嘎乱叫。

"我祝愿他能早日康复。然后,恢复你们的三人组合。也就是我所向往的那个三人组合。"

"你向往的?那么一个怪物集体?"

"是的,非常潇洒。"

哇——我这么一喊,她又嘿嘿一笑。这肯定是美咲原本的发笑方式。我产生了一种今天终于看清美咲真面目的感觉。

不久,道路进入茂密森林的怀抱。脚下的碎木带着湿气,香气更加浓重。她使劲地抽抽鼻子说:"味儿真好闻。"

"这是丝柏。"

我这么一说,她便喜形于色地抬头看看我。

"你还记得呀?"

"嗯,这是一个印象很深的名字。"

"我也记得。"

她说着竖起了食指。

"首先是水虎耳草吧?然后是水薂苣,还有绿叶眼子菜。"

"真了不起。竟然记住这么多。"

她再一次露出了那个笑容,然后伸了一下舌头。

"其实,我回家作过复习。我买了一本水草图鉴。"

"嗨……"

我顿时有一种难以名状的心痛。不知为什么,她的举止、言谈,这一切都令我心痛。

"喂。"她说。

嗯?——当我们的视线重合的时候,没想到呈现在我眼前的,竟然是一个真挚的眼神。

"当时我讲过丝柏学名的含义,你现在还记得吗?"

"记得呀。我记得是'永生'的意思。"

对——她点点头。她从脚下拣起一块杉皮,送到自己的鼻子跟前,又送到了我的面前,所以我也闻了闻。

"嗯,味儿是很浓重。"

她颇有用意地摇摇杉皮,直接将它装进了粗布长裤的后兜里。

"那么,现在我来问你。"

她这么说了一句,随后干咳一声。

"远山想永生吗?"

啊,对了,我当时也是这样问她的。她是怎么回答的呢?

"我……"我一时陷入沉思之中。因为我觉得应当认真地回答。

"我不想永久活下去。"

一段很长的沉默之后,我才这样回答她。

"我想,我这颗心脏的构造,肯定不足以承受永久、永远和无限之类的东西。所以……"

这时她认真地思索了起来。她眉宇微微皱起,目不转睛地注视着道路前方的昏暗空间。

"是啊……"

不久,她小声嘀咕着提起了话头。

"我认为真的像远山所说的那样。我的心脏肯定也承受不了永远。"

她的表情变得比以前更加认真,在做一个稍稍喘息的动作之后,她说:

"因此……"

"嗯。"

"这是我的回答。"

突然,我的脑海里浮现出了美咲当时的回答。"我要用一生的时间来考虑。"还有"答案出来的时候,你还会问我吗?"她就是这么说的。我看看美咲的眼睛,想跟她确认一下。她那慌忙逃逸的眼睛,看上去有些湿润。

"我……"她说道,"有一件事情,我得向远山表示歉意。"

"啊,什么事?"

我喉咙发紧,几乎只能发出细微的声音。

"我……"她说到这里再也说不下去了。她俯首垂视,把裸露出来的白色脖颈露在我的眼前,极力寻找着该说的话。我目不转睛地盯着排列在那里的三颗黑痣。今后,我势必要如此这般地花些时间慢慢了解有关她的各种情况。她不时会嘿嘿一笑,白色脖颈上并排着三个黑点。还有……

"那个,我……"她说。

"我想跟我姑姑一起去法国。"

她这句话说得气喘吁吁。她自己痛苦不已而又令人心痛。

"看来我们那个店还是不太行,所以想去那里学习一下,然后回来再重新开……"

"这是什么时候决定的?"

"最近这几天。不,很早以前就商量过……"

不能自圆其说的谎言露出了破绽。不过,我却假装没有发现,微微地点了点头。

"所以……"她说道,"那我们的交往……"

至此，她已经竭尽全力。她给了我一种竭尽全力的关怀。不是由我来终结，而是由她来结束。我嗯了一声。嗯——我也只能这样说。

"虽然交往时间短暂，但是我还是要谢谢你。"

她声音低低地说道："非常……我非常开心。我从来没有这样跟男士约会过。"

嗯。

"好像……，差一点就要堕入爱河了。"

嘿嘿——她笑着抽抽鼻子。

"所以……还好。现在还可以这样含笑而别。"

真的——她嘟囔着，随即就默不作声了。

我也快活……非常快活。——我好不容易才作出这个回答。

我们默默地继续在弥漫着杉香的树林中行走。太阳射在地上的光线异常微弱，带着湿气的空气给人一种冷飕飕的感觉。

过了一会，她低下头停下了脚步。

"对不起。能不能请你先把耳朵捂上？"

"啊？"

"我想擤擤鼻涕。不好意思让你听到。"

"啊,行,我明白了。"

我用双手捂住耳朵,她随即转过身去。

尽管如此,我还是听到了她的哭泣。假如这里不是如此黑暗而荒凉,她说不定就会央求我让她独处一会。现在,不能如愿以偿的她,便只有极力压低声音哭泣了。

我极为心痛。甚至觉得最自然的做法应当是拥抱她。因为我们早已是一对恋人了。已经是竟然过了三趟电车也不上车的恋情……不,也许更多。因为她已经对我"嘿嘿"一笑了,我也知道她脖颈上有并排的三个黑痣了。总而言之,我们早已在一个相当的深度上连在一起了。所以,完全可以紧紧地抱住她小声地说:"在这个世界上,我最喜欢的就是你。"然而,美咲知道这纯属自欺欺人,我也凭借自己的感觉对此有所觉察。当然,也可以对这一点采取无所谓的态度。在这个世界上,同第二位恋人结合的情侣肯定多如繁星(这又是夸张法的表述)。

最终,我们之所以没有那样做,是因为"我们毕竟是我们"。因为是美咲,因为是美咲和我。假如美咲不像现在的美咲,或者我不像现在的我,那么即使我们互为对方的第二位恋人,恐怕也会依偎在一起了。然而,我们还是只能按照我们的方式行事。这是一个现实。

极有节制的哭声持续了好一会,哭声一旦停止就传来了夸张的擤鼻涕的声音。然后有一阵把东西弄得嘎吱作响的声音,最后,她终于把头转了过来。

她羞怯地仰望着我,眼睛四周稍微有些发红。但是,没有一滴眼泪。粉妆也没有受到丝毫破坏。

"你听到什么了吗?"

美咲问。

"什么也没有听到。"我回答。

"那就好。"

她把句尾抬得很高地说。

"我们走吧?我肚子都饿了。"

"好吧。"

在刚才这一幕过后,她依然想跟我一起度过今天一整天。对于她的这种勇气,我颇受感动。

※

前往"FOREST"之前，我们顺便回了一趟店里。店门上挂着"正在准备"的牌子。莫非花梨已经回来了吧？归根结底，美咲之所以跟我一起来到这里，无非是想见见花梨，最后再做一次交谈。父亲将同坐一张餐桌的事，我还没有跟她说。父亲也不知道美咲要来。岂止如此，他根本就不知道有美咲这个人存在。我迟迟没有说，以至拖到今天。怎么作介绍才好呢？在来这里的电车上，我就一直为此大伤脑筋。

"这位是柴田美咲小姐。啊，是我两个月以前开始交往的女友。不过，现在已经分手了。原因是我不好。我的内心产生了动摇，所以一切都结束了。"

毫无疑问，不可能这样说。而且，同一张桌上还坐着花梨，甚至还有夏目君。对于他——我父亲这种人，如果指望能把这种状况处理得天衣无缝，那比期待婴儿掌握餐桌礼仪还要难。我早已不想再让美咲感到不舒服了，但是又想不出轻松摆脱这种境况的好主意。

"大家好像已经都去了。"

"是的。那我们也去吧?"

"好。"

就这样,我们又走了出来,但是我的脚步还是有些沉重。

"我……"美咲在我身旁一边走一边说。

"啊?"

"我也想过,要像花梨那样,做一个了不起的女性。"

我使劲地摇了摇头。

"不行。美咲变成花梨那样就不好了。美咲之所以极具魅力,就是因为美咲比任何其他人都更加美咲。"

所以——说到这里,我们的目光相遇,见她吃惊的样子,我急忙咽下了后面的话。

"我很吃惊。远山偶尔也会这样说话呀?"

"此话从何而来?"

面对我的奇怪措辞,她偷偷一笑。简直有些受宠若惊。

"你对站在眼前的女性,竟然也能说出什么极具……魅力的话嘛。"

啊,是这么回事呀。对于这一点,花梨的反应也很强烈。

"嗯,我好像有个毛病,心里怎么想就怎么说。"

"不过,我这是第一次听见。"

"这肯定是我已经习惯于跟美咲在一起了。拘谨的时候,平时的毛病就很难表露出来吧?"

咳,怎么说呢?——美咲说着又是偷偷一笑。她摇动一下手持的串珠提包,面带微笑地仰望着天空。

"不过,我还是向往花梨。如果能像她那样个子修长、身段优美,连选购西装都会容易吧?"

而且……——她仰望着我。

"这种一直仰望别人的人生也很累。"

"的确。那也有可能。"

"我的身高是一百五十厘米多一点吧?再高二十厘米,人生就会变成另一番模样了。"

"可能会看得更远。"

"远山从小一直这样高吗?"

"是的。到小学毕业为止,一直是全年级的第二高度。中学时代也在前五名之内。但是，后来就停滞不前了，所以现在也不足为奇了。"

尽管如此，也足以令人羡慕了——她说。我则对举目远眺的她这样说道：

"我们店里的职员夏目君，比我要高六七厘米。他每天都低着头看我。如果人世间全都像他那样的话，我也得考虑考虑了。"

听到我的话，美咲露出一副稍显奇妙的表情。

"什么？"

啊？——她把眼睛聚焦到我身上，然后摇了摇头。

"不，没什么。"

"没什么吗？"

"啊，没什么呀。"

"是呀。"

我对这一点虽然有些放心不下，但是脑海里已经没有余力再容纳别的心事了。我决定将其忘却，不再记忆在心。

不久，"FOREST"便出现在了我们的前方。终于到了。

门厅通往店内的引桥，笼罩在颜色鲜艳的花朵之中。

"真棒！"

美咲好像瞧了一眼就被迷住了。她做了一个双手交叉在胸前，极力控制心跳加剧的动作。

"玫瑰很多。还有白花茼蒿和欧洲金盏花。也有德国菖兰。"

"你知道得这么多呀？"

尽管我这样问她，她依然无动于衷，只是敷衍地"啊"了一声。她可能太喜欢花了。这同样是我在五次约会中不曾发现的她的另一个侧面。

"这里的山荔枝正在开花。"

她眯缝着眼睛仰望着庭树走了过去。

"味儿好香。我真想变成蜜蜂躺在花上睡个午觉。"

她若如此，其装束倒也相称。看来，花梨倒是配当蜂王。

水池边上，水芹开着白色的小花。她发现后看看我，然后莞尔一笑。是的，就是那种水芹。

我们摇动铃声步入店内。莱纳斯一如既往地出来迎接。

"欢迎光临。都已经来了。"

"花梨也来了吗?"

"不,花梨小姐还没有到。"

"初次见面。"然后,他把脸转向美咲,搭讪道:"请慢慢品尝。"

美咲点头会意,莱纳斯微笑着伸手指了指店内。

"请,还是阳台里边那张桌子。"

在莱纳斯的邀请之下,我和美咲穿过店内,来到了铺满阳光的阳台。池水波纹形成的漫反射令人眼花缭乱。

我犹如美咲的向导一般,走向了里边的座席。父亲和夏目君早已坐在桌旁。正如莱纳斯所说,花梨还没有驾到。眼看马上就要来到餐桌旁边了。唉,该怎么介绍呢?

他们发现了我们,把视线转了过来。

"哈,来了。我们已经喝上了。"

父亲手拿葡萄酒杯说道。然后又露出一副不可思议的神色"啊?"了一声,这也许是他发现了我身后的美咲。旁边的夏目君则完全面无表情地向这里张望。我留出少许一段距离停下脚步,偷偷看看身后美咲的情况。她那原本很大的眼睛睁得更大了。显然一种对什么事情感到吃惊的神色。莫非是因为有一位与我相像的老人而受到了冲击?我只告诉她是店里职员的聚会,那么她是不是会因为有这么一个上了年岁的职员而感到吃惊呢?总而言之,先介绍一下再说吧。——我向拘谨屏气的美咲开了腔:

"那个……"

"夏目君……?"

啊?什么?——这一回轮到我把并不太大的眼睛睁到了极限。

"你是夏目君吗?"

她清清楚楚地又重复了一遍。她说的确实是"夏目君"。

"是呀。"

他用一种跟表情一样完全失去感情的声音说。

"你是柴田吧?"

他说着从椅子上站起身来。那是一个有失夏目君式优雅的动作。于是,我明白了。他早已神魂颠倒了。而且，达到了最大限度。他那彻头彻尾的毫无表情就是证明。

他站起来以后，向前迈了一步。就像害怕什么一样，踌躇地，慢慢地。我和父亲交替地看着夏目君和美咲的表情。她腰部稍稍后倾，一副戒备的神态。

"请你不要走。"夏目君说话的声音恢复了他原有的感情。这是一个听上去就令人心酸的呼吁。夏目君伸出双手，又向前迈了一步。就在这一瞬间，美咲一转身跑了。她冲出店外，没了踪影。正当我目送她背影的时候，夏目君也以飞快的速度从我身旁跑了出去。我吓得目瞪口呆，不知发生了什么事情，紧接着父亲也猛然快速地从我身旁跑了过去。怎么连父亲也……？这一系列流程到底要导演出一场什么样的剧情呢？

总而言之，美咲和夏目君肯定是相互认识的一对。而且，关系似乎也非同寻常。看上去她还有些惧怕夏目君。到底是怎么回事呢？是这两个月的事情呢？还是更早以前的关系呢？父亲又是怎么牵涉进去的呢？一切全都是个谜。

无奈，我只好孤单一人坐在餐桌跟前，等待有人回来。桌上有半杯喝剩的葡萄酒,我用它润了润嗓子。

"发生什么事啦?"莱纳斯过来问我,我只是回答:"我也想知道。"

"他们三个人都以飞快的速度跑出了店铺。"他告诉我。

"是吗,这么说,一时半会不能回来呀。"

"好像是。"

吃饭的事……?——他问。

花梨一到就开始——我回答。

※

在那之后十分钟左右她过来了。其间没有一个人回来。

"就智史一个人吗?"

我把前前后后的情况告诉了花梨。

"哇,怎么回事?有意思。"她说。

"我平时就觉得夏目君是个不可思议的人物。"

"哎,他的确跟我这种人不同,是按特殊设计的图纸用特殊材料制造出来的。给人一种用特殊设备精心打造的感觉。"

"他还会回来吗?"

"哎,怎么说呢?按那种架势,现在可能已经跑到临近的街区去了。"

那么……——她说。

"我们是不是先吃啊?我肚子已经饿瘪了。"

"嗯,行。"

于是,我们开始了迟到的午餐。香草和橄榄油用量丰富的菜肴,个个都特别好吃。同往常一样,她以惊人的食欲,将所有盘碗一扫而光。

"佑司怎么样?"告一段落之后,我问她。

花梨轻轻地摇了摇头。

"还是老样子,毫无变化。啊,我见到桃香了。我把以后的事情拜托给她了。"

啊,是这样——我顿时心情沉重起来,但还是控制住了。当然,并不是已经死心塌地。还有机会变更日期。先问清真情,再在此基础上考虑以后的事情。这是一个粗线条的但却相对富有灵活性的方案。

"美咲说她想看到三人组合得到恢复。"我装作若无其事的样子说,"我也持有相同意见。"

"哎,我也一样啊。没问题。佑司一定会醒过来。"

"嗯,我也希望如此。我每天晚上向妈妈祈祷,求妈妈保佑他。"

"哎,祈祷肯定会如愿以偿的。"

"佑司清醒之后,为了恢复三人组合,你会回来见我们吗?"

花梨露出虚幻的微笑,多次轻轻地点头。那是一种通过暧昧动作许下的暧昧承诺。

"我和佑司一起等待那一天的到来。"

哎——她说着突然移开了视线。

"溪荪的花好漂亮呀。"

她放眼望着池边说着。这是露骨的支吾搪塞,但是我决定不予追究。

"你搞错了,那是燕子花。"

我告诉她以后,她心不在焉地答道:"啊,是呀。"

这时,父亲回来了。他的头发乱七八糟,有些上气不接下气。

"爸爸!"我不禁想从椅子上直起腰来。父亲用手制止了我，一屁股坐在一把空椅上。

"事情变得真是神了。"

他说着不无得意地一笑。

"怎么回事啊。"

"原来，你小子有事瞒着我呀。你是跟那个叫柴田的小姐有交往吗？"

"啊？嗯，是有那么回事，不过……"

我不由得看看花梨。她吊吊左边的眼眉，坚持一切与己无关。

"咳，算了。"

父亲伸手拿起我在桌上的杯子，将水一饮而尽。

"爸爸怎么……？"我问。

"爸爸为什么要去追他们两个人呀？"

"不，我只是想凑个热闹。"

啊，是这样。

据父亲讲，出了店铺以后，夏目君马上就追上了美咲。于是，有了一段小小的交涉，随后两人便走进了附近的一个公园。父亲一直在街树树荫下观察他们，后来也跟他们进了公园，偷偷向他们靠近，没有让他们发现，并且偷听了他们谈话的全部内容。

"这……"

"没什么大不了的。我都不担心,你更没有必要担心。"

虽然这是个莫名其妙的逻辑,但是我还是默默地让他往下讲。

父亲隐藏在他们所坐的木椅背后的大象形状滑梯后边。在我看来,这实在不是一个年近八十的老人该做的事情,但是他本人一直宣称自己永远是十七岁,所以我也无可奈何。

"听了他们后来的谈话,我真是大吃一惊。"

我和花梨都不禁探起身来。

"什么谈话?"

父亲的记忆力好得惊人,简直令人感到他并不是这个年龄的人(同时也令人感到他并不像我的父亲),他记下了他们谈话的内容。

夏(指夏目君):"我很吃惊。没想到会以这种方式重逢。"

美(指美咲):"哎,是的。"

夏:"本来用不着跑嘛。"

美:"但是……"

夏:"我知道你左右为难的心情……"

美:"啊。"

夏:"不过,遭到拒绝的是我呀。而且,连续三次。"

"啊,怎么回事?"

"不可能,是说夏目君遭到美咲的拒绝啦?"

"而且,连续三次!"

"唉,不要急嘛。下面还多着呢。"

美:"对不起。"

夏:"不,我想,这不是个道歉的问题。你只是按照自己的想法行动而已。不过,我只有一句话想问你。"

美:"好……"

夏:"你一直讨厌我吗?"

美:"……"

夏:"打那以后,已经过去九年了。我觉得你可以说出真情了。"

美:"……"

夏:"如果你不愿意,也可以不说。不过……"

美:"喜欢。并不是讨厌……"

花梨(可能是无意识地)一下子握住了我放在桌上的手。父亲继续往下说。

夏:"啊,那就好。我一直以为是自己完全搞错了。怀疑自己是不是把你的举止和目光完全理解错了。"

美:"有点太露骨了吧?"

夏:"不,不是的。极其细微的一些信号吧。不过,我没有无视自己喜欢的女性发出的信号。"

美:"可是,你为什么对我这个人……"

夏:"当时你也这样说过,你为什么会这样想呢?"

美:"我这个人实在是朴实无华,一无所长,而且,身材矮小,根本配不上夏目君……"

夏:"我认为,爱情跟这种务实主义思考完全是两回事。怎么说呢,在本质上应该是更加没有道理可讲的。"

"但是,什么是务实主义呢?"
父亲问道。花梨回答:
"就是只尊重事实的一种主义吧。"
确实如此。

美:"而且,一些特别具有魅力的、身段优美的女孩们一直表示喜欢夏目君嘛。"

夏:"但是,我喜欢的只有你。我认为,这个意思我早已跟你挑明了。"

美:"啊,我记得。"

夏:"那么……"

美:"我想,你肯定是一时糊涂。我以为,你一时心血来潮,跟我这个人搭讪,一旦有比我更具魅力的女孩向你告白,你就会跟我说再见。"

夏:"但是,你的心情到底如何呢?"

美:"我……我早已习惯于抑制自己的感情。这方面的能力非常强。所以,与其因为遭到伤害而痛苦不迭,还不如一开始就……"

夏："我真是拿你没办法……"

"这时，夏目君沉默了一段时间。那是一段长时间的沉默。啊，谢谢。"

父亲接过莱纳斯送来的一杯水，再一次一饮而尽。

"足足过了三分钟之后，他才重新开口说话。"

夏："上个礼拜，我看见过你。是个背影。听店长说到'美咲'这个名字，我感到很是奇怪。当时，我想可能是偶然巧合。当时看见你的背影，确实有一种奇怪的亲切感，但是我还是觉得那不可能。"

美："是啊。"

夏："你是想通过婚介系统跟店长结婚吗？"

美："我想不会了。"

"啊？"花梨轻轻地叫了一声，然后用关怀的表情看看我。她可能以为我也是第一次知道美咲的决心。我看看花梨的眼睛，用点头的方式表示："是啊，我知道。"父亲的叙述没有受到我们的影响，继续往下进行。

夏:"是因为有花梨在吗?听说那一天你们俩见过面。"

美:"不是那么回事。我……要去法国。"

夏:"法国?"

美:"跟我姑母一起去学习香草知识。我们一直在商量这件事,现在终于下定决心了。"

夏:"这件事,店长知道吗?"

美:"告诉他了。我硬是坚持,实在对不起了。"

夏:"是这样啊?"

美:"你呢?"

夏:"啊?"

美:"你为什么会到远山的店铺里来呢?听朋友说,你在一家外企工作,整天满世界到处飞嘛。"

夏:"是姐姐吩咐的。姐姐在信中说的。"

美:"姐姐?"

夏:"是的。我十七岁的时候,她离开了家。打那以来,我从来没有见过她。她就好像在整个世界旅行一样。"

美:"将近十年之久了吧?"

夏:"啊,已经快了吧?尽管如此,现在每到我过生日的时候,都会收到姐姐的来信。每次都发自不同的国家。埃及啦,文莱啦,海地啦,等等。"

美:"真是个心疼弟弟的姐姐呀。"

夏:"怎么说呢?至少可以说,迄今为止,她的每一封来信都没有超出一个范畴,即一种格外有效而又切合实际的忠告。"

美:"这一次呢?"

夏:"真有些不可思议。她在来信中这样写道:'如果你现在生活中仍然抱有某种难以割舍的心情的话,请你改变一下工作场所。估计水的摇曳会把你思念的人引导过来。'"

美:"这……"

夏:"当时,桌子上正好放着一本东西,那就是自己出于爱好经常购买的水草杂志,打开的那一页上介绍了'特拉休'商店。事情就是这样。"

美:"所谓思念的人……"

"啊,就到这里为止。本来正处在高潮,但是没有办法。当时,有一群小孩表情奇异地围拢在我的四周。实在不能在那里继续待下去了。而且,小孩的妈妈们也都表情诧异起来了。咳,尽管在他们眼里我还是一个心眼不坏的老人……"

如何?——父亲看了看我。

"感想如何?我倒是心情有些复杂。还没等把她介绍给我,就知道儿子失恋了。一个多么好的姑娘呀?真是可惜。"

"嗯,是呀。真是一位很好的女性。"

"而且,听说花梨今天也要走,这样一来,我是永远也赶不上 sakuji 了。"

结局是这样呀。真不愧为一个父亲——我不禁一阵苦笑。说不定这就是对我关心的一种诙谐的讲话方式。

"来,我们吃吧。因为急于向你们传达,我是跑着回来的,肚子都饿了。"

父亲说着拿起刀叉,开始拨弄眼前的菜肴。

"是美咲拒绝你的吗?"

花梨依偎在我身边,细声细气地问道。

"哼,好像是的。"

"她真的去法国吗?"

"啊,那是没错。"

"理由仅仅如此吗?"

啊?——我看她一眼,眼睛立刻闭上了,觉得心事被人看透了。她的表情闷闷不乐,但我没能从中体会出什么东西来。对我来说,她的行为举止实在过于复杂。

"夏目君的话有些不可思议呀。"

花梨说。这一次又是所谓的公开见解了。

"夏目君说他按信件办事,所以才得以跟一直思念的美咲重逢。"

"荣格[①]大概会把这一点称作'同步发生'。"

"宗教家可能会说这是神的引导吧。"

"我称它为难得的偶然。其实,它一直在驱使着整个世界。"

父亲说着把油炸墨鱼馅饼送到嘴里。他虽然年岁大了,但牙齿还很好,端出来的饭菜,来者不拒。

[①] 荣格(Carl Gustav Jung,1875—1961),瑞士著名心理学家、精神分析学家,是现代心理学的鼻祖之一。

"不过，我终于明白了他来到计时工资只有九百八十日元的'特拉休'的缘由。"

我这样一说，花梨深深地叹了一口气。

"他真是个浪漫主义者。跟那些把我的模样完全忘记的人截然不同啊。"

"我不是忘记。只是跟记忆不同罢了。"

"怎么说都可以呀。"

"如果允许我为自己愚蠢的儿子辩解一下的话……"

父亲说道。我大吃一惊地看看他的脸。父亲到底想说什么呢？

"对了，有一次，你们坐我的车去湖里游过泳吧？"

花梨默默地点了点头。

"当时，我为你们拍了许多照片。"

"是的，我现在还珍藏着。"

"其中有一张你和智史在浅滩相互泼水的照片。你还记得吧？"

"当然。记得。"

我的屁股顿时有些坐不住了，心里觉得特别不舒服。确实如此,难道这件事也要公开吗。

"智史一直把这张照片贴在自己的学习桌前。通过薄层加工,处理得好好的。还有跟佑司合拍的三次连拍照片,但是他最最专心观看的还是你们那一张啊。"

花梨看了看我。我没有跟她对视,颌部用力硬是忍耐着。估计我的脸大概已经憋成了熟透的柿子颜色,但我本人一直坚持装作一无所知的样子。

我的确一直珍藏着那张照片。现在依然贴在我公寓的房间里。那是一张我们在林中小湖岸边嬉笑泼水的照片。花梨当然不是身穿风衣的形象。她穿着一件蓝色的校服泳装。胸部的隆起并不显眼。手脚的纤细倒是非常突出。头发湿湿地贴在额上。好像在喊什么,嘴张得很大,里边的牙齿矫正器依稀可见。我露着肋骨突出的白色胸部,以及系得紧紧的腹部,下身同样穿着学校规定的游泳裤头。看上去非常开心。实际上当时确实是非常开心。当时,我认为自己的人生才刚刚开始,在我面前还有无尽的时间。虽然我也希望自己能够早日长大成人,不过那是因为我真诚地相信长大以后会有更加开心的事情等待自己。看看当时那种实在天真无邪而又毫无顾忌的笑容,我不禁都想"哎哟"地大声呐喊起来——"可以吗,这样玩。明年春天你们可就要各奔东西了呀。"

不过,这也许只是业已长大成人的我的一种偏见。能够预见遥远的未来并且相应地变得不幸的我,对于根本不想展望未来的他们肯定会嫉妒吧。

"智史一直反复观察那张照片,我想,他想象不到现实中的你会快速成长,变成一个成年女性。在我儿子的心中,你一直停留在嬉笑着在湖畔泼水的状态。"

是这样吗?——花梨用这样的表情看看我,我则点点头说:肯定的呀。极度的羞愧让我的心怦怦直跳。父母怎么能用这种不负责任的态度对待孩子呢。我固然没有进行自我辩解,但是我这次所受的伤害,却比任何一次都大。

不久,父亲的晚餐全部结束,我们离开了"FOREST"。临走的时候,花梨用拥抱和亲吻面颊的方式跟莱纳斯作了告别。

"这很正常嘛。而且这是最后一次了。"

走出店门之后,花梨对我说。

"你也想吗?"

"不。"

"又是故意逞强。"

"对,对。"

父亲在一旁哈哈大笑起来。

回到店铺一看,留言电话里存有信息。放出来一听,原来是夏目君的声音。

"啊……我是夏目君。刚才实在失礼了。花梨,对不起。非常遗憾,没能同你共进欢送会的晚餐。我想你们大概已经估计到了,柴田跟我是老朋友,我们是高中时代的同班同学……"

突然,噼的一声,信息消失了。

"是不是太快?设定太短了吧。"

嘘——我制止了花梨,告诉她:"下面还会有的。"

"那个……我是夏目君。至于,她当时逃跑的原因嘛,那是因为我三次向她表白,她连续拒绝了我三次。我认为,她一定是觉得不好意思。于是,我就赶过去跟她谈了谈……"

噼的一声,后面又放了出来。

"哎……我是夏目君。所以我们决定再用一些时间进行商量。啊,她和店长的事,我也听说了。因此,包括这件事在内,我想再跟她稍微谈一谈。所以,店里的工作就请允许我早退吧。衷心祝愿花梨……"

最后的信息到此结束。我们三个人,你看看我,我看看你。

"夏目君给人的感觉也是穷追不舍呀。"

花梨说。

"夏目君是个很忠厚的年轻人啊。"父亲发表着感想。

"他们俩到底会怎么样呢。"

"夏目君的决心已定。下面就看那位小姐了。跟我儿子的事已经不成问题,没有什么大的障碍了吧?"

"感觉好像能如愿以偿吧?"

两个人都用征求我同意的目光看看我,我佯装无所觉察,没作任何回答。只是心中在想:我们之间毕竟是第二位情侣的关系。本来我们已经开始有了可以的感觉，但是不知是什么缘分，两个人又先后跟第一位恋人重逢了。既然如此，以后就只能任凭事态发展了。努力吧，美咲。我也会努力的。

"行了。"父亲说。

"我也该告辞了。实话告诉你们，我最近正在学习吉他的传统演奏方法。每天要到车站大厅的文化中心去。"

父亲用右手学着拨弄琴弦的动作。

"有朝一日，等我弹得好一些以后，请你听听好吗？"

父亲屈身看看花梨的脸。

花梨只是默默地点点头。"哼"地抽了一下鼻子，然后便突然扑簌扑簌地掉起了眼泪。

"喂，太过分了吧。又不是生死离别嘛。"

父亲就像我们孩提时代所做的那样，用他的大手轻轻地抚摸着花梨的头顶。花梨便借机扑到了父亲怀里，把脸依在父亲肩下号啕大哭起来。

"你怎么啦？怎么啦？你瞧，这么一哭把你难得的花容月貌都糟蹋了。"

父亲把手伸向花梨背后,像哄孩子一样咚咚地拍了拍。我觉得,这是我第一次看见花梨这样全无设防地暴露自己。她大声抽泣,多次抽鼻子,反复喊着:"爸爸,爸爸"。父亲则安慰着她说:"好孩子,来,慢慢喘喘气。"不久,抽泣的声音小了,间隔也越来越大了。

"好。"父亲说,"哎,把脸抬起来。"

花梨顺从地抬起头来,泪水湿透的脸上,现出了笨拙的笑容。

"好,好,这就好了。喂,把脸擦一擦。"

花梨用父亲递过来的手帕擦了擦被泪水润湿的面颊和眼圈。

"你能向我保证总有一天会来相见吗?"

"可以……"

花梨止住眼泪,多次点头。

"我儿子好像也很伤感,你也过来看看他。"

"好。"

"佑司肯定也会很快清醒过来。到那时候,我们还像当年那样,四个人一起去吃水果冻糕。好吗?"

听到这句话,花梨眼里重又漂起了泪花。

"喂,喂,别哭了。分别时说话要热情嘛。"

"是的……"

"你又不是走得多么遥远,而且随时可以相见呀。具体情况我不太了解,你在那个镇上赶紧办事,然后就回来嘛。我们一直在这里。这里已经是你的家了呀。"

来——父亲说着不知从哪里掏出一叠小型纸巾来。

"擤擤鼻涕。"

她按父亲所说,温顺地擤了擤鼻涕。

好——父亲说着竖起了食指。

"我告诉你一件有趣的事。"

花梨用第二张纸巾按着鼻子看看父亲。

"世界上存在着一种物理学教科书上都没有记载的强大力量。"

好了吧?——父亲以这样一种感觉凝视着花梨。她点了点头。

"那就是说,有一种比磁力和重力强大得多的力量。首先,无论距离相隔多么遥远,它都丝毫不会减弱。你到地球的另一面去也好,你到冥王星的背面去也好，或者你抓住小熊星座的尾巴尖也好，这种力量都将一如既往地跟随着你。这是一种很了不起的力量呀。"

好像是要等待花梨充分领会这个概念一样，父亲说话中间稍微留了一段间隔。

"喂，懂了吧？"父亲说，"我们都是由这个神奇的力量联系在一起的。所以，即使分别了十五年之久也能再度相逢。是这样的吧？"

"哎，是啊。"

"这么说，我们还会再度重逢吧。"

"对。"

"这样一来，就不再需要眼泪了。"

"是的。"

"哼。"最后，花梨又擤了一次鼻涕，顺便把小型纸巾袋还给了父亲。

"这种强大的力量叫什么名字呢？"

花梨问。

"咳，叫它什么好呢？啊，这个可以因人而异，用自己喜欢的词汇概括一下就行了。"

父亲再一次把手放在花梨的头上，眯缝着眼睛微微一笑。

"好，时间不早了。花梨也精神愉快地走吧。而且，等以后再喊着'我回来了'，重新回到这里来。"

听了这番话，花梨的眼睛再次开始湿润。但是，她"呼……"地吐了一口气，释放了涌上心头的激情。紧绷着嘴角，无言地点了点头。

"好，好孩子。"

父亲目不转睛地看看花梨的眼睛，然后转身向店外走去。花梨跟着追了出去，我也跟着她追了出去。父亲在通往车站的下坡路上，一边走一边眺望着春霭乍起的天空。他虽然没有回头，但是可能知道我们正在看他，所以他高声朝空中自言自语了起来：

"那是一种强大的力量。"他还用手指向浅蓝色的天空说道，"只要有了它，我们就能跟远在天边的人联系在一起。"

请牢牢记住这一点吧。

父亲轻轻摇动了一下竖起的手指，脚步悠闲地下了坡道，不久便消失在街树的尽头了。

这时，我感到为人之子就是一种幸福。当然这恐怕也要因父母而异，不过至少我这个孩子为有这样的父亲而感到幸福。

　　花梨和我回到了店里,她马上便坐到了柜台电脑面前,说是"还有一点儿需要做完"。我也跟往常一样,开始为等待发货的水草打包。就这样,最后一天的下半晌转瞬即逝,不久夜幕降临了。

12

我们隔着柜台相对而坐,一起吃着朱古力酥皮饼。我觉得用它充当晚餐似乎有些寒酸,但是她却说"很好"。我记得喝的饮料是"二一二"。好像又推出了新品种。

"那么……"我问她:

"你什么时候走呢?"

她轻轻摇动一下撕开的朱古力酥皮饼。

"吃完这个。"

"那不就是马上了吗?"

"是啊。所以,我在慢慢地吃嘛。"

她说。

"真是舍不得呀。"

"无论如何今天也得走吗?"

要在保持威严的情况下说出这种话来,这原本就是一件难事。而且,我当然不可能做到这一点。

所以，我此刻说话的语气就像一个被迫在家看家的孩子询问母亲一样。

"啊。是呀。就像昨天晚上我说过的那样。"

谈话中断了好一会儿，我们不停地撕着朱古力酥皮饼往嘴里送。

"下一次，什么时候再来？"

我咽下嘴里的酥皮饼之后，问花梨。

"你跟我爸爸做过保证啊。"

"没有说定具体时间呀。总有一天吧。"

"总有一天到底是什么时候？"

"我不知道是'什么时候'，所以才说'总有一天'嘛。"

啊，是呀。

"不要说小孩子话了。你马上就快三十岁了吧？"

"好像是。我不太清楚。"

哎哟，嘿——她姿态夸张地凝视着我的脸。

"耍起脾气来了，真可爱。你那么舍不得离开我吗？"

我一时有些迷茫，最后还是决定实话实说。剩下的时间已经很少。要把手中最厉害的一张牌打出去。我知道它跟黑桃A还有差距,不过这是我能付出的最大努力。

"人之常情吧。"我说。说完这话之后,我顿时为自己心头一热。

"肯定舍不得嘛。"

我的坦率回答反而让花梨有点胆怯。看上去,她似乎也对自己轻率的提问感到有些后悔。

"花梨怎么样呢?"

她茫然不知所措。用近乎哀求的目光看着我。

你是想让我对此作出回答吗?——她问。

是的——我改变了做法。没有使用任何缓述法和委婉的措辞。这虽然是出于不伤害自己的目的,但是现在的我早已不再惧怕受到伤害。我极度惧怕的倒是,无所作为地失去她,然后陷入后悔莫及和自我怜悯的岁月煎熬中去。

"当然。"她说。

"我也舍不得呀。这个,我昨天晚上也告诉过你吧?"

她的这种说法,就像下棋时一边思考一边偷偷在棋盘上放个棋子一样。嘴上说的只是颇有节制的台词，总跟事实保持着一定的距离。

最终，她似乎只能说说这类东西。想到这一点，我顿时冒了冷汗。可是，如果现在不说，将来肯定会后悔。然而，我确实缺乏如此真实而且难以启齿的词汇。不，这当然也跟说话人是谁有关系。我也记得，尼克·霍恩比（Nick Hornby）[①]在自己的小说里，曾说这就如同生理现象一样容易。这样的人确实为数众多。但是，在这个世界上的确也存在并非如此的人。我自己就是如此，所以胆敢断言。

"我得说清楚，以免你误解。"我急忙开口。

"什么？"

"你也许没有觉察到。"

"所以呀，你指什么？"

"我爱你。"

此话一说出口，我的脉搏便急剧加速，心房送出的血液以猛烈的速度流遍了全身。我完全失去了控制，变成了告白真情的自动玩偶。我成了揭发自

[①] 尼克·霍恩比（Nick Hornby，1957– ），英国畅销小说家。他的小说主人公大都生活在伦敦，喜欢摇滚音乐，品位独特，有几个死党却身感孤独。

身的告密者。

"这,也就是说,这不是友情,而是,我作为男人喜欢女性的花梨。啊,是爱情。"

也许是患上了视野狭窄的毛病,我看不出她的表情。在不安的驱使之下,我又继续往下说道:

"我一直喜欢你。从十三岁第一次见到你的时候开始。分别这十五年来也一直思念着花梨。所以,重逢之后非常高兴。"

我眨了眨眼睛,但是仍然看不清她的表情。花梨一直默不作声。

"不过,因为与美咲相关,所以我一直没有说。从道德上讲,这是不允许的,而且也太不负责任。所以,我原本打算跟美咲彻底说清楚。当时,我想马上说恐怕有些困难,但是总有一天会找个机会对她表明不能继续交往的意愿。这恐怕也是个先后顺序的问题吧?可是,不知为什么,现在突然变成了这种局面……"

"我不是告诉你我要离开这里吗?"

听到她的声音,我放心了一些。其中没有焦急和困惑的感觉。纯粹是想知道我的真情。

"嗯,是的。你离开。而且,我跟美咲也分手。也就是说,再重新恢复到两个月以前的自我状态。变成孤身一人,跟以前一样过着想念你的生活。一直等待你的归来。"

那可不行——她说。我怀疑是我听错了,抬眼看看花梨,但是她的眼神证明了她的话。我顿时感到心房开始反转,血液从头部迅速开始退却。但是,我不能就此退却。

"等待是我的自由。随我的便好了。"

我说话的语尾虽然稍有颤抖,但是视线并没有移开。

"咳,我求求你……"

花梨说。她的话让我感到心如刀绞一般的疼痛。她真的是在恳求我。

"你讨厌我吗?"

我完全毫无意识地这样问道。尽管这句台词比"我爱你"更加难以让我启齿。

"不会讨厌吧。"

这个声音里带有稍许愤然的色彩。花梨神经质地往上梳理一下头发。

"喂,你也向夏目君学习一下吧。哪怕嘴上不说,觉察总还是可以的吧?你也学着说'不曾无视过来自自己喜欢的女性的信号'之类的话呀。"

"不,我当然是这样呀。不过……"

不要说啦——花梨焦躁地高声叫了起来。

"我爱你。我非常喜欢智史!这回好了吧?"

好——我回答。我顿时被花梨的气势所压到,一时茫然不知所措起来。然而,另一方面,也有了某种冷静的成分。同时,也感到自己终于迈进了说服她的门槛。风雨飘摇的心头,一块石头落了地。

"若不然,我是不会千里迢迢来寻找你的呀。"花梨说,"肯定是跟你想法一样嘛。我也一直爱着你。从十三岁的时候开始。我一直把它隐藏在大号军用风衣里边。"

"是对我吗?"

"啊,是呀。对于询问'是对我吗?'的木头人,我爱得简直神魂颠倒。我说过'憧憬'的话,其实并不是那样。只要看你一眼,我的心就怦怦乱跳,就像心脏病发作一样。与其这样说,不如说这本身就是一种病态。没有处方药可以医治。"

她"呼……"地吐了一大口气。多次用手往上梳理头发,好像是要稳定一下激昂的情绪。

"我没有觉察到。"我说,"没有想到那个……那个程度。"

"这可真是难得啊。"

她开始转守为攻,似乎想借此掩盖其他感情。

"我拼命地隐藏着,本来你没有觉察也就罢了,但是我还是感到恼火。"

"真是复杂。"

"那也不是。原因只是害怕,不敢说出来。如果智史先说出来,自己就会像小狗一样,摇着尾巴跑过去。"

"不过,你的演技实在是完美无缺。不要说其他别的什么人了,就连我本人都没有看出这一点。"

"我们接过吻吧?"

"我以前也说过,我认为那是你了解我的心情,出于同情给我的一次亲吻。"

"我可是三天之前就开始心神不定了呀。"

"可是,我不知道你一直是那么一种心情呀。"

"啊,是呀。真是一对不幸的情侣啊。为了取得相互告白的勇气，竟然花了长达十五年之久的时间。"

确实如此。绕道也应当有个限度，失去的岁月太久了，我不打算再绕道而行了。

"我觉得痛快多了。"花梨接着说，"说出憋在心里的话，心情舒畅了呀。"

"我也是一样。"

"本来我是不打算说的。"

花梨说着咬起了嘴唇。

"本来，即使没有美咲的事，友情毕竟是友情，我也打算离开这里。"

"所以，你为什么……"

"我一走了之不太负责任吧？"

花梨打断了我的话。

"我不是那种性格的人，不是因为心中一直真诚地怀念着初恋。无论如何也想见到他，所以最后才过来的。"

"不过，好在我已经知道了你的心情。那如何是好呢，我今后的方针已经明确决定了。"

她用不安的眼神看着我。

"那是……"

"我说过了吧？——那就是等待。我已经知道花梨的心情，所以没什么可以犹豫的了。"

花梨痛苦地摇了摇头。但是，跟某些没有头脑的不可救药的男人不同，我不会像他们那样恣意妄为。此前，我已经重复过多次。今天，我打算再向前迈进一步。刚才这番话是必须要说的。

"不管花梨面临什么问题，我都会等待。你慢慢医治好了。那个镇上有你的父母吗？你打算在那里治疗吗？"

我用若无其事的语气问她，其实内心却一直认为问题可能更加严重。也许需要等待很长时间。不过，我已经做好了相应的心理准备。

花梨用双手捂着脸，反复多次深深叹气。我并不着急让她往下说。我倾听着水槽气泡迸裂的声音，品味着水的味道，目不转睛地看着她的长发。那头长发漂亮得很。我真想抚摸一下。还有，她那光润的面颊和形状漂亮的嘴唇。

这时，她那形状漂亮的嘴唇慢慢地张开了。

"我实话告诉你吧。"

花梨抬起头,看了看我。

"听了以后,你就会明白,你对我的等待纯属徒劳无益。"

13

花梨手里拿着我的空杯子，朝柜台里边的水壶走去。倒上"二一二"，又返身回来。我说声"谢谢"，接过杯子喝了一口。顿时一种柑橘系列的香气在口中扩散开来。花梨在晚饭前曾经告诉过我，那是柠檬草和薄荷的混合物。她说，虽然"二〇三"也早已推出，但其中含有肉桂，她不喜欢。我又喝了一口"二一二"，开始等待花梨开口。

她把目光落在柜台上，平静地讲述起来。

"智史，我跟你讲过，我有个姐姐。"

"啊，听你说过。听说花梨九岁的时候她死了。"

"对，我是这么说的。"

然后，花梨歇了一口气，接着说道：

"不过，其实她还活着。"

我预感到事情有些微妙，默不作声地让她往下讲。

"她跟我差一岁,现在三十岁。"

"她在干什么呢?"

听到这疑问,她露出了意味深长的莞尔一笑。难道我说了什么可笑的事情吗?那是一种听了驴唇不对马嘴的话不禁放松的表情。

"哎,你还记得小时候的事吗?"

花梨问我。

"小时候的什么事?"

"我时常离开你们单独行动吧?"

"啊,是的。我问你,你还不告诉我,说'女人嘛,忙得很呢'。"

是,就是呀——她说。

"那就是去我姐姐那里。"

"姐姐?你们不在一起生活吗?"

她摇了摇头。

"不是。姐姐住在邻镇的一家医院里。"

我们是要好的一对姐妹——花梨说。

"虽然年龄相差一岁,但是两个人长得跟双胞胎没有两样。"

"她就是铃音吧?"

"是的,是铃音。我们经常在一起。想的事情也常常相同,简直就是一种精神上的冒牌双胞胎。心灵深处是联系在一起的呀。"

她用手托着腮部,表情显得很轻松。她摆脱了旨在隐瞒的演技,随心所欲地叙述着。

"我们经常做梦。"

"做梦?"

"啊,梦。睡眠过程中走访的世界。"

"啊,那种梦呀。"

"在这个过程中,姐姐和我发现了一个奇怪的现象。记得,当时我好像只有七岁。"

她眯缝起眼睛,越过我的肩头,凝视着前方。

"我们两个人经常做相同的梦——与其这样说,不如说我们是经常双双造访同一个梦的世界。总是在一个相同的地方。"

哼。

谈话逐渐向脱离日常生活的方向发展。我根本没有想到会从花梨嘴里听到这种事情——"在我脑袋里发现了一个小小的肿块。这是睡眠发作的原因。

哎，不过，没有问题，医生跟我说可以根治"——我以为事情会是这样的，于是一直侧耳倾听着。然而，现在我却不知道该把倾听的注意力集中在哪里为好了。

"那是一个什么地方呢？"

花梨轻轻地摇了摇头。

"用语言解释不清楚。就像解释一种这个世界并不存在的颜色一样。只能说是一个令人感到眷恋而又温馨的地方。"

"令人眷恋，就像那个镇子一样吗？"

是的——她点点头。

"就像那个镇子一样令人眷恋。还有令人眷恋的人等待我们。"

"这不是花梨的一种主观意念吧？"

"当然。因为姐姐也在同一个夜晚做着同样的梦。醒来以后我们还确认过梦中交谈过的事情呢。"

哼。

"你满脸不相信的神色嘛。"

怎么说呢？荣格也许会把这一点称作同步发生。我的父亲或许会把这一点称作难得的偶然吧。

行啦——花梨说。

"我本来就没想让你全部相信,事情非常离奇嘛,连我自己往往都不敢相信。有时我甚至这样想,这是不是仅仅做了一场连续性很强的梦呀?"

"嗯。"

"哎,总之,确实非同寻常,竟然会做这样的梦。我们姐妹的心在构造上肯定跟别人有些不同。那是一颗非同寻常的心,它能做出非同寻常的梦来。"

"不过,我们这些人有时也有这种感觉呀。"

"哪种感觉?"

"多次造访同一个地方的眷恋感觉。有时也做类似的梦。"

我回忆起了自己跟妈妈共同生活过的那个梦中的房间。

是啊——她点了点头。

"是的,这并不是唯独我们姐妹享受的专利嘛。梦是大家共有的呀。"

哎,总之,就是这样一种梦——她说。

"嗯,就是这样一种梦。"

后来呢?——我催促着她。

"……于是，我渐渐害怕了起来。"

"害怕做梦了吗？"

花梨慢慢地点了一下头。

"因为，我眼看就要陷入到梦的困扰之中了。"

"困扰？"

"对。我睡眠的时间逐渐拉长。我感到有一种最终将难以从中自拔的恐怖。"

这时，花梨停止了说话，看了看我的眼睛。

"刚才，你问过我姐姐铃音在干什么吧？"

她这样一说，我便领会了她刚才那个莞尔一笑的含义。

"是这样啊。你姐姐如今还在……"

"是的。从十岁的时候开始，她已经连续睡了二十多年了。"

十岁那年的某一天，她便进入了长眠状态，打那以来一直睡在医院的病床上。

"有一天，我自己回来了，留下她一个人。我害怕。我既不想离开妈妈和爸爸，又觉得那个世界并不是自己的久留之地。"

她好像在追忆遥远的过去，眯缝着眼睛凝视着灯光笼罩下的水槽。

"当时,我拼命地想回来,一直在梦中到处寻找归路。我觉得梦本身似乎具有意志,我有一种它不想放我回来的感觉。"

"不过,花梨还是回来了吧?"

"是的。不过,从入睡的那一天算起,已经过了一个星期。不知不觉当中,我便和姐姐失散了。她没有回来。姐姐喜欢那个地方,那是一个令人感到眷恋而又温馨的地方。"

花梨平静地接着说:

"打那以来,姐姐就一直睡着。虽然年龄相应地增长了,但是她睡梦中的面容仍然保持着少女状态。也尝试过各种治疗,但是她终归没有醒来。所住医院也变了好几家,结果都是一样。她仍然还在那里。"

"那,花梨怎么样?有时候还去那里吗?"

花梨用严厉的目光看着我。我一直坚持没有移开视线,我发现她的眼睛已经开始湿润。

"今天晚上。"她说。

"我就到那个地方去。"

※

我一直躲避着它——她说。

"这种梦非同一般吧?它的入口位于深度睡眠的底层。所以,如果能保持浅度睡眠,就可以跟那个世界拉开距离。正因为如此,我一直在服用药物。"

"那种药物是……"

"对。那是防止睡眠的药物。我只能在黎明时分稍微打个盹儿。这一点,已经坚持了二十年。"

我一时无言以对,她微微一笑,似乎在说:"这没什么了不起"。

"习惯以后,总可以应付。而且我相信,睡眠对我来说肯定有着与众不同的意义。总之,因为害怕梦的困扰,我一直坚持不睡。我自己也知道。一旦陷入梦的困扰,我肯定也会跟姐姐一样。所以,一直坚持不懈。"

她悲凉地微微一笑。

"我希望我跟姐姐能有所不同,所以一直装作完全另外一个人的样子。头发剪得像男孩子一样短,穿的不是裙子而是长裤。而且,使用的是男孩说话方式。"

"所以,那种……"

"是呀。所以,我才打扮成那种样子。"

"你当时说清楚就好了呀。"

听了我的话,花梨使劲地摇了摇头。

"那不可能啊。当时,我还感觉这是一种让人感到羞耻的什么病呢。而且,尤其不能对你说。"

听到"尤其不能对你"的话,我的心不禁一阵疼痛。正因为如此,我应该有所觉察。有所觉察的应当是我,而不应当是其他任何人。

她喝完红茶,轻声叹了一口气,又继续往下说:

"药物都有抗药性吧。"

"所以,习惯以后,必须更换其他药物。为了追求效果,必须换成药性更强的药物。不过,即使如此,身体还会渐渐习惯。这里便有个副作用的问题。因此,现在已经到了极限。"

"什么极限?"

"已经没有其他药物了呀。但是,眼下的药物又不起作用。睡眠无疑要向深度发展。虽然现在只是打一个小时的盹儿,但是其间我跟那个世界已经相当接近。"

"你所谓的接近是什么含义?"

"怎么说呢。就是我作为一个稀薄缥缈的存在待在那里。漂浮在半空,俯视着那个地方。"

"简直就像幽灵一样呀。"

"啊,确实是。就是那种感觉。而且,我知道其密度正在逐渐增大。自己正利用重量和风吹不动的肉体试图在那个地方抛锚。"

"那,你这种感觉是从什么时候开始有的?"

"开始于电影获奖的时候。最初,只是极其微小的一种征兆。"

这时,她稍稍歪歪脑袋。

"而且,我也累了,也想好好睡一觉了。我知道模特儿的工作也好,女演员的工作也好,我都不适合了。"

"不过,你当时不是正处于巅峰时刻吗?"

"当你发现所剩时间不多的时候,事情的轻重缓急就会发生变化。我是这样想的,如果追求幸福的话,与其继续工作,不如到你和佑司的身边来。"

且不说我们曾经那样相恋过——她说。

"对我来说,还是十四岁时的恋情最重要。"

我们的视线重合,我们静静地对视着。那是一种不可思议的情感。我们沉浸在悲哀之中,同时也燃起了激昂雄壮的决心。我的脑海又浮现出了每天晚上在芒草荒原守卫她时的那种带有热度的磅礴气势。

"你能到这里来,我很高兴。"

我说。

"啊,我也觉得能见到你很好。尽管不知道这一天何时能够到来,但是心里一直想跟你在一起。哪怕你和美咲走到一起那也没什么,我愿意在一旁看着你。我有些奋不顾身了吧?"

"确实。有些不像花梨。"

"不过,真正的我就是这个样子。你可不要被表面现象所迷惑。"

"是啊!"

我们相互小声笑了笑。

"我们相互的心情已经相通,不能再有些时间享受这种喜悦了吗?"

我最后再一次这样问她。因为,她还没有说明今晚出发的理由。

"那不可能了。很遗憾。"

"是为了佑司吗?"

她停止一切动作,看着我的眼睛。

"你凭什么这样想?"

"凭感觉。瞎猜。"

"我启发过度了。"

"也许。"

哎,是啊——她点了点头。

"我去把他呼唤回来。"

"他同样陷入梦的困扰了吗?"

"啊。他正迷茫地彷徨着。如果这样下去,不久他将无法返回。佑司就将不再归来。"

14

我似乎明白那个地方是个什么样的去处了——形形色色的人用各种各样的语言作过多种多样描述的"那个地方"。

"那个地方就是所谓……"

听到我的自言自语,花梨抬起了脸。

"我是这样想的,那个地方恐怕就像《青鸟》一书中那个回忆中的国度一样。"

是的,也有人这样称呼它。

"不管怎么说,那是一个不可思议的地方。"

"是啊。"

"不过,知道有那么一个地方,这对我倒也是个安慰。"

"啊,的确是呀。"

也许是睡意降临的缘故,她打了一个小小的哈欠。她发现了我的目光,悲凉地笑了笑。

"我早上就停了药。所以,如果这一次睡着的话……"

"闹钟会不起作用……"

"不要沮丧着脸。这是最好的方式。总有一天我要到那里去。这样的话,即使稍微早一点,也没有什么大的妨碍。而且,我想,现在去肯定能唤回佑司。我好像有这种感觉。"

突然,犹如获得天启一般,我的脑海里浮现出了一个记忆。

"莫非……"

面对这个事实,我有些兴奋。

"孩提时代,佑司在葫芦池溺水时梦中邂逅的少女就是……"

大概吧——花梨说。

"我的记忆并不是特别清楚。我当时还很年幼。不过,佑司一直说那就是花梨。"

"果然……"

"我们姐妹非同一般嘛。我也许能够那样。"

花梨抓住了我放在柜台上的手。她的手照样冰冷异常。

"哎，你想想看。"她说。

"这肯定是什么人安排好的一个结局圆满的电影剧本。事实是这样的吧？我认为，我们三个人在这个时间重逢并不是偶然的。我是为了去帮助佑司才这么来见你。你不这样认为吗？而你也许就具有催化剂的天性。"

"催化剂？"

"啊，由于你的存在，周围的人开始发生化学反应。夏目君和美咲也是这样。他们二位似乎也是你引荐的结果吧？"

"确实是这样……"

"所以，我们的重逢是别有意义的。这绝不是你父亲所说的那种难得的偶然吧？"

尽管如此，这件事要想结局圆满，必须最后来个大团圆。我思考片刻，然后对花梨说：

"我明白了。"

我做出了一个极其勉强的笑脸。

"肯定会像花梨所说的那样。你们姐妹具有进入梦中另一个世界的天性，这恐怕也是源于上天赋予你们的一种力量，以便通过你们把某些人唤回这个世界。"

我用力握了一下跟花梨连在一起的手。

"我也拜托你啦。请把佑司呼唤回来。他还没有得到他在这个世界应当享受的幸福。上帝对他的恩惠还绰绰有余。应当让他活到100岁，领取幸福的养老金。"

花梨点了点头，我不失时机地接着说：

"而且……花梨也一定要回来。你跟你姐姐不同。没有必要长期睡下去。"

她似乎想说什么，张了一下嘴。我制止住她继续说道：

"我还是要等待。只要有人可等，就会有一种很快回来的感觉吧？"

她紧紧咬住嘴唇，使劲摇着头。

"不行。"

她痛苦地这样自言自语着。

"不要等了。我不想糟蹋你的人生。我根本没有醒过来的把握。光靠我的意志是解决不了问题的。"

"尽管如此，这也不是什么过分的赌注。如果佑司能够回来，花梨也一定……"

"我们特别呀。我说过我们是带着一颗与他人不同的心降生的吧?我们在降生之前,就被一条那个世界看不见的纽带连在一起了。这正如幽灵一般。"

"不过,相对来说,你面部的血色倒是很好呀。"

花梨用含着眼泪的眼睛向我投射着严厉的目光。

"别胡说。所以,我本来不想跟你说。我暧昧地离去,你找不到判断的线索,过不了多久就会等得不耐烦。这样一来,我也就会毫无留恋地入睡……"

她就此闭上了嘴,低下了头。她那遮挡着面颊的长发发出了柔和的光芒。那只我紧紧握着的手微微颤抖着,我仔细一看,她手背上那条鸭跖草花色的静脉,已经绷成了罗马字 K 的形状。

"那么,就这样说定了。"

我用温情而又充满自信的声音说。

"我也不例外,我要寻找自己的幸福。"

她抬起头来,眼睛湿润发困。

"什么意思?"

"字面含义呀。我将努力争取幸福。"

她用怀疑的目光凝视着我的脸。

"你给你的幸福下个定义。"

确实,又转到这里来了。我稍做思考之后,做了这样的回答:

"跟所爱的人结合,终生相依为命。"

"找一个并非是我的其他人?"

花梨问。

"嗯。这同一片蓝天下的一位命中注定的女性。"

我会努力的——我对她发了誓。

"真的吗?"

"真的呀。"

我会努力。这的确是真的。不过,我想,我将来肯定不会喜欢除花梨以外的女性。所以,即便导致我孤身在店里继续等待花梨的结果,这也不等于我跟花梨撒了谎。我可以说我是做了努力。但是,没有成功。

我思念她已经十五年了。也试着跟第二个喜欢的女性进行过交往。但是,我发现我不应该做自己不习惯的事情。我不适合谈复杂的恋爱。其实我好像根本不会谈。十五年也是弹指一挥间。我四十五岁时回想起今天的事情,恐怕也一定会有这种感觉。而且,六十岁的我回顾四十五岁的自己时,同样还会这样认为。既然这样，我想尽量简捷行事。没有时间再看着这个想着那个。这主要是个容量的问题。我的抽屉已经让她占满。仅此而已。

"什么？"

她看着我的脸问道。

"你说什么？"

"你好像很高兴的样子嘛。有什么鬼点子了吧？"

不——我摇摇头。

"我发誓。我要努力。"

我再次重复一遍原话，她反复地端详着我，考虑一阵之后作了裁决。

"我相信你。不，我是想相信你。因为我不希望我的来访会改变你的人生。没有问题吧？能幸福吧？"

嗯——我点了点头。极力隐藏着政治犯的笑容。

"对了。"我说着问她。

"花梨的幸福是什么呢？请你定义一下。"

她耸了耸肩膀，斩钉截铁地说：

"跟你一样啊。爱。而且，一直爱下去。"

瞧瞧呀——我在心中摊开了双手。若是这样，我已经幸福,今后也肯定幸福。尽管相距遥远不能交谈,但是,在同一片蓝天下,毕竟有我喜欢的女性,她在沉睡中梦牵故乡。而且,我知道她也爱我。这不是幸福是什么呢?竟然要等待睡眠人的苏醒,这确实是个非常奇特的远距离恋爱,但是它同时也会让人感到其乐无穷。在某种意义上说,这不正是简捷而适合于我的一种恋情吗?如果这是预先安排好的事情,那么我愿意服从这位天人的旨意。随波逐流,任人摆渡,这就是我的感觉。

"不到我的房间来一下吗?"

我稍感紧张地问她。

"我有件东西想给你看看。"

花梨像初次接受约会邀请的少女一样,脸上浮现出了期待和不安的表情。

"是什么呀?"

"你过来就知道了。"

她点了点头,从凳子上直起腰来。我在前边带路,走上楼梯,打开了"自家"的房门。

"请进。"我说。

"这就是我的房间。"

15

"这个房间狭窄得很嘛。"

她进入我的房间之后,发表了这样的感想。

"不过,倒是出人意料地整洁。"

我把脚下的水族杂志往床下踢了踢,对她说:

"如果东西乱扔,就没有睡觉的地方了。"

"这张床很可爱嘛。"

"咳,我这个体型的人,睡单人床很难受。"

她在床上坐定之后,再一次审视一下房间内部。

"不过,很叫人开心。有一种男孩子房间的感觉。"

"尽是一些破烂儿。"

"后面是厨房吗?"

"是的,还有淋浴和厕所。"

"按公寓来讲,这是 1K 房间呀。"

"如果有机会,我准备扩建一下房间的数量。还有余地。"

"啊，很棒嘛。存了钱就增加吗？"

"嗯。不，结了婚就……"

"啊，是吗。是的，确实应该。"

她毫无意义地做了一个清除床铺灰尘的动作。

"行了。"我说着指了指床脚一侧的墙壁。

"你看看这个。"

"这是什么呀？"

她趴着沿床面爬了过去，到尽头直膝立了起来。她确认过那儿的那件东西之后，用惊异的表情看了看我。

"你说的是这个……"

"是呀。"我说。

"佑司画的画。分别那天交给我的，画的是镇上的风景。"

她用认真的眼神凝视着画面。

"从我的房间可以看到的外景。"

"啊。我记得。去你房间的时候，我看见过。"

她用手轻轻抚摸着镶嵌绘画的镜框边缘。

"真令人眷恋呀……"

"这么说，这样往墙上一挂，恐怕就会感觉到那里有个窗户,可以看到那个镇子的景色吧?"

"是啊。尽管时间和地点都发生了变化,但是当时的风景在这里还是依然如故。"

"水田一望无边呀,冬天特别冷。"

"所以,我们三个人和一条狗总是蜷缩在休谟管里。"

"我们每天到底都谈了些什么呢?"

"都是些孩子气的事情。不过,谈得倒是非常有趣。"

"夏天大家还一起采过水草呢。"

"有水虎耳草……"

"是的,还有菹草、宽叶水韭……"

"还去抓过萤火虫呢。黑暗当中,我们手牵着手……"

我真想回到那个时候去——花梨说。

"如果穿过这个窗口,能回到当时那个镇上该多好。"

"我也时常这样想。我真是不懂自己年纪轻轻的为什么会变得这么具有怀旧情趣。"

"不过,普鲁斯特也是在三十几岁的年轻时代开始撰写《追忆逝水年华》的呀。这是人所共有的本能吧。"

"喜欢追溯逝去的岁月吗?这简直有点儿像鲑鱼的归巢本能。"

"诞生时间所具有的向心力,似乎与之相距越远就越强。这个向心力同距离成反比关系。"

"这么说,这种眷恋之情会越来越强呀。"

"是的,我们渐渐就会被幼年时代母亲的温情、孩提时代听到的歌谣等东西吸引过去。"

"而且,我们俩就会经常重返初恋。"

"是的,就像现在这样。"

她从床上下来之后问我:

"我可以借用一下你的淋浴室吗?"

因为事出突然,我停顿片刻才予以回答。

"可以呀。"

"你不会期望过高吧?我只是想在进入睡眠状态之前清洁一下身体。"

"啊,当然。"

"当然?"

"当然,我认为会是这样。"

她莞尔一笑,"咚"地用手推了一下我的胸部,侧身从我身旁穿了过去。一种奇妙的倦怠感顿时涌上了我的心头,我原地不动地坐在了床边。这时,淋浴室里传来了她的声音。

"这里也收拾得很干净嘛。"

在她声音的引导之下,我抬眼看看厨房里间,只见花梨正在脱她那条粗布长裤。我的眼睛不禁被她那超乎想象的、看上去颇具重量的腰部吸引了过去。花梨发现了我的视线,脸上露出一种看似喜悦的神色。

"没什么。"她说。

"让你随便看。这是最后一次了。"

不——我说。

"你'不'什么?"

她把挂在脚尖上的粗布长裤踢到半空。裤子画出一条弧线,消失在我的视野之外。

"不……行了,我感觉你的腰部很敦实呀。"

九十五厘米。——她说。她手指插入白色内裤,面朝我这个方向站着。

"九十五厘米?"

"是臀围的尺寸呀。比珍妮佛·洛佩滋①小三厘米。其他的呢?"

"不,可以了。已经足够。"

"哎呀,欲望不大嘛。"

花梨从内裤里抽出手指,直接抓住T恤下摆,一下子将它脱了下来。竖长的肚脐和造型简洁的胸罩露了出来。同她的面颊一样,丰满的胸部同样放射着绘图纸一般的光芒。我突然想起了十四岁那年夏天在森林环绕的湖畔第一次看见她泳装形象时的事情。十五年来,她已经长大许多。不,"许多"这种说法过于保守。她那纤细得犹如丝线偶人一般的身姿,如今已经出落得如同泡沫中诞生的爱情女神一般。

"有些发胖了。"

花梨说。她把手伸到背后准备脱掉胸罩,于是我把视线落到了地上。她已经说过"让你随便看"

---

① 珍妮佛·洛佩滋(Jennifer Lopez),1970年出生于美国。她主演过《曼哈顿女佣》《怪兽婆婆》等电影,是欧美歌坛、影坛两栖明星。多次被各大娱乐、时尚杂志评为最美丽的女人、最完美的身材。

的话,所以本来没有这个必要,这揭示出了我这个人的极限。她没有现出特别在意的样子,接着继续往下说:

"我总共去吃过四次糕点套餐,真好吃啊。跟这种幸福相对而言,腰围倒是贬值了两厘米。"

"增加了两厘米吗?"

"是啊。突破六十厘米大关了。不过,好在已经没有任何人在意我这件事了。"

"不,我在意。花梨的事,我全都在意。"

"是吗?"

我抬起脸,凝视着介乎她和我之间的那个暧昧的空间。我模糊地看到花梨正屈身从脚部脱掉内裤。

"确实。"我说。

"确实吗?"

"确实是两厘米。"

她"忽"地发出一个似在恫吓的声音,然后扑哧扑哧地笑了起来。

"喂,求你一件事。"

"什么事?"

"你能不能下去一趟,帮我把替换的内衣拿来?

我一不小心忘记了。"

"嗯，可以。"

"我特意为今天准备的珍藏衣物，全都装在手提包的口袋里。"

这句话突然把我拉回到了现实中来。她就像在说社交聚会时所穿的礼服一样，其实她所谓的内衣在含义上要深刻得多。

我站起身来，朝通往楼下的门边走去。手摸把手向外将门推开时，我下意识地回过头来，全裸的花梨映入了我的眼帘。她双腿交叉着倚在最尽头的墙壁上，用一只手捂着胸部。就像知道我正在回头张望一样，她现出了从容的微笑，并在脸旁摆动着另一只空着的手。我慌忙地把脸转向前方，几乎滑落一般下了楼梯。

我进入柜台，寻找她的手提包。原来手提包塞在凳子底下。因为她说东西在口袋里，所以我打开侧面拉锁在里边寻找。从第一个口袋里找出一把万能刀。不是这个。我又拉开旁边的拉锁，伸手摸了摸。触摸的感觉告诉我那是书。取出来一看，原来是新版的《花生》。我立刻想了起来。这就是她在垃圾山的"起居室"里经常阅读的那本书。她说这套丛书她有几十本。莫非这就是其中之一吧。虽然书本身已经很旧,但是看得出保存得很是精心。我倍感亲切,哗哗地翻了起来,于是有一张也许是夹作书签的小卡片掉在了地上。我将它拾起来看看正面,一时间我便用麻木的头脑跌跌撞撞地苦思冥想起来。

这张照片是怎么从我那公寓的房间转移到《花生》中来的呢?

毫无疑问,就是那张我和花梨在林中湖畔一起泼水的照片。

然而,仔细一想,这种照片在这个世界上本来就不是只有这一张。我花了好几秒钟的时间才意识到这一点。她是把加洗的另一张照片夹在这本书里带在了身边。确实如此。这也是个难得的偶然。(恐怕)十五年来两个人思念初恋对象时所凝视的照片完全是同一张。听到父亲谈到这张照片时,花梨对偷偷藏在提包里的孪生子的另一半曾经作过何种感想呢?从她闭口不谈来看,这对她来说肯定也是件难以启齿的事情。她可能会说"那不是我的性格"。我也这样认为，所以觉得这件事非常意外。我反倒有些羞愧脸红了。我不是通过当面接受告白而是通过这种暗中窥视的方式知道了她的心事，不知为什么这使我的心脏跳动得异常激烈。全裸的她，从肉体到灵魂都格外可爱而又刺激。

这时，我觉察到耽误了很长时间，急忙把照片和书放回原处，去开最后一个拉锁。我把手伸进去摸了一下。有一种颇为柔软的感觉。拿出来一看，原来那是一个透孔网袋。袋口用线绳拴着。打开一看，发现里边装有雪白的内衣。一件没有任何装饰的、朴素无华的内衣。当然，肯定是初次使用的新品。若不然，她不会拜托我做这种事情。她将身穿这件内衣进入长眠状态。想到这里，这块又白又软的织物，在我眼里就成了神圣仪式的盛装——上嫁仙界所穿的礼服。我在脑海里胡乱地想象着她身穿内衣而睡的姿态，而且它每每都让我为之"震惊"。其睡姿虽然美得让人张口结舌，但它同时又确实会让人联想起"死"，这又让我非常悲哀。怎么说呢？它让我产生一种沉重压抑的情绪，似乎我看到的并不是她，而是"永别"一词的真意。我使劲闭上眼睛，将它赶到了黑色的背景深处,取而代之的是她在淋浴室里微笑的残像。她的阴毛在竖长的肚脐下方掀起了宛如泉水深处的水草一般柔软的波澜。

回到二楼之后,我直接来到里间的淋浴室。她正在毛玻璃门里面淋浴。

"很慢嘛。找不到吧?"

这时,她那皮肤颜色的人影摇动一下,我知道她已经转过身来。

"不,没问题。放在这里吧。"

"谢谢。麻烦你啦。"

"不,没什么。"

"不,我认为这可能已经超出了你的知识范畴。"

"你不要小看我呀。"

我说完以后,听到她开心地一笑。是的,这种感觉如果能持续到最后就好了。我这样盘算着回到了房间。

我坐在床上,考虑了所剩时间的问题,考虑了以后漫长路程的问题,同时也联想到了花梨所说的奇异的梦幻世界。尽管这是一件很难让人马上相信的事情，但是我发现自己正在试图相信。如果那里是个"客观的"存在，那么这对她的确是个安慰。她会比现在更加痛快地进行呼吸。

我突然抬头一看，花梨已经来到了眼前。内衣外面套了一件印有特拉休头像的 T 恤。特拉休在她胸部的两个突起之间现出一副茫然不知所措的神情。

"这个借给我穿一穿。"

花梨说。

"那里同时晾晒着四件同样的 T 恤。"

"嗯。那是我的室内便服兼西式睡衣。共有七件，平时总是每周集中清洗两次。"

"我仔细一看，特拉休头像的下面还印着序号。这件印的是二十八号。"

"当时总共做了三十件，作为商店开业纪念品分发。剩下的七件就供自己使用了。"

"那就是说只有二十三件有人领啦？"

"好像是。"

花梨仰望着空中，像魔术师一样在胸前摊开了双手。

"那么，一时半会儿还谈不上扩建房间呀。"

"是的。"

她在距我身旁五十厘米的地方落座,并以屁股为轴心旋转过来,然后就躺在了床上。她"呼……"地吐出一口气来,说了声"舒服极了"。我回头一看,T恤向上翻开一大截,内裤和看似柔软的下腹都裸露在了外边。

"这样不好吗?"花梨说。

"我是打算犒劳你一下。"

"不,我实在是感激涕零。而且,我还有一个新鲜的发现,简直不敢相信当年那个花梨已经变成了现在这个样子。"

"你想跟我做爱吗?"

花梨问。她的表情是认真的。我一时不便作答,但她却首先开了口。

"我想。我想让你抱抱我。"

不过……——花梨说。

"绝对不能怀孕。长眠过程中肚子大了可不行。"

"嗯,是的。"

你知道《玫瑰公主》这个故事吗?——花梨问。

"不,不知道。"

"格林童话里面有。因为触怒妖精而遭诅咒的公主小姐,让缠线板刺了手指,然后进入百年梦乡的故事。"

"啊,是《睡美人》啊。"

"啊,那是法国版本。不过,意大利版本更厉害。"

"厉害在哪里?"

"进入梦乡之前的内容基本相似,但是这时出现了一位国王。"

"啊。"

"那个国王很厉害。竟然让睡梦中的公主怀了孕。而且,离开她以后,就把事情忘到了九霄云外。"

原来如此。——我领会了她提出这个故事的原因。

尽管如此,这位国王的放纵行为,跟我的行为规范还是相距甚远,我有一种难以置信的感觉。尽管这是一个虚构的故事。

竟然让睡梦中的公主怀了孕?

"而且,她不久便在睡梦中生了一对双胞胎。婴儿吃着她的奶水逐渐长大。"

"这同样很厉害呀。"

"啊,孩子们自制能力也很强。"

"好像蜘蛛的孩子一样。"

听到我的这句话,她现出了稍显心虚的神色。不过马上就恢复了原来的表情。

"后来更有趣。"

她说。

"婴儿到处找奶头想吃奶,最后误吸了公主的手指头。于是手指上的刺儿和线头吸掉了,她苏醒了过来。最后,她历经沧桑,终于跟那位国王喜结了百年之好。"

"百年之好?"

"好像是。"

哼——我说。我一点也不觉得好。这不就是一个男人胡作非为的故事吗?难道这个男人心中不存在"克己"二字吗?而且,我还觉得,那位唯唯诺诺地接受这个男人的非礼行为的公主也有些问题。

"如果我怀孕的话,孩子也会让我苏醒过来吗?"

花梨凝视着天花板说。

"那不可能。在我看来,那段插曲似乎就是那个胡作非为的男子编造出来的,其目的就是要把自己的行为正当化。"

"那是个故事。"

"咳,话是这么说呀。"

见我怒形于色,她扑哧笑出了声。

"智史平时就没有作避孕的准备吧?"

花梨问。

"没有。"

我说。

"就像沙漠上的居民用不着带伞一样。"

她点了点头,眼睛依然凝视着天花板。

"这样的话,不避免冒险不行啊。"

"我也这样想。"

她挪动一下身体,用手啪啪地拍打着身旁空开的位置。我"心领神会"地点点头,躺在了她的身旁。

"地方很狭窄呀。"

"啊。没有预计到会有人睡在我的身旁嘛。"

"你的性生活是个什么情况?"

"跟十四岁的时候没有太大变化。啊,尽管极个别时候也会出于某种兴致产生成人情绪……"

"宛如沙漠下雨一般?"

"是的,宛如沙漠下雨一般。"

"这么说,我再早一些来到你跟前就好了。"

"嗯。"

"每天下雨都没关系。"

"那可真厉害。"

"不过,我几乎是在拼命。"

花梨双手伸向天花板方向,把手掌举到照明灯光之下。

"简直不顾后果了。不然的话,似乎马上就会被吞噬掉。"

"被吞噬到那种梦中吗?"

"嗯。也许是的。"

我也学她把双手举到灯光之下。我右手的小手指跟她左手的大拇指碰到一起,我们自然而然地牵上了手。然而,此后却再也不能自然而然了。

"我有点儿冷。"

她说着松开手,抱住了自己的胸部。她这肯定是故意为我提供机会。我转动身体面朝着她,然后把手伸到她那小小的脑袋下边向前一拉。另一只手则伸到她的腰部用力一抱。花梨顺势翻转过来,跟我紧紧贴在了一起。感觉格外地好。两个人的脸相距不到 5 厘米。

"真的可以吗?"

花梨看着我的眼睛问。

"没问题。我跟那位克制能力如同老鼠的国王不同。这样就已经足够了。"

而且……——我接着说。

"我蛮喜欢这样。所谓正餐前的小菜。"

"没有正餐也可以吗?"

"可以吧。"

"我很早以前就想过。"花梨说。

"你这个人很怪。"

"我以前听你说过。"

"就像一种濒临灭绝危机的生物的后裔一样。"

"我一直认为佑司是这样。"

"啊,是的。"

花梨悲伤地微微一笑。

"他给人的感觉也是这样。"

她挪动一下身体,让腰部和胸部跟我贴得更紧。似乎这样仍然不够,花梨盘起腿,把双手伸到我的背后，将自己依偎在我的怀抱。花梨的嘴就在我的喉部附近，嘴里传来了她这样的声音：

"我跟佑司相识是在小学五年级的时候。"

"是的。佑司也这样说。"

我漫不经心地抽出放在她背后的手，然后伸到她的内裤里边。里面光滑而又非常清爽。她并无特别在意的样子继续说：

"当时他也受人欺负。"

"于是，花梨通过拳脚相加给他摆平了吧？"

"啊，是呀。欺负佑司的人，我是不会放过的。"

"一开始就情投意合吗？"

"嗯。一看见他，就感到他纯得叫人可怜。就有些放心不下了。"

"很早以前我就想问一问……"我说。

"花梨对佑司是怎么认为的呢？"

"什么怎么认为？"

"也就是说，作为一个男人……"

啊——她点了点头。柔软的头发在我鼻前摇动了起来。

"我们的确是紧紧连在一起的，不过并没有这种腰部簇拥呼应的感觉。肯定是结识时过于年幼了。我没有过眼睛离不开佑司嘴唇的时候。"

"爱的冲动竟然这么肉麻呀。"

"喜欢男人本身是一种颇为有形的感觉。心情激荡,毛孔都能放射出一种难以名状的东西。"

"那是什么?"

"爱的有机分子。微型情书。"

这是她理工科出身特有的表达方式。

"正因为如此,即使没有人教授,陷入情网的男孩和女孩都会接吻,不久还会发生性关系吧?"

的确如此。

喂——花梨说。

"你和我之间再有一个什么人……"

我稍微动了动腰部,变换了一下位置。

"请你不要在意。他同样是爱你。"

"是吗?"

"是呀。"

"在我屁股上的某个人也……?"

"啊,他肯定是对微型情书发生了反应。那就原封不动地把他放在那里好了。"

她扑哧笑了出来,我的喉部一阵发痒。

"我一定会把佑司送回来的。"

她说着吻了吻我的颈部。

"包在我身上吧。打那以来,我一直照顾着佑司嘛。我已经习惯了。"

"嗯,我相信。拯救一下我的朋友吧。"

"明白。"

然后,我们亲吻了很长时间。十五年来,我们也都多少积累了一些经验,已经能用嘴唇和舌头做出种类繁多的动作。她的嘴里已经没有苏打水的气味和不锈钢的味道了,有的只是柔软而湿润的感觉。我把手伸进她的头发确认着她那小小的头型。伸在内裤里的手似乎也很得意,自然而然地四处探索着。她的气息激烈起来,动作失去了控制。她用双脚夹住我的大腿,重复着舒缓而有节奏的运动。我们所做的动作已经近乎性行为。虽然不是本来意义上的性行为,但是我们享受到了一种堪称精华的性行为精髓。

不久,我们俩的位置发生了变化,她骑在了我仰卧着的身体之上。花梨的头发犹如瀑布一般从白嫩的脸膛四周飘落下来。发尖碰到我的脸上，不时弄得我隐隐作痒。我把手伸进她的 T 恤里边，确认那里有一处突起。转瞬之间，我觉得这个进展可能超出了她的预想。然而，在接下来的一瞬间，我便解开了她那神圣洁白的内衣暗钩。我的双手高兴地接住了她那获得自由的柔软乳房。她的呼吸顿时急促了起来。

不久，她已经支持不住自己的体重，犹如一摊烂泥一般倒在了我的胸脯上。

呼……她深深叹了一口长气。

"再发展下去就……"花梨气喘吁吁地说。

"就无法挽回了。已经到了极限。"

OK——我说。

"小菜到此结束。"

我们做了应当做的事情。应当做的事情也就是什么也不做。

不过，最后再来一次——花梨说着又吻了吻我的嘴唇。她把一只手放在我的胸部，柔软地屈身抬起头来，然后用另一只手梳理一下头发。

"简直难以相信。"她说。

"什么?"

"我们会这样。"

"嗯,我也感到有些不可思议。那个花梨和这个智史……"

"是的,那个智史一直抚摸着这个花梨的屁股。"

"真是感慨颇深。十五年了呀。"

"从接吻到今天这样,我们花了十五年的时间。"

"嗯。接下来……"

她平静地摇摇头,然后从我身上下来,坐在了一旁。她把手伸到背后,系上了突起处的暗钩。然后又躺下身来,身体并排紧贴着我。她把头依偎在我的肩部,嘴唇对着我的脖子。

"我想最后再观看一下你快步如飞的样子。"

会有机会的——我说。

"观看的那一天,终究会到来。"

"那时候,我们也许都老了。"

"那以前,我一定顽强坚持练习,以便让你观看。"

嗯——她说。然后,她闭上眼睛,打了一个哈欠。

"让我就睡在你的身旁吧。"

"好的。就这么好好睡吧。"

"帮我把下身穿好。"

"没问题。包在我身上。"

"我睡着以后,你不要总看着我。怪不好意思的。"

"嗯。"

"把我送到妈妈那里去。我已经跟她联系好了。"

"嗯。"

"父亲正在照顾铃音。他好像让姐姐迷住了一样。一门心思等待睡梦公主的苏醒,根本顾不上妈妈和我了。"

你可不要这样——花梨说。

"没问题吧。我们有约定吧?"

"没问题的。"

她点了点头,我的脖子感觉到了这一点。

"我爱你。"

花梨用一种似有若无的语调说。

"能够这样,我高兴极了。我根本没有想到会以这种形式进入梦乡。能对你说一声'爱',我感到非常幸福。"

"嗯,是啊。"

"我原来是打算只身一人离开的。什么也不告诉你。你跟美咲结合会有幸福,所以我一直对自己说:这就可以了。"

"那样的话,我没有把自己的心事告诉你,我会后悔一辈子的。我肯定会没有任何思想准备就跑到你的家里去,见到你进入长眠状态,我肯定要大吃一惊的。"

"嗯。那么,还是这样好吧?"

"是的,我认为,这是可以期望的最好形式。"

花梨放心地轻轻叹了一口气。肩部则大幅度喘动着,并且反复打着哈欠。

"佑司一旦苏醒过来,以后的事就拜托你了。"

她用更加微弱的声音对我说。

"嗯,那以后由我负责。你放心好了。"

"我们是最好的伙伴。"

"是的。"

"如果我们不帮助他……"

"嗯。"

"他正在为找不到回家的路而徘徊。"

"嗯。"

"哎，我还是不想走。……想留在智史身边。"

"没问题。我一直抱着你。"

"以后有机会再见吧……"

这个声音小得几乎听不见了。

"在一个漫长的旅行结束时……有机会，再……"

"是的。我满怀期待地等待着。等待你苏醒过来。"

"是……为了见到你……我……"

"嗯。"

"一定……"

"嗯。"

这时，她说话的声音突然清晰了起来。

"那好，我走了。"

最后就是如此。虽然她的嘴唇微微张开一条缝，但是能够听到的只是平静的睡眠呼吸。面颊上留有一条不知何时流淌的泪痕。形状漂亮的睫毛上也残存着几滴透明的圆形水珠儿。

我用手指将它擦了下去。

"休息吧。"

我说着吻了一下花梨的额头。她已经没有任何话语。睡得像孩子一样，脸上完全没有设防。时隔二十年之后,她终于进入了深沉而安静的梦乡。脸上现出了一种犹如获得某种解放一般的安详的睡容。按照约定,我抱着她酣睡的身体,精心地看护着她。

特拉休则在花梨胸部正中满脸困惑地看着我。

16

我把商店的事务全权委托给了夏目君,每天从早到晚都在佑司的病房等待他的苏醒。病房变更了,新的病房也是单间。花梨入睡已经过去三天了。佑司身上现在依然连着各种电线和软管。

见他至今仍然保持着幼年时期的面容,我的记忆总会情不自禁地飞回少年时代。相见时佑司正在凝视着非法倾倒的垃圾山。他下穿牛仔裤外套满是皱褶的套衫。蓬松凌乱的头发。还有他那副——黑框眼镜。我们俩隐藏在垃圾山后面避让着肉糜一伙。于是,我们进行了第一次交谈并且成了朋友。当时,他说:

"啊,我得走了。"

于是,我问他:

"走,去哪儿?"

我一直纳闷自己为什么会问这个问题。我这个不愿跟别人交际的人,为什么会关心一个初次见面的人的行踪呢?

不过,现在我感到好像明白了。我当时询问佑司,是为了来到"这里"。佑司引荐了我和花梨,现如今我又引荐了花梨和佑司。这一切都是别有意义的,恐怕我们并不是孤苦伶仃的个体,大家都是联系在一起的。任何人都可能是一个人和另一个人的催化剂,世界上充满着各种各样的化学反应。我想,这一定就是所谓的人生。

将花梨送走的时候,我从她的行李中借来了《花生》一书。我一边翻看,一边拼命为奔驰在连败街道上的不屈不挠的投手查理·布朗加油。我很久以后才发现佑司已经苏醒了过来。

"智史?"听到询问的声音,我才抬起头来。

我把椅子放在他的枕边坐下,但是对眼睛不好的佑司来说,这可能还是太远。他眯缝着那双大眼睛,死盯盯地看着我。

"是我。"我说。

"你终于醒过来了。"

花梨在哪儿?——佑司问。并且,调转视线在房间里到处寻找。

"回家的路是花梨告诉我的。本来说好一起回来的,但是……"

"嗯。她可能还要在那里待一段时间。"

"是吗?……"

"我马上叫医生去。"

"医生?"

"嗯。啊,现在你什么也不要想。一切都包在我身上吧。"

我轻轻从椅子上站起身来,然后离开佑司的床头,直向病房门口走去。

"智史……?"佑司用不安的声音叫道。

我回过头来,手背朝上向他伸出双手,告诉他不要动。他小声说了一句:"我知道。"佑司用不可思议的眼神看着连在自己身上的电线和软管。我出了房门,穿过没有人影的走廊,径直向护士值班室走去。

花梨——我在心中喊道。

你成功了。佑司回来了。你干得好。你真厉害。以后就看我的了。我会很好地接替你保护佑司。也许我的能力有限，但是我会努力的。我想，我也会干成功的。我毕竟还是你的恋人呀。我们是一对最好的搭档嘛。是吧？

17

"店长,这些水车前怎么处理?"

"啊,那个,每三棵捆一捆儿。另外,你再去后院拿一些水猫尾来。哎,我想要五棵。"

"好,知道了。"

我们忙得一塌糊涂。

由于葬礼、骨灰安放仪式等诸事缠身,我脱离店铺多日。为了处理滞留的订货要求,我们这些日子几乎是彻夜不眠地在高负荷运转。花梨留下的计算机系统,为我增加了客户。尽管我后来也对它做过几次修改,不过在互联网普及的大潮之下,现在本店销售额百分之七十以上的订货都是通过这个系统实现的。

"店长,这就可以了吧?"

从后院回来的奥田君问我。

他来本店工作已经三年了。我原以为他还会第四次去复读，不料他好像也意识到了自己的极限。大概他也跟我一样，记忆和认识的集成块有些问题。

"这是水虎尾。我说的是水猫尾。"

哎呀——他挠挠脑袋。嘴里带有一股花生酱的气味。肯定是在后院啃食了带有花生酱气味的减肥果。他的体重正以每年百分之十的速度递增着。

"您没有说'虎'字吧？"

"别说了。去换吧。"

"知道了。"

他再一次晃动着巨胖的身躯消失在了里间。这种时候，我总是特别想念夏目君。他绝不会出现这类差错。不可能出现。然而，任凭我再怎么想念，夏目君也不会回来了。我甚至希望他姐姐再给他写一封信。就说在本店工作对他的人生具有重大意义。但是，夏目君已经掌握了人生的重大意义。所以……那种话已经无法再唤回夏目君了。

他现在在法国。在那次决定命运的重逢一年之后，他追随美咲去了巴黎。本来他可能是想马上就去的，但是考虑到我一时陷入了窘境，再加上店里工作繁忙，他便一声不吭地推迟了出国日期。

如今，他正最大限度地发挥着自己的才能，大张旗鼓地进行着芳香油的进口买卖。最近，在附近的香草商店里，也可以看见他那以一个罗马字母"S"为商标的商品。

莫非他也发现美咲颈部并排的那三个黑痣了吧？我经常思量这件事。现如今已经结婚的美咲，其名字开头的字母已经改成"N"了，所以我觉得那也是很有可能的。

他们俩所生的孩子已经三岁了。去年领到本店来的时候，大家曾经一起牵手嬉戏。是个非常可爱的男孩。长得很像美咲。父亲似乎有些心灰意冷，不过这是毫无办法的事情，所以我只能在心中表示"歉意"。

实际上，在这五年当中，我先后也跟两位女性进行过交往。既然跟花梨说过要"努力"，那就应当彻底贯彻执行。然而，归根结底还是有些勉强。自己第一喜欢的女性长眠在一个遥远的世界里，第二喜欢的女性又跟自己店铺的职员结了婚，同样生活在一片遥远大陆的天空之下。我这个人天生拖泥带水，很难抛开一切从头再来。也就是说，新的女性无论如何也得从第三位开始。不过还是有困难。女性对这种情况都很敏感,所以每每刚一交往就会遭到她们的无情拒绝。

是的,我忘记叙述佑司这个重要事项了。他彻底恢复过来了。虽然花了很长时间,但是现在已经跟当初没有两样。奇迹般地没有留下任何后遗症。现在依然住在那家公寓。那个毗邻而居的女人,住进了他的房间,但是好像没有带来户籍。不过,给人的感觉好像能够这样一起生活下去。

"什么时候能让你妈妈还钱呀?"桃香经常问。

"总会有那么一天嘛。"佑司回答。

也许"那么一天"就在眼前。比如,有一天,佑司的母亲会突然出现并把钱递给他说:"这是借你的钱。"而且,一边说"对不起,让你久等了",一边流着眼泪乞求佑司的原谅。这样的情况也许真的会发生。

他的运气确实不错。他重新开始画画之后,我父亲曾经拿出去几张他的画。而且,一回来就告诉我们说:"那些画兴许会卖出去。"后来一打听,父亲走访的是他的战友。那个人有个经营艺术画廊的熟人，佑司的画就放在了那里。

打那开始，佑司的画便陆陆续续有了买主。现在，竟也有了偏爱的顾主，佑司甚至接受了委托作画。当然，还是有关垃圾的绘画。

一年以前，我开始养狗了。不过，那是佑司的狗。公寓不能饲养，他拿到了我这里。据说是一位志愿者转送给他的，这只狗也跟特拉休一样，声带做过手术。奇怪的是，它的叫声是"呼呼！"。毫无疑问，这根本不像叫声，几乎接近风声。佑司说他听起来是"咻咻？"。这实在是与事实大相径庭。桃香说它叫的是"嘟嘟"，这同样有过于造作之嫌。还是"呼呼！"准确。

"它同样也是一只长毛狮子狗。"佑司说。

"所以，我想管它叫特拉休。"

不过，因为那样太没有创意，所以就叫它特拉休二世了。这位第二代特拉休的年岁，同样已经很大了。

"那家伙死的时候，我一连哭了三天。"佑司说。

他指的是特拉休一世。我记得,如果拿人做比较,它似乎活到了一百岁。它是相当长寿的。

"我父亲死的时候,我都没有那样哭过。特拉休临死的时候,曾经看着我的眼睛,叫了一声'咻?'。好像是在问我:'已经可以了吗?我可以走了吗?'它肯定是扔下我一个人有些放心不下。"

"既然那么伤感,不养不更好嘛。"我试着说。

"嗯。不过,伤感也是赋予人的一部分人生呀。有了它,人生之谜就完全可以破解了。"

所以,你想一想——佑司说。

"如果这个东西没有必要的话,完全可以除掉这种感情。这对造就我们的上天来说,简直轻而易举嘛。失去所爱的人便悲痛欲绝,这在生物生存上是个很大的便利吧?而且,有的人还会跟随亲人之后而死去呢。"

"嗯,的确如此。"

"可是,赋予这种感情给人,其中肯定具有某种意义。"

"是吗?"

"我是这样认为。"

由于这个原因，我的店前至今还拴着特拉休二世。这同时也是一种可以预知的悲哀。然而，佑司却说："就那样好了。"

葬礼进行过程中，我也一直在思考这样的问题——这种悲伤到底具有什么样的意义呢？

※

父亲八十岁以后也没有得过一次病，我以为他肯定能活到一百岁。但是，还差好多天才到八十五岁生日的时候，他却平静地停止了呼吸。地点是在公寓附近的一个运动场上。父亲倒在四百米跑道的终点附近。那时太阳已经落山，恰巧一个遛狗路过的男子发现了他。不过，当时父亲早已迈开自鸣得意的强健脚步奔向了"那个世界"。那个男子发现的，只是父亲的躯体外壳。

令人奇怪的是，父亲的手表正处于秒表状态，数字显示为 64∶50。如果父亲以这个时间跑完四百米的话，这实在是个不可思议的数字。它远远超过了按年龄划分的世界纪录。可以说那已经属于神的领域。莫非父亲临终时看见这个奇迹的背影了吗？难道他是在捕捉追赶它的过程中，以这个不可思议的速度跑完了四百米，以致最后作为奇迹的代价付出了自己的灵魂吗？

不管怎么说，这个终结极具父亲的特色。他以他的方式完成了自己的人生。我对这一点很感自豪。

前来参加葬礼的人，多得令我吃惊。父亲交友非常广泛，很难想象他就是我这个不善交际的人的父亲。除了兄弟和侄子们之外，还有工作时的老熟人、吉他教室的伙伴以及同住一个公寓的邻居们。学生时代的伙伴也来了。其中也包括那个sakuji在内。sakuji的名字既不是策治，也不是正治。他叫佐久间正治。缩写为sakuji。原来如此。

他是酒醉之后出现的，面对父亲的遗像，他声音嘶哑地大喊着。他那满是皱纹的脸，早已被泪水湿透。

"混蛋！比赛还没有结束嘛。畜生，赶快回到起跑线上来。我的状态好极了。你是因为怕我才夹着尾巴逃跑的吧？这个畜生！"

然后，sakuji便垂头丧气地不再做声，用拿在手里的手帕擦起脸来。接着,又声音响亮地擤擤鼻涕,随后把手帕放进裤兜里。他温顺地烧完香,然后便拖着他那瘦小的身躯离开了。本来他失去的应当是竞争对手,但是,他的背影却悲哀得宛如失去了自己的最爱。

佑司一直陪伴在我身边。

"没事。"他说。

"我不会让你孤单的。"

每当稍有一点时间,我都会前往父亲长眠的陵园。那是一座大得惊人的市营陵园。母亲也葬在那里。可是,父亲生前却很少到这里来。主要是那段距离坐电车要花一个小时,更重要的是父亲似乎认为"母亲不在那里"。

"这里类似一个连接器。它能把身在别处的她和我们连在一起。不过,只要掌握一定的要领,即使不到这里来,我们也能连接在一起。比如,即使在繁华闹市的人群当中也无妨。"

我还没有达到父亲的水平,只能坐一个小时的电车到这里来。尽管如此,还是体会不到连在一起的真情实感。单方独来独往的感觉倒是特别强烈。

这里非常宽阔。我觉得,它简直比罗马法王居住的都市国家还要大。四周有碧绿的沙丘包围着,就像盆地一般。东西各有一条大道,平坦的土地划分得像棋盘一样。东大道是榉树林荫,西大道是樱树林荫。与其交叉的方向也有多条通道。每跨过一条通道,区划就发生一次变化,各自都冠以诸如"西十六区"之类的极其朴素的名称。顺便说一下,我父亲和母亲住在"南十三区"。估计墓碑在万座以上,而且形状完全相同,所以这个区名便是一个依据。尽管如此,我每次都会有些迷路。通过这种彻底排除个性的做法,人们可以感受到一种对平等的关怀。也可以认为大家都在这样说:"尽管我们在这个世界里有过这样那样的问题,但是到那个世界以后我们大家就都抛弃掉各自的头衔和睦相处吧。"所有的人都乖乖地躺在一个高近八十厘米的梯形之中,大家似乎都很满足。

18

这一天正值秋末,环抱陵园的沙丘上,泡栎和栓皮栎都披上了类似砖瓦颜色的暗红色盛装。榉树林荫和樱树林荫都已落叶,没有一个人影的大路,显得冷清而又凄凉,给人一种世间几乎再也找不到相同去处的感觉。工作日的白天,前来这里的人极少。所见之人,全系老者。同往常一样,我迷了一段路之后,好不容易才来到了父亲的墓前。

已经有了一位先到的客人。

她坐着轮椅。

我顿时心潮激荡,并且觉得能够逐渐理解此事。

白色的毛料大衣,再加上黑色的长筒靴。琥珀色的头发披在肩上。

没错。虽然已经时隔五年,但是我的记忆还是准确无误的。

我凑过去想跟她答话。这时,我奇妙地觉得有些不对,但是还没等我来得及具体确认,她早已转过头来。她看看我,莞尔一笑。

她大衣里面同样穿着白色的高领毛衣。而且,胸前佩戴着那条项链。五棱镜。她的宝物……

"初次见面。"她说。完全是花梨的声音和花梨的长相。

"你……"

"我是铃音呀。森川铃音。"

我仔细一看,她没有花梨个子高。给人一种比花梨小一圈的感觉。容貌也给人一种比花梨年幼得多的印象。

"睡眠过程中,一切都进展得比较缓慢。成长和老化都……"

她这样解释说。的确,她根本不像一个三十六岁的女性,看上去倒像个二十岁的女大学生。

"你没有变化呀。我在家里的照片上见过你。"

"不过,已经三十五岁了。再不适当来点大人样子可就……"

"如果在那里……"她说。她所谓的"那里",恐怕就是指"梦中世界"。但是,听她的语气,那里简直就像一个欧洲小镇一样。

"你这样说,大家会感到毫无意义的。"

"是吗?"

"啊,是的。"

我把带来的龙胆花供在父亲墓前。双手合十,禀报了刚刚在这里发生的奇妙的相会。报告结束后,我们便朝陵园北侧的混凝土结构的高大建筑走去。

我一边推着她的轮椅一边问她:

"你什么时候醒来的呢?"

"两个月以前。"

她用我耳熟能详的花梨的声音回答。尽管我知道她是铃音,但是我心跳的节奏仍然飞快异常。

是你父亲……——她说。

"是你父亲把我送回到这里来的。"

"我父亲?"

铃音平静地点了点头。在晚秋柔和的阳光照射之下,她的长发闪闪发光。铃音的脸膛同样像上等绘图纸一样油光锃亮。

"是在梦中相见的吗?"

"是的,是在梦中。"

花梨呢?——我问她。尽管我一开始就知道答案,但是我还是不能不问。

"我妹妹……"她说。

"还在睡梦之中。"

她说着向我投以了关切的目光,我点头说了一声:"我没事。"

"她也许在一个别的什么地方。我也是醒来以后才知道的。原来妹妹跟我一样一直处于睡梦之中。"

铃音现出一副难为情的苦涩笑容。这时,我第一次发现她有一对虎牙。假如不予矫正,花梨也许会有同样的虎牙。

我们来到了建筑物桥墩附近。五个桥墩支撑着混凝土结构的巨大躯体。这个看上去酷似一艘方舟的建筑,简直有我所上小学的新校舍那般大小。

我们找到一处太阳地,在那里的长椅上坐了下来。铃音抓着我的胳膊慢慢直起身来,然后将自己的身体落座在长椅那涂成白色的椅面上。我也坐在了她的旁边。

"身体还不习惯。"她说。

"好像睡得太久了。"

"确实。"我说。

"真是一次长眠呀。"

她仰望着凌驾在自己头顶之上的混凝土构件说:

"这是个什么东西呢?简直就像一艘开往星空的舟船一样。"

"啊,是啊。看着倒也像。"

她看看我的脸,好像在窥视我的表情,然后接着说:

"你父亲到来之后,跟我说过:'你到了该回去的时间了。'"

"简直就像跟黄昏时分还在公园玩耍的孩子说话一样嘛。"

"是的。不过,实际上也是如此。我就是一个忘记回家的十岁女孩嘛。"

铃音把目光投向遥远的天空,好像在留恋自己刚刚告别的那个世界。

"那是一个很好的地方。我在那里遇见很多人。有很多故事。我一边倾听他们的讲话一边记忆词语,并且知道了世界的构成。"

"世界的构成?"

"是的。"

我默默地等待着她下面的话,但是铃音却什么也没有再说。她稍显寒冷地缩着脖子,用手捂着双颊。

"请稍等一下。"

我说着站起身来,向附近的自动售货机走去。买了热咖啡和罐装珍珠米汤,然后回到长椅旁边。我把罐装咖啡递给铃音,重新在她身旁坐下。

"那是珍珠米汤吗?"

"对。我特别喜欢这个。所以,我喜欢寒冷的季节。因为夏天没有卖的。"

"真像小孩子一样。"铃音说道。语气酷似花梨,我顿时一阵欢喜,然后则是同样一阵悲伤。

她用双手捂住咖啡罐,将其贴在腹部。"好暖和呀!"——她说着像少女一样微微鼓起了灿烂的双颊,我顿时对她内心奇妙的多义性感到一阵困惑。

这个人的年龄到底有多大呢?

从出生的年月来讲，铃音今年三十六岁。然而，近在咫尺的她，看上去也就刚刚二十岁的样子。可是，她从十岁时进入睡眠状态，已经在梦幻世界徘徊了二十六年。这位女性也许就没有"准确"的年龄。

铃音一直把所捧的咖啡罐紧紧贴在腹部，舒缓地摇动着上半身。她胸前的五棱镜，也以同样的节奏摆动着。铃音发现我的目光之后，歪头沉思片刻，好像在说："你在看什么？"若是花梨，她肯定会问："你是在看里边？还是在看外边？"尽管她们长得像双胞胎一样，但是两个人毕竟还是有所不同。

"那个，五棱镜。"

我这么一说，她马上放眼看看自己胸前。

"听说花梨一直戴着它。我戴上它是想让你一见到我就会立刻认出来。"

"你即使不戴它，我也认得出来。"

难道铃音不知道自己的长相跟花梨相同吗？我有些莫名其妙，不禁笑了出来。

"你笑什么？"

"不，没什么。"我说着赶紧拉开珍珠米汤的拉盖进行敷衍。一个大得出人意料的声音，在混凝土墙壁上发出了回响。我把瓶罐送到嘴边，啜吸一口业已微凉的珍珠米汤。她把视线先从我身上移开，然后抬眼向一个如同透视图法习作一般的光景望去。

"那个老人……"不久，铃音说。

"正在对墓中人说话呢。"

我也追随她的视线看见了那位老人。

"啊，那个人经常在这里。"

那是一位瘦小的老人。总是骑自行车过来，把带来的蒲团铺在墓前，然后坐在上面久久不愿离去。

"是他夫人的墓吧。"

"肯定是的。"

铃音用温柔的目光凝视着老人。

"这么说，他的夫人也在那个地方了。"

我看了看铃音的脸。

"你所说的那个地方，就是梦中世界吧？"

"对。"铃音说。

"我回忆中的国度。"

最终，那里就是我回忆的归宿嘛。

铃音说着看了看我的眼睛。

我再一次难以理解地眨眨眼睛,她则用另一种谈话方式对我说:

"大家都会说'他活在我的心中'这样的话吧?"

"是的,会说。"

"我认为,这肯定是对那个世界的情况不太了解的缘故。"

铃音说着把飘落在脸上的头发向上梳理了一下。

"你有很多回忆、记忆之类的东西吧?"

"对,有的。"

我的脑海里突然浮现出了一个平常司空见惯的情景——父亲弯着腰坐在那里吞食烩面的身姿。

"我觉得正是这些记忆成就了那个地方。"

这是一句不可思议的话。不过,却具有容易让人信以为真的奇妙的说服力。它给人一种一切问题都会借此迎刃而解的感觉,诸如不想忘记所爱之人的心情啦,我们一直在心中珍藏对先人的回忆啦,跟那位老人一样向眼前并不存在的人不停倾诉啦,等等。

"不过,为什么会有那个世界呢?"

"哎。"她歪头沉思起来。

"这个我也不清楚。不过,那是一个跟梦境极为相似的地方,所以,归根结底它是大家的心灵造就出来的吧?"

铃音摊开双手,仰望着天空说。

"就是《但愿有这样一个梦》吧。"

而且,她欣喜地微微一笑。

"哎,你不觉得那是一个很棒的梦吗?所有的人都在那里联系在一起了呀。我们以及以前在这个镇子生活过的人全都包括在内。"

我们并不是孤苦伶仃的个人,大家都是联系在一起的。任何人都可能是一个人和另一个人的催化剂,世界上充满着各种各样的化学反应。

归根结底,难道就是这么一回事吗?

假如爱一个人,即使失去这个人之后,在悲痛的同时也不会忘记他的模样吧。悲伤程度越深,其记忆就越发强烈地铭刻在我们心中,印象也越发鲜明。

这样一来,就不能忘记他们。他们还在那里。依然爱着、被爱着、交换着微笑。这一切都是有意义的。

"我们为什么会如此沉迷于回忆呢?这其中的原因你会感觉出来吧!"

面对她的话,我点了点头。

我们为什么会这样地向往过去呢……?

有一次,花梨也说过。她说这是人所具有的本能。人是一种不能不回顾过去的生物。换句话说,就是要求索"时间"。珍爱所有的瞬间、怜悯人生,其所有思维造就着"那个梦"。造就着爱者居住的世界……

"我从各种各样的人那里,学到了这种思维方法。当然,也包括从你的父亲那里……"

铃音说着闭上了嘴,用牙咬着下嘴唇。白色的虎牙非常可爱。她发现我的目光之后,马上把虎牙藏进了嘴唇之内。接着,把脸凑向我,细声轻语地对我说:

"你父亲有口信捎给你。"

"口信?"

"对。你父亲强烈希望我把这个话传达给你,所以我认为我们肯定会在这里这样相见。是你父亲的强烈愿望,让我从梦中清醒了过来。"

铃音目不转睛地凝视着我的眼睛。她那强烈的目光，简直是在向我传递语言不足以表达的情感。她说：

"你父亲说他爱你。"

顿时，我的鼻子深处一阵酸痛。我腭部用力，抑制住了即将夺眶而出的那种液体。

"他说，儿子孤单一人，我很放心不下。儿子没有兄弟，母亲也早已过世。我虽然也做了努力，但是现在已经筋疲力尽。"

我紧咬牙关，静静地点着头。

"我是老年得子，对他过于溺爱，他成了一个不尽成熟的大人。所以，他在毫无思想准备的情况下突然变成孤单一人，对此我实在很是担心。"

"……真是个溺爱孩子的父亲呀。"

我在僵硬的喉部窃窃私语地说：

"还有佑司和桃香做伴。我没事……"

"父母都是这样吧？"

"是啊。"

尽管铃音面容稚嫩，但她却用一种堪称母性特有的眼神凝视着我。

"你父亲还说，也许是父亲的偏爱吧，我觉得他这小子很好。"

"老早以前就是这样。"

当时，不管我取得怎么不好的考试成绩，父亲都能将它作为我的天分所注定的一种符号来对待。

"他总是对我评价过高。"

"身边有这样一个人，万分幸福吧？"

啊,确实。的确如此。所以,我是一个幸运的孩子。尽管有人说我是个怪人，尽管我不善于交际，尽管我没有特别值得一提的长处，但是我生活得很幸福。因为我身边有一个认可我的人。

我想起了自己跟父亲度过的最后一个夜晚。那是在父亲奔向"那个世界"的三天之前。

同往常一样，我们当天夜里也是在父亲的公寓一起吃着烩面。

我已经记不清楚为什么会谈起那个话题，现在回想起来也许是因为父亲对自己的命运有了某种预感。

对不起——当时，父亲说。

什么？——记得当时我这样问他。

你的这种现状呀——父亲说。

他所说的这种现状,就是一个早已年过三十的男人,周末之夜竟然要跟自己早已年过八十的父亲,聚在一起吃一碗烩面。

这没什么——我回答。我既可以放松一下,面条又很好吃。这很好呀。

其实,我也不认为这是一种理想的生活。身为一个独生子,我没有能够让父亲和母亲的梦想得以实现。尽管我没有问过他们有什么梦想,但是二位老人不希望我这个样子,这是确切无疑的。

父亲说:

我很喜欢你,简直喜欢得不得了。没有想到有个孩子会这样令人激动不已。我肯定是由于感到过于幸福,而忘记了先后顺序和轻重缓急。我对你既没有动过手,也不曾严加训斥过。其实我也做不出来那种事。

父亲平静地摇了摇头。

就是现在回想起来,我依然心情激荡。你摇摆着因有尿布而鼓起的屁股,在房间里行走的样子,简直就像是在昨天。我甚至想过,自己会不会因幸福过度而死呀？我是不是获得了超出自己应得份额之外的幸福啊？

这样的人自然不可能去实施什么教育——父亲说。

在我看来，你做的一切都很棒。你是世界上最美的孩子。一个世界第一聪明、世界第一心地善良的少年。

不过……——我说。

不过，我却因此得以幸福地生活。我感谢您。如果您像其他家长那样唠叨来唠叨去，我肯定会感到痛苦的。

但是，我这样也许就扼杀了你的可能性。

怎么？

当时，我跟你说的话不是那么多。

嗯，我现在还记得。

父亲当时所讲的都是一些极其简朴的教诲。

将来吃得不好也无妨，也没有必要披金挂银，经常保持清洁就行，要做别人开心的事情，永远心地善良。

以前的大人肯定都是这样说。我照他所说的做了,如果我有孩子,恐怕还会传授同样的东西。

现在这个时代……——父亲说。

在这个充满私欲的世界里生活,这些话是不是错误的呢?我常常为此而烦恼。心想,这样能行吗?

没有什么错误——我说。

正因为听了父亲的话,我才得以心平气和地生活。我感到很开心。至少,这种生活方式很适合我。的确,跟其他男人相比,我的生活过得简朴了一些,不过,这是我的生活方式。尽管我跟豪华的周末旅行和华丽的女性无缘,但是我也不追求那些东西。所以,我对父亲是心存感激的。

我认为自己难得做了父亲的孩子。他不是时刻都认可我吗?儿子在任何事情上都没有令人自豪的表现,但是他不是总说"干得好,了不起"吗?面对一个无所作为的儿子,他不是一直不厌其烦地伴我至今吗?光这一点就已经足够了。除此之外,还需要什么呢?

所以……——我说。

不要那么苦恼了,这就行了,我这样挺好的。

我兴奋不已地这样说着,父亲却现出稍嫌悲哀的笑容,默不作声地看着我。

　　的确……——我说。
　　"也许,因为是父亲的孩子,所以我才会幸福吧。"
　　铃音温情地微微一笑,然后轻轻地点了点头。
　　"你父亲还这样说呢。"
　　"啊?"
　　"他说一定要让玫瑰公主回到你的身边来。"
　　她伸过头来,窥视着我的眼睛。她的眸子同样也呈鸟类羽毛的颜色。
　　"他说,一定找到她,让她回到你的身边来。"
　　"那么,我父亲……"
　　她重重地点了点头,然后问我:"你能等待吗?"
　　"也许要花一些时间呀。"
　　我能等待——我回答。
　　"怎么说呢,我这个人擅长等待。过去的五年,我也没有怎么难受过。"
　　"今后再花五年时间也在所不辞吗?"
　　"是的。尽管没有确切的把握,不过肯定会……而且,也不是盲目地等待吧?因为父亲向我保证了嘛。父亲是个很守信用的人。"

是啊——铃音说着紧紧地吊起了嘴角。

"父母疼爱孩子的心,一定会使任何事情都变成现实啊。"

我们走在樱树林荫大道上,周围寂静无声,我们犹如单独行走在月亮海滨一般。

"你父亲最后的留言是这样的。"

铃音说。

"我是幸运的。我得到了可爱的妻子和儿子,获得了与身份并不相符的幸福。而且,他还说,我不善言谈,有一句话我一直没有说出口,请转告他——我爱你。打心眼儿里爱你。我爱你——你父亲这样连续重复了三次。"

铃音轻轻地用自己的胳膊挽住了我的胳膊。她佯装没有发现我的眼泪。

"见到我儿子以后……"她说。

"那时候……那时候请你代我向他问好。这就是你父亲留给你的最后的话。"

是——我说。是,我全都收到了。谢谢爸爸,实在感谢。谢谢……

然而，故事还在继续。这是一个关于我自己的故事，也是一个以我为催化剂进行化学反应的人们的故事。

即使有一天我离开这个世界，故事也将永无休止地继续下去。一切都将以化学反应和相互作用——友爱、憎恨、嫉妒和再友爱——的形式继续下去。

※

铃音清醒四个月以后，她的父母又开始一起生活了。说是事到如今已经用不着再恢复户籍，今后他们也将继续沿用各自的姓氏。铃音也跟父母共同生活了一年时间，但是不久便像随风飘舞的孢子一样，到别的国家去了。

她动身旅行之前，我们有过几次约会，还一起去吃过糕点套餐。铃音跟花梨一样，也是十种糕点全都吃过。如果莱纳斯还在那家店里，他看见铃音的样子，肯定还会想起他姐姐。然而，早在三年以前，他便从那家店铺消失了。因为事出突然，没有一个人知道他的去向。有人说他返回了故乡。如果是那样，他也许真的割舍了对姐姐的感情。我想起他曾经引用过米哈博"久别会毁掉爱情"的话。

不过，莱纳斯，我的爱情好像还没有毁灭。这到底是为什么呢？

铃音从逗留的每个地方给我写信。有的时候是从缅甸，有的时候是从巴基斯坦，总之每次来信邮戳都不尽相同。她乘着信风，渐渐向西飘去。最后一封来信发自爱尔兰，可见她已相去甚远。每当收到她的来信，我总会想起夏目君的姐姐。我常常这样想：她们两个人是不是有可能在一个特定的时间和地点突然不期而遇呢？比如在南美的圣地亚哥之类的城市……

"亲爱的智史"——她开头总是这样称呼我。一开始我特别不好意思，不过现在已经习惯了。"我妹妹回来了吗？若不然，你还是孤独一人吗？"——她每次来信都必然要问。在冬初的来信里，信中会有这样的词句："又到珍珠米汤的季节了。你今年已经喝过了吗？"

铃音远走高飞两年以后，我扩建了店铺的二层。用的是变卖父亲所住公寓的款项。扩大了厨房，重修了浴池和厕所。另外，还增加一个房间用作寝室。搬进来一张大床，我的身旁一直空着，随时等待花梨的归来。

以前使用的房间准备做小孩房间，重新贴上了萨克森蓝色壁纸。一有空闲的时间，我就去逛杂货商店，陆续采购一些杯盘，以便她回来立刻就能使用。

改建一年以后，购买了一张放在厨房使用的旧式餐桌。那以前，我一直在一张折叠式小圆桌上用餐。我把那张从公寓取回的湖畔照片镶嵌在玻璃框架里，放在了新的餐桌之上。

在饱经岁月沧桑的纯粹栎木的台面上，十四岁的花梨和我开心地笑着。我每天都面朝照片跟她说话。所说的大都是一些无关紧要的毫无意义的日常闲话。

我总是一边喝着"三一三"（锡兰红叶、蔷薇果和柠檬草的混合物）或者"四二一"（春黄菊、熏衣草和玫瑰的混合物）（而且嘴里照样嚼着朱古力酥皮饼),一边向笑得牙齿矫正器都露在外边的十四岁少女做着汇报,诸如"今天有一位顾客一下子购买了一百根水虎耳草"啦,"黑鳉鱼夫妇又生了一个孩子"啦,等等。

我也曾经想过不单单看着照片,而是去见见沉睡中的花梨,但是最终还是打消了这个念头。因为有一种一直憋在我心中的东西眼看着就要迸发出来,我对此非常恐惧。

店铺还是老样子。我的买卖虽然没有成为爱好者的王道乐土,但是眼下也不至于出现喜欢水草的人全部灭绝的状况。由于匆匆开通了邮购业务,经济上也比以前稍有宽裕。用处理公寓的一部分资金返还了贷款,月末付款日期来临时,也不像以前那样胃痛不止了。

取代夏目君而来的奥田君,在供职本店的第六个年头,终因体力不支而不得不离开。由于过量食用花生酱味道的减肥果,他当时的体重实际上已经达到一百二十公斤。疗养过程中他重又开始了应试准备，在第五次挑战中终于成了一名梦寐以求的大学生。他毕业的时候已经超过三十岁，但体重却成功地降到了一百公斤大关以下。毕业典礼之后，我们一起吃过饭，席间他曾若有所思地说："当年店里那位女职员确实不是森川铃音吧……"当时，我想等花梨苏醒以后一定引见给他，让他大吃一惊。但是，还没等真相大白，漫长的岁月早已匆匆流逝。

不知不觉当中，研究迷你椒草的大学教授已经不再到店里来了。熟识的顾客和职员都随着岁月的流逝发生着变化。这让我觉得，似乎唯独我一个人一直矗立在同一个地方，静静地凝视着过往的人流。我每天千篇一律地为水草打包，中午则用意大利面条和朱古力酥皮饼充饥，然后下午的空闲时间再到附近的操场上跑个四百米。

有一次，我得知《塔朗泰拉舞曲》出了DVD，便买了一盘。

那是一部极其不可思议的电影。它没有什么像样的情节，只是平淡无奇地叙述着一对男女的爱情故事。《塔朗泰拉舞曲》似乎是一种旋律很快的舞曲，有一个场面是男主人公(这位也是模特出身,他所扮演的花梨恋人的角色,像得简直令人嫉妒)对她说:"若是被毒蜘蛛蜇了的话,就要跳塔朗泰拉。这是得救的唯一出路。"陷入爱海的两个人废寝忘食(这使我有一种玩世不恭的感觉)地尽情倾诉着。犹如一种按八分之六的拍子跳动的舞蹈一般,恋人们以一种轻松舒畅的节奏交换着来言去语。也有一些稍显色情的场面,但每每都戛然而止,没有出现露骨的情节。观众只能根据手指的动作或者花梨脚尖的提高等片断影像,去想象后面隐藏的动作。对于这一点,我着实松了一口气。

电影中的花梨漂亮得令人难以置信,仅仅看看她我便幸福之情油然而生。在反复观看的过程中,我记住了几乎所有的台词。所以,我有时便以花梨恋人的身份,面朝画面跟她对台词。

"哎,你不认为宣誓永远之爱是件轻而易举的事情吗?"她说。

"为什么?"我朝着画面询问。

"嘴上说是永远,实际上顶多也就是五十几年吧?"

"啊,是呀。"

"一个相当廉价的永远嘛。"

"是吗?"

"我希望,等到人能活到一千年以后,再使用这个词语。"

"那么,现在我们用什么词语来宣誓爱情呢?"

"根本用不着什么词语。"花梨说。

"请用五十年的亲吻。"

接着,吻她的当然是画面中的那个男子。不过,我多少也体会到了那种感觉。因为无论如何我毕竟是它最初和最后的亲吻对象。

夏目君的事业逐渐扩大。进口公司直接经营的芳香商店,在一条大街的一家大百货商店里开张,而且盛况空前。芳香商店的名称同样还是"S"。他虽然繁忙地在世界各地飞来飞去,偶尔也顺便到我的店里来过。有一次,我若无其事地问他:

"夏目君公司的名称'S'是……"

"啊,这个名称,你觉得奇怪吧?"

"是的。那么……"

"那个命名,是从美咲身体的一个小小特征得到的启示。"

"果然。"

"果然?"

"不,嗯,她小巧玲珑,是 small 的'S'吧?"

我一时不禁难以坦言自己意识到了她脖颈上的黑痣。

"不是。她的脖子后面竖着有三个黑痣。"

"啊。"

果然是这样。

"于是,我联想起了猎户星座那三颗'众所周知'的星星,取其名称'sword of orion'开头的字母,便命名为'S'了。"

我先是"啊"了一声,接着又说了一句"是这样呀"。的确如此。是有那样三颗星星。既然人称"众所周知",那肯定会美名远扬。

"你知道吗?"不知从什么地方传来了佑司的这个声音。

"据说,在这个世界上,我们不知道的事情,比我们知道的多一百万倍。"

好像是啊。

总而言之，每天都是这样千篇一律地重复着。我并非特别地不幸，但也不是一个幸福得可以开怀大笑的人。如果把三个人和一条狗共同度过的少年时代置于上方，再把母亲和父亲离开这个世界的那一天置于下方，那么我基本上总是位于两者之间的某个位置。

唯独跟花梨第二次告别那一天有些复杂。喜悦和悲伤相互重叠，即使回想一下那天夜里的情景，我都会感受到一种无名的心痛。

※

花梨进入梦乡四年以后，佑司和桃香有了孩子。他们那时依然生活在那家公寓的二〇二房间里，即使生了孩子好像也没有搬到别处的打算。知道怀了孩子之后，他们果然登记了户口，但没有举行婚礼，说是害怕浪费钱财。我店里的职员和桃香店里的职员以及我们三个人，在"FOREST"举行一个小小的聚会，总算是代替了结婚宴会。桃香也没有亲人，这便是她一直向往的"家庭"的开始。

他们的孩子是个可爱的女孩，佑司给她起名叫做"花梨"。桃香也说除此之外想不出其他名字来。

"花梨两次拯救过我的生命。我把她的名字赋予我送到这个世界上来的新的生命，这理所当然吧？"

而且呀……——佑司说着闭上了一只眼睛。

"我想，如果沾花梨的光，我们的孩子能成长为一个高挑苗条的女性，那可就太好了。"

的确，概率是二分之一。桃香基本上属于高个子的女性，但是佑司成年以后也还是穿小号服装的体型。因此，佑司琢磨女儿未来的心情完全可以理解。佑司的父亲个子很高，所以女儿也许会名副其实，成长为一个风度翩翩的女性——成长为一个手腿修长，而且手指纤细的坚强女性。

我是小花梨的第三位长者。为了弥补见面机会的稀少，只要是她想要的东西，我全都给她购买。她会走之后，我就领她到"FOREST"去，请她吃特制的水果冻糕。眼见花梨用一种犹如审视人生最大命题的认真表情，把鲜奶油送到嘴边的姿态，我每每都激动得胸口扑通乱跳。我甚至还这样想过：当年父亲肯定也是以这种心情注视着我们吧？

有时，我还会因为她那偶然的动作或话语，把两个花梨重叠在一起。全部吃完以后，我同往常一样这样问她：

"梦中的味道如何？"

于是，就会发生奇妙的共时性，小小的花梨会用口齿尚不清晰的嘴这样回答：

"香甜得很……"

然而，我的这些行为全都遭到了来自她父母的负面评价。

"我不想让她学会奢侈。"佑司说。

"这没什么了不起嘛。"我反驳道。

"就是个水果冻糕吧？我父亲不是也总请我们吃吗？"

"不，这跟那个时候不同。"

"的确，时代发生了变化，不过……"

"问题不在这里。"佑司说。

"那个时候的冻糕每个三百七十日元。但是，现在智史给花梨吃的冻糕每个竟然要花一千二百日元。即使把通货膨胀率考虑进去,也还是消费过高呀。"

当我害怕被剥夺养父的喜悦而露出一副不安的可怜相时,佑司终于原谅了我:

"我明白了。"他说。

"不过,从今以后要买每个五百日元的普通冻糕。"

然而,我理所当然地没把这个约定放在眼里。我是一个典型的糊涂父亲。

佑司终于成了一个小有名气的画家。但是,生活并没有一下子宽裕起来,桃香生了花梨以后,还是一如既往地在车站大楼的进口杂货店里当着店员。所以,我经常照看花梨,领她到娱乐场所和公园去玩。平日的游乐场所人烟稀少,我们几乎总是能以包租状态乘坐到观光车。花梨非常喜欢乘坐观光车。她好奇心旺盛,贪婪地想了解这个世界上的一切。

"为什么呢?"——这是她的口头语。

"为什么下边的人会那么小呢?"

花梨坐在观光车上这样问我。一般总是这样

开始。

"因为他们在远处,所以看上去就小一些啊。"

"为什么呢?"

"但是,如果他们在远处也还是很大,那很不方便吧?"

"为什么呢?"

"跟他们说再见的时候就不方便嘛。本来他们应当一边挥手一边远去,如果他们总不变小,我们就不知道应当什么时候停止挥手了吧?"

为什么呢?

这种情况总是绵延不断地继续着。我相信花梨一定会成长为一个头脑聪明的孩子。

特拉休二世死的时候,花梨还不会说话。她只是看着我们,睁着大眼睛一个劲地询问:

为什么呢?

佑司照样哭了。他摘下眼镜,一边用小拳头使劲擦眼睛,一边流眼泪。

"不过,这种悲伤有意义吧?"

他就像确认似的这么询问。

"嗯，肯定的。悲伤愈深，我们对它的记忆就愈加强烈。"

"我不会忘记它。"佑司说：

"我不会忘记。这是我们活着的人唯一能做的事情。"

我也出席了花梨的小学开学典礼。我西装革履地坐在家长席上，眼看着她挺胸抬头地走在体育馆里。

这一年，我们得知佑司的母亲已经因病去世。他没有特别说些什么，也没有表现出悲伤的样子，但是我认为他肯定按自己的方式作过某些思考。人与人之间的联系并不一定都很完美。尽管我们生活在各种各样的化学反应和相互作用当中，但是从中演绎出来的新东西在形式上是多种多样的，其中包括最好的到最坏的。并不是一切都以大团圆结束。令人费解和令人失望之类期望落空的结局也是比比皆是。不过呀，这恐怕就是现实啊。

有一次，我问佑司：

"说真的,对佑司来说,花梨是个怎样的女性?"

那是在自然公园的水池岸边。桃香和小花梨正在用面包的硬边喂鹅。

他摘下做功粗糙的黑框眼镜,挠了挠眼边:

"我曾经很喜欢她。"

他说。

"嗯。"

"我爱过她。你就是想问这个吧?"

"啊,嗯,是的。"

"我一直很爱她。这可能是因为像她那样风度翩翩的女性很少见吧?"

"是啊。"

"我真是大吃一惊。我这种情绪究竟是怎么回事呢?还刚刚上中学,世界观就突然发生了变化。"

"嗯。"

"不过呀,这恐怕只是我单方面的想法吧?我想这对花梨肯定只是一种麻烦,所以没有说出来。"

"不过……"

"花梨毕竟是个孩子。还是我成熟得太早。没办法呀。这种事一切都要合乎时机。"

"嗯。"

"或者从宿命论角度来说，恐怕原本就不应该是我。当她终于打开那扇窗户时，最先映入眼帘的可能就是智史呀。有时无论你怎样思念,怎样近在眼前，也是于事无补的。"

我想，我一定早就在等他这句话了。稍微有一点头脑的人都会再早一些这样做。不过，对他来说这已经相当不易了。

"佑司……"

他伸出手掌，阻止了我。

"如果你对我抱有于心不安的情绪的话，我认为那肯定是没有必要的。"

"因为……"佑司继续说，"所谓恋爱就是这么回事吧？它与有些事情不同，它不像四百米赛跑那样，每天坚持练习就可以达到目标，也不像不间断地浇灌就可以让花盆里的花开放那样。它是一种相互的作用，所以一方再努力也无济于事。一定是个相当复杂的过程。爱情之所以让人感到极其不可思议，可能就在于其背后隐藏的这种复杂的相互作用吧。"

我说不出一句话来，佑司却莞尔一笑。佑司不戴眼镜时的笑容，跟他的独生女的笑脸极为相似。

"我现在依然喜欢花梨，不过我更喜欢桃香。这才是爱情吧？回想起来，我们俩一直在一起。两个人还有了孩子。不简单吧？"

"啊，不简单。"

哎，不过……——佑司说着将眼镜镜片朝太阳照了照。

"有时作一些努力也许并不是坏事。"

"假如你是在说我，那是不对的。我并没有作什么努力。只不过，对我来说这是最合适的生活。"

嗯——佑司点了点头。

"我就想你会这么说。那也是爱呀。"

"是的，这也是爱。"

※

镇上的面貌逐渐发生了改变。

车站大楼经过大规模的改装，变成了漂亮的车站百货商场。看到它那光彩夺目的外部装饰，往日那座小巧雅致的车站大楼简直令人难以想象。当年美咲让过三趟电车跟我连续交谈的那个检票口也已不见踪影。当时，她穿着奶油黄色的连衣裙。我想起了这些情况，但是当时说了些什么，现在已经忘却了。

仍然留在记忆里的是，美咲的眼睛呈现出一种类似黑褐色或榛色的亮丽色彩。我当时想，这跟花梨眼睛的颜色极为相似。好像非常快慰。跟她在一起特别快活，心中一直企盼今宵永远继续下去。当时，我还只有二十九岁，世界跟她的眼睛一样光辉灿烂。我们年轻得几乎对年龄毫无介意，在各种意义上来说都还是个孩子。世界像摇篮一样悠闲自得，其严峻残酷的侧面被巧妙地隐藏了起来。

那是一个魔法般的夜晚。至今，每当想起当天夜里的情形，我都会有些心痛。

对了，我忘记叙述另一件重要的事情了。

那就是花梨留下的口信。它隐藏在那个邮购程序里。

莫非可以将它称之为复活节彩蛋吧。尽管它不像到处寻找神秘石柱①那么美妙,但是它同样也是制作相当精巧的。那是一个时限程序,我生日那天中午,它突然在画面上显现了出来。

一开始看见的时候,我确实吃了一惊。知识不甚丰富的我,绝对以为电脑坏了。首先画面突然变暗,响起了音乐。我一时不知所措,没有马上发现,仔细一听原来播放的是《缆车之行》。

然后,在黑色的背景中,从画面右侧出现一个由数十个白点组成的人像。在音乐的伴奏下挥着手,双腿高抬地大步走来。身后也跟着一群白点人像,等到全体登场完毕时,它却变成了三个人和一只狗。

原来如此啊——这时,我终于恍然大悟。这一定是花梨搞的把戏。

他们双双把我(估计是我的一个白点人像)夹在中间,左边是花梨(头发长长的,穿着风衣),右边是佑司(显然非常瘦小,戴着巨大惊人的眼镜),旁边便是特拉休(看上去犹如外星上的变形生物一

---

① Monolith,是科幻作品《2001年宇宙之旅》系列之中出现的神秘石柱。

般)。接着,佑司突然用吸了氦气一般极其尖锐的声音,唱起了"祝你生日快乐"之歌。竟然还有和声伴唱。白点佑司双手高高举起,挺胸腆肚地狂唱着。白点花梨则不知不觉之中手拿绒球,每跳动一下就使劲地将绒球挥舞一下。不久,歌声停止,立刻传来了"智史,祝你生日快乐"的声音,呈现在全景画面上的花炮则声音清脆地爆炸开来。白点特拉休便不失时机地高声叫道:"咻咻!"

花梨紧紧拥抱着智史说——说的话变成了对白框形式,飘浮在她的头顶上方。

"智史,祝你生日快乐。终于三十岁了。我永远祝愿你幸福。你和佑司能实现自己的梦想并且快乐地生活,这便是我的梦想。我送你一个斟满友情的吻,愿你这一年福星高照。"

接着,白点花梨便以一种简直要把白点智史背骨折断一般的气势扑了过去,然后便疯狂地热吻了起来。

对白框中的话卷动起来,显现出了最后的内容。

"另外也要感谢你妈妈呀,今天是妈妈生你的日子,你记得吗?"

当然——我对画面小声说——我记得呀。

"谢谢,花梨。我有生以来第一次收到这么美好的礼物。就凭你那番热吻的余温,我这一年也会幸福的。"

这样的礼物,我年复一年地都能收到。每年款式陈旧时,我都反复更换工作电脑,但是唯独这个程序每每都会输入新的机器。他们的动作和言语每每都会少许发生一些变化,今年会看见什么样的动画呢?我期待着生日的到来。这么大年龄的人还盼望着过生日,真是非同一般呀!——我想。

※

今天也同往常一样,我关好店门便到阿阮的店里去吃迟到的晚餐(与其这样说,不如说是夜宵)。这是一个非常寒冷的夜晚。坡道的街树随风摇动,沙沙作响,声音甚至跟特拉休的叫声有些相近。

我在阿阮店内的桌子上给铃音写着信。

爱尔兰的冬天如何?同样非常寒冷吧。你没有感冒吧?

顾客只有我一个。阿阮把"停止营业"的牌子挂在门上,返回店内的时候从我身旁经过。他窥视着我的手边问道:

"是写给恋人的信吧?"

我抬起脸,轻轻地摇了摇头。

"不是。"

他一边用围裙擦着手,一边看了看信,眼睛好像在说:那这是什么呢?

"是写给我恋人的姐姐的。我的恋人跟她长相一样,说话声音一样,笑的模样也一样。"

不过,并不是她——我说。

是吗——阿阮点了点头。

"的确,我记得,有一次,你好像说过,恋人在一个遥远的地方。"

"啊,是的。她在一个很远的地方。不过,我一直在想念他。距离并不重要。"

我明白——他高兴得笑逐颜开。

"我的家人——年迈的父亲和兄弟,也都生活在遥远的故乡。不过，我一直在想念他们。而且，他们肯定也在思念我。所以，我们是联系在一起的。"

他像是在用这番话来鼓励我，用手轻轻拍拍我的肩，然后便脚步缓慢地返回了店铺里间。

目送过他的背影，我重又开始写信。

不知为什么，今年的冬天似乎格外寒冷。不过，我也许每年都会这样想。这也许跟年龄的增长有某种关系。孩提时代——跟花梨和佑司在那个镇上过冬的时候，并没有像现在这样在意严寒。我也已经四十岁了。这么大的年龄还独身生活，也许这就是感到寒冷的最大理由。

最近，我痛切地感受到人是一种软弱的生物。半夜突然醒来，明明知道花梨不在，但我还是不禁要向身旁呼喊一声："我好想念你。"人都争强好胜，但是实际上也有耐不住极度寂寞的时候。人——至少我就不具备能同展望遥远未来的力量保持平衡的顽强精神。所以，不由得就想说些不争气的话。每当想起今后还将继续地孤独，我就会产生一种遥望荒野的感觉，那荒野笼罩在黑暗之中，一望无际而没有尽头。叫人感到星光十分微弱、纤细,而且无从依赖。

尽管如此,我还是有决心设法坚持下去,这也许是因为铃音当时说的话还在我耳边:

"但愿有这样一个梦。"

事实上,我们都坚强地生活着,并且一直怀念已经不在这里的那些人,而这一点正支撑着那个"梦"。这件事鼓舞了我。如果花梨也在那里,我也会为她竭尽全力。所谓竭尽全力就是活着。睁开眼睛观察一切,竖起耳朵倾听所有的声音。我相信,这样做会给那个世界赋予细节,使那个地方变得更加充实。

请再给我来信。我热切地期盼着铃音的来信。而且,让我们找个机会再见一次面吧。尽管所谓"找个机会"就是不知道"什么时候",总之"找个机会"再见一面吧。

智史

走出店门之后,我立起了身穿的夹克衫领子。平底便鞋踩踏柏油路面发出咯吱咯吱的响声,回荡在夜深人静的住宅区内。抬头看看天空，不想竟然满天繁星。夜空并不是一片黑暗，而是相当繁华热闹。我突然想起不久就是圣诞节前夜了，一时考虑起了送我们小公主什么礼物的问题。她最近对童用服饰用品很是着迷。非常喜欢闪闪发亮的东西。如果佑司和我赠送五棱镜给她，她会怎么说呢？会高兴吗？或者是……

发现眼前有个人影时，我已经离店铺相当近了。我停下脚步，目不转睛地凝视着那个人影。

"你是店长吧？"人影说。

这个声音——我很熟悉。

"是的，怎么了？"

我回答之后，她哗啦地摆动一下拿在手里的一张 A4 复印纸。迎着街灯的光亮，上面手写的文字显现了出来：

招聘终生同伴，年龄性别不限，只要喜欢水边生物皆可。具体请同店长联络。

写得多么精巧……

我一边怀疑自己能否真正发出声音，一边开口问她：

"你是前来应聘的吗？"

果然，声音有些颤抖。

"是啊。"

"但是，为什么这么晚的时间来呀？"

"我很早以前就来了。让我等到现在的是你。"

"是啊。"我说。

"不过，我也等了很长时间呀。"

"对不起。"她说，"对不起，让你等了这么长时间。"

不，没什么。真的，已经没事了。

我慢慢走了过去，犹豫地摊开了双手。而且，用一种近乎重返少年时代的激情呼唤着她：

"花梨？"

她开心地点了点头，脚步蹒跚地来到我的跟前，接着便瘫软地抱住了我。花梨浑身散发着甘甜的香气，她犹如歌唱一般开心地喊道：

"我回来了！现在，我回来了。"

图书在版编目(CIP)数据

等待,只为与你相遇 /(日)市川拓司著;张兴译. — 青岛:青岛出版社,2017.1
ISBN 978-7-5552-4987-0

Ⅰ.①等… Ⅱ.①市…②张… Ⅲ.①长篇小说-日本-现代 Ⅳ.①I313.45

中国版本图书馆 CIP 数据核字(2017)第 042053 号

SONOTOKI WA KARE NI YOROSHIKU
by Takuji ICHIKAWA
©2007 Takuji ICHIKAWA
All rights reserved.
Original Japanese edition published by SHOGAKUKAN.
Chinese translation rights in China (excluding Hong Kong, Macao and Taiwan) arranged with SHOGAKUKAN through Shanghai Viz Communication Inc.

山东省版权局著作权合同登记号 图字:15-2009-075 号

书　　名	等待,只为与你相遇(青鸟文库)
著　　者	(日)市川拓司
译　　者	张　兴
出版发行	青岛出版社
社　　址	青岛市海尔路 182 号(266061)
本社网址	http://www.qdpub.com
邮购电话	13335059110　0532-68068026
责任编辑	杨成舜　E-mail:ycsjy@163.com(日本方向选题投稿信箱)
封面设计	毛　增
照　　排	青岛双星华信印刷有限公司
印　　刷	青岛双星华信印刷有限公司
出版日期	2017 年 7 月第 1 版　2018 年 9 月第 3 次印刷
开　　本	32 开(710mm×1000mm)
印　　张	15.5
字　　数	220 千
印　　数	8001-13000
书　　号	ISBN 978-7-5552-4987-0
定　　价	25.00 元

编校印装质量、盗版监督服务电话　4006532017　0532-68068638
本书建议陈列类别:日本 / 文学 / 畅销